Outros Reinos

Outros Reinos

Richard Matheson

Tradução

Roberto Muggiati

Rio de Janeiro | 2014

Capa: Oporto design

Editoração: FA Studio

Texto revisado segundo o novo
Acordo Ortográfico da Língua Portuguesa

2014
Impresso no Brasil
Printed in Brazil

Cip-Brasil. Catalogação na publicação
Sindicato Nacional dos Editores de Livros. RJ

M378o Matheson, Richard, 1926-2013
Outros reinos / Richard Matheson; tradução Roberto Muggiati. – 1. ed. – Rio de Janeiro: Bertrand Brasil, 2014.
322 p.; 23 cm.

Tradução de: Other kingdoms
ISBN 978-85-286-1902-7

1. Ficção americana. I. Muggiati, Roberto II. Título.

13-06293
CDD: 813
CDU: 821.111(73)-3

EDITORA BERTRAND BRASIL LTDA.
Rua Argentina, 171 — 2º andar — São Cristóvão
20921-380 — Rio de Janeiro — RJ
Tel.: (0xx21) 2585-2070 — Fax: (0xx21) 2585-2087

Atendimento e venda direta ao leitor:
mdireto@record.com.br ou (0xx21) 2585-2002

Com todo o meu amor
para Ruth Ann,
a bela princesa
da minha vida

Agradecimentos

Meus imensos amor e gratidão para Diana Mullen, por sua assistência interminável na preparação deste livro. Ela foi uma torre de ajuda paciente para mim.

E para meu filho Richard, por todo o seu amoroso apoio e sua assistência.

Que visão diferente do mundo amanhece sobre nós quando nos abrimos para a vida da alma na Natureza. [...] Fazer isso deliberadamente [...] equivale a experimentar uma aceleração que não conhece fim. Somos conduzidos porta após porta, limiar após limiar [...]

— Marjorie Spock

Introdução

Para começo de conversa, meu nome não é Arthur Black. Meu sobrenome é White. Meu nome de batismo é Alexander. O editor de meus vinte e sete romances decidiu que Alexander White não era um nome adequado para o autor da série MEIA-NOITE — com destaques como *SEDE DE SANGUE À MEIA-NOITE* e *FOME DE CARNE À MEIA-NOITE*. Entre outros saborosos itens. Adequadamente, deu-me o nome de Arthur Black. Eu fui na onda. Precisava do dinheiro. A três mil dólares cada título — depois três mil e quinhentos —, consegui me adaptar.

Apesar do questionável teor da minha obra de trinta anos, hesitei em escrever este livro. Por quê? Porque é verdade. Não importam as maravilhas e os terrores indescritíveis (que, apesar de tudo, tentei descrever): cada incidente é factual. Vocês, sem dúvida, questionarão essa afirmação. Relendo meu manuscrito, sou tentado a questioná-lo eu mesmo. No entanto, meu relato é verdadeiro; eu juro. Esqueçam a série MEIA-NOITE (supondo que vocês tenham a pobreza de julgamento e os trocados para chegar a ler esses livros). Isto agora não é (*não* é, eu enfatizo) ficção. Por mais bizarra e horripilante que possa ser (e eu tentei não exagerar nos elementos mais grotescos), não há uma dúvida sequer na minha cabeça de que tudo isso aconteceu em 1918, quando eu tinha 18 anos.

Tenho 82 agora — o que lhes dá alguma ideia do quanto esperei para escrever este livro.

Arthur Black (como vocês me conhecem)
9 de fevereiro de 1982

I

Capítulo Um

Nasci no Brooklyn, Nova York, em 20 de fevereiro de 1900. Filho do capitão Bradford Smith White, da Marinha dos Estados Unidos, e de Martha Justine Hollenbeck. Tive uma irmã, Veronica, mais nova, que morreu no mesmo ano em que estes estranhos incidentes começaram.

O capitão Bradford Smith White, da Marinha dos Estados Unidos, era um canalha. Pronto, afinal escrevi isso, depois desses anos todos. Era um canalha total. Não, não era. Era um homem doente. Tinha o cérebro deformado — assolado por sombras, podia-se dizer.

Veronica e eu (especialmente Veronica) sofríamos muito em suas mãos. Sua disciplina era férrea. A Marinha o poupou de ser internado, acredito. Onde mais seu comportamento semidemente seria permitido? Nossa mãe, de coração tenro, morreu antes dos 40. Eu deveria dizer "escapou" antes de chegar aos 40. Sua vida de casada foi uma temporada no inferno.

* * *

Vou apresentar um pequeno exemplo:

Um dia, em março de 1915, mamãe, Veronica e eu recebemos um convite (uma ordem) para comparecer a um almoço no navio do papai (um navio de suprimentos, eu me lembro). Nenhum de nós queria ir, mas praticamente não havia alternativa — almoço no navio de papai ou, caso recusássemos, várias semanas, talvez um mês, de punição indeterminada.

Envergamos, então, nossas vestes domingueiras e fomos levados de carro até o estaleiro da Marinha, onde descobrimos que o navio do papai estava ancorado no rio Hudson, que, com ventos fortes, era fustigado por pequenos tsunamis.

Qualquer marido e pai em sã consciência teria permitido que sua família enfrentasse experiência tão perigosa? Eu lhes pergunto: não teria qualquer homem em seu juízo perfeito cancelado aquela empreitada tão maluca e levado sua família para um restaurante decente? Respondo por vocês. Claro que teria feito isso. O capitão Bradford Smith White, da Marinha dos Estados Unidos, comportou-se como se tivesse a mente sã? Adivinhem só. Nós devíamos almoçar a bordo do USS *White* — *Canalha*, é que devia se chamar. Se naufragássemos todos a caminho — como é que a galera de hoje diz? —, *se ferrou, cara*. Lastimável, mas inevitável.

Pisamos, balançando, no escaler do capitão — sua lancha particular — e partimos. Os toldos laterais foram baixados, uma concessão do papai à realidade, sem dúvida. O vento, porém, soprava com tanta fúria que os toldos se abriam na parte de baixo, borrifando-nos com o rio Hudson. Desnecessário dizer — eu digo, mesmo assim — que as ondas estavam mais do que encrespadas; pareciam montanhas. O escaler tremia e corcoveava, adernava e sacudia. Mamãe implorou ao capitão que voltasse, mas ele ficou inflexível, os lábios comprimidos e sem sangue. Nós chegaríamos ao navio "*toot-sweet*"* — ele usou a expressão ou, deveria eu dizer, a massacrou? Mamãe segurava um lenço contra os lábios, sem dúvida para evitar perder as refeições

* Referência jocosa à locução francesa *tout de suite*, imediatamente. (N.T.)

anteriores daquele dia. Veronica chorava. Corrijo-me: ela tentava (em vão) prender o choro, porque o capitão detestava suas lágrimas, deixando bem clara sua opinião com um olhar crítico sombrio.

De algum modo, apesar da minha convicção de que estávamos todos destinados ao fundo do rio, finalmente chegamos — ainda vivos, mas molhados — ao navio do papai, que, caro leitor, estava longe de ser a conclusão do nosso pesadelo nauseante. Não havia, veja só, degraus convenientes até o convés, apenas uma escada exterior de metal que, devido às ondas galopantes, era varrida pela água. Por essa via amiga de escorregões e deslizamentos subiu o clã dos White, totalmente convicto de que a morte, sob uma variedade ou outra — por queda e/ou afogamento —, era iminente. (Na verdade, a queda primeiro, depois a submersão nas profundezas líquidas.)

O farol do escaler ofuscava — aumentando nossa escalada às cegas, com o holofote do navio também aceso —, e mamãe subiu primeiro, assistida (pobremente) por um marinheiro aterrorizado. Para meu espanto — e incrédulo alívio — ela não caiu nem submergiu, alcançando o convés, ainda molhada, mas sem um arranhão. Veronica foi a seguinte. Naquele momento eu invoquei a esperança de anjos da guarda. Desistindo por completo do seu esforço de não chorar para não ofender o capitão, ela avançou com dificuldade, ajudada, subindo a escada aguacenta, escorregando mais de uma vez e derramando lágrimas e soluços copiosos. Eu a segui; agarrando a balaustrada de metal fria tão rigidamente que minhas mãos ficaram anestesiadas. Nenhuma assistência para mim. Papai presumiu que eu era forte o suficiente para me virar sozinho — ou então alimentava uma esperança secreta de que eu despencasse para um túmulo aquoso e o livrasse de um filho irritante.

Qualquer que fosse o caso, eu subi sozinho, agarrando a grade da escada com as duas mãos. Acima de mim — tentei não erguer o olhar, mas o fiz, distraído pelo furioso drapejar da saia de Veronica, divisando, a certa altura, sua calcinha — um lampejo momentâneo de líquido escorrendo. Nenhuma surpresa. Eu fiz o mesmo. E imagino se mamãe, também, sofreu algo parecido. A fraqueza não podia de modo algum ter vindo dos genes paternos. Se ele tinha alguma fraqueza, era o da incapacidade total de se identificar com outros seres humanos.

Num ponto da escalada que desafiava a morte, Veronica escorregou da escada completamente, gritando de terror, o salto alto do seu sapato esquerdo (por que não usou botas de alpinista?) cortou o alto da minha cabeça (por que eu não usava um capacete de bombeiro?), que começou a sangrar. Um momento arriscado. Veronica cairia no rio? Eu sangraria até morrer?

Nem uma coisa nem outra. Veronica, soluçando, abalada até o cerne, pobre e querida criatura que era, recuperou o apoio, ajudada pelo marinheiro que estava com ela, e foi elevada até o convés por outro marujo, um ruivo brutamontes e desajeitado. Eu subi a seguir, e depois, para meu pesar, vi o capitão Bradford Smith White, da Marinha dos Estados Unidos, com um fino sorriso em seus lábios de granito. Ele se divertiu com todo o episódio. Estou certo de que mamãe o teria matado. Eu idem. Duas vezes.

Algumas palavras sobre minha irmã. Veronica possuía uma alma realmente bondosa. Certa vez, no meio de uma tempestade, ela recolheu um filhote de cachorro ensanguentado que fora atropelado (e abandonado) por um motorista em excesso de velocidade. Ela o levou para casa — por cinco quarteirões — em seus braços. Por um golpe de azar, o capitão não estava ausente naquela tarde e deu-lhe a ordem de retirar "aquela desgraçada besta uivante" dos aposentos antes que ela sangrasse no tapete chinês feito a mão.

Somente um ataque de choro histérico de Veronica e um atípico bater de tamancas de mamãe, sem mencionar alguns seletos ataques verbais de minha parte, decorados com profanações impulsivas (pelas quais depois paguei um alto preço; deixo-o à sua imaginação), persuadiram o capitão Bradford Smith White, da Marinha dos Estados Unidos, em inferioridade numérica, a — muito contrariado — permitir que Veronica levasse o trêmulo e silente vira-lata — ainda sangrando — a um canto sem uso do porão.

Desci com ela, desobedecendo ao comando do bom capitão de "vá para a sua merda de quarto". (Outra omissão pela qual eu paguei um alto preço número 2.) Lá, observei a garota querida, suave, deus-abençoe-o-seu-coração — ainda chorando baixinho, engolindo soluços que sacudiam seu corpinho —, cuidar, com bondade amorosa, do filhotinho (ela era, pobre menina, uma Florence Nightingale adolescente), lavando-o e enfaixando-o, com ataduras de nossa farmácia doméstica. ("O cachorrinho precisa delas mais do que *ele*." Revelando para mim — como se eu precisasse disso — o quanto ela detestava nosso pai.) Medicando os cortes e as contusões do filhote, depois beijando sua cabecinha molhada, chorando de novo quando ele lambeu sua mão.

Final feliz? Vocês querem um final feliz? Deixem pra lá. Na manhã seguinte, bem cedo, Veronica correu ao porão para ver se o filhote estava bem. Ele havia desaparecido. Ela correu para interrogar o capitão Bradford Smith White, da Marinha dos Estados Unidos, e mamãe contou-lhe que nosso pai tinha ido passar o dia fora, cumprindo seus deveres navais — provavelmente surrando um marinheiro até a morte com uma corrente. Mas faço uma digressão.

Chorando sem parar, Veronica, suspeitando o pior (o que era mais lógico), correu para fora de casa. Encontrou o cachorrinho na varanda dos fundos, encolhido numa caixa de papelão descoberta. Desnecessário dizer — sinto-me vingativamente feliz ao dizê-lo — que ainda chovia, e o filhote tremia incontrolavelmente e estava morrendo. O que aconteceu naquela tarde. Gostaria de descrever a cerimônia de enterro conduzida por uma Veronica de coração partido, mas a lembrança é dolorosa demais para ser revivida em detalhes.

Mais uma história do capitão Bradford Smith White, da Marinha dos Estados Unidos. Outra estrela negra no seu *Livro da Canalhice*. Sua conclusão? Ele castigou Veronica por estragar um cobertor, por usar uma caixa de ataduras da farmácia caseira, por cavar uma sepultura sem autorização no solo do quintal e, ainda, por encenar uma cerimônia fúnebre "não cristã" sem autorização expressa da Igreja. Ele estava brincando? Não.

❦ ❦ ❦

Veronica nunca foi saudável, menos ainda robusta. Mamãe a levava de carro — uma viagem longa e inconveniente — até o hospital naval para tratamento. O capitão-vocês-sabem-quem não permitia que Veronica, mamãe e eu fôssemos tratados por um médico local. Ele era um oficial da Marinha (por Deus) e o tratamento para sua família deveria (repito, *deveria*) ser realizado em um hospital ou clínica naval. (Por Deus.)

Veronica foi enfraquecendo a cada ano que passava. Quando a epidemia da influenza chegou aos Estados Unidos, ela foi uma das primeiras eleitas. Coitada da querida e doce Veronica. Ainda sinto sua falta e choro por sua infelicidade.

O capitão exerceu o seu efeito brutal sobre mim, principalmente quando eu era pré-adolescente. Do signo de Peixes (rotulado "a lata de lixo do zodíaco"), eu, também, chorei muito antes de fazer quinze anos. Então, meu signo ascendente, qualquer que seja (na verdade, eu sei), deve ter ascendido fortemente e se declarado, pois comecei a me isolar do capitão B.W. Ele não me atingia mais. Se fosse o feliz dono de uma pistola carregada, eu provavelmente (não digo "indubitavelmente") teria dado vários tiros nele. Por Veronica. Por mamãe. Por mim mesmo. Sem nenhuma culpa. Isso eu sabia bem. E ainda o faria com um sorriso de satisfação.

❦ ❦ ❦

Evitei, o quanto foi possível, contar minha "terrível história". (Lembrem-se, claro, de que é também uma história extraordinária.) Vocês já sabem que por mais de sessenta anos eu estive envolvido emocionalmente demais para contá-la. Portanto, se eu sair de cena e permitir que o exagero comercial de Arthur Black venha a vazar, generosamente se apiedem da falta de visão e da busca monetária em minha provecta persona autoral. Eu lhes prometo que o que vou contar não escorreu do meu cérebro doentio. Realmente *aconteceu*.

❦ ❦ ❦

Voltem comigo. A Primeira Guerra Mundial estava em pleno andamento. O capitão Bradford Smith White, da Marinha dos Estados Unidos, queria, naturalmente, que eu entrasse para a Marinha; ele mexeria os pauzinhos para que eu conseguisse uma posição "adequada". Surpreende-o saber que eu hesitei? Alistei-me no Exército. Não posso descrever o intenso prazer que experimentei quando presenciei o olhar de repulsa no rosto dele ao lhe dar as "boas-novas". (Eu ia para a guerra em nome de Tio Sam!)

Portanto, lá estava eu, um recruta do Exército, sem dúvida destinado a uma viagem à França.

Não foi o início exato do meu pesadelo vindouro, mas foi certamente um bom começo.

Capítulo Dois

Em 16 de abril de 1917, os Estados Unidos declararam guerra à Alemanha. O que significa uma "declaração" de guerra, não faço a menor ideia. Suponho que signifique: "A partir de agora, mandaremos bombas e balas sobre vocês, e esperamos reciprocidade." Ou: "Vocês não são mais nossos amigos e, por meio desta, declaramos que os consideramos nossos inimigos." Ou alguma bobagem parecida.

Em 7 de junho, Dia Nacional do Recrutamento, eu me alistei e acabei me tornando um joão-ninguém na Infantaria, 28ª Divisão da Força Expedicionária Americana (FEA). Já contei a vocês a reação do meu pai quando virei as costas para a Marinha dos Estados Unidos. Depois que lhe dei a notícia, ele foi ao banheiro a fim de expelir um estoque de pelo menos dois meses de bílis diante da desagradável informação.

Depois, descobri que o recrutamento se aplicava a jovens patriotas de 21 a 31 anos. Portanto, eu poderia ter esperado. Ora, e eu me privaria do prazer de ver o rosto do capitão se retorcer de raiva? Não, fiz aquilo no momento certo. Eu poderia ter morrido mais cedo. Não importa. Na verdade, eu poderia ter morrido, de qualquer maneira.

Em julho, fui embarcado de trem (eu era meramente um carregamento a ser embarcado de ceca em meca) para Camp Kearny, na Califórnia. Lá, me destacava paramentado com a farda amarrotada, o chapéu de escoteiro, sem perneiras e três semanas de macacão. Durante 16 semanas aprendi as técnicas da guerra a céu aberto, da qual fazia parte a guerra de trincheiras. O general Pershing não a aprovava — ele preferia os ataques ofensivos.

Fui definido como "carabineiro". Devido à escassez de suprimentos, nossos rifles eram feitos de madeira; nós só ganhávamos armas de verdade na linha de tiro. Ensinavam-nos também a "operação" da baioneta. Pressupus que a vítima de um ataque de baioneta necessitaria de uma operação. Fomos instruídos também em camuflagem. Como se ela tivesse algum valor nas trincheiras.

O capitão Bradford Smith White, da Marinha dos Estados Unidos, teria ficado satisfeito pelo fato de que não havia "crioulos" na minha companhia; eles serviam exclusivamente num regimento segregado. Depois, eles foram (dessa o capitão não teria gostado) completamente integrados ao Exército francês, ganharam capacetes, rifles e outros equipamentos franceses. Os negros que ficaram na FEA executavam serviços de prestígio, como cavar sepulturas e descascar cebolas.

Por que éramos chamados de *doughboys*? Disseram-me que os soldados que marchavam nos desertos do sudoeste ficavam cobertos por tanta poeira misturada com suor que eles e seus uniformes assumiam a aparência de camadas de argila adobe. "Adobe" acabou virando *doughboy*. Isso provavelmente não é verdade, mas é uma explicação tão boa quanto outra qualquer. Os botões das camisas dos soldados pareciam doughnuts? Duvidoso.

Em 7 de dezembro de 1917, os Estados Unidos declararam (aquela palavra de novo) guerra ao Império Austro-Húngaro. Não havia jeito de sair agora.

Fui embarcado para o outro lado do oceano num pequeno navio de carreira britânico. Dormíamos num convés inferior, os oficiais ganhando o beliche superior. A comida, para ser caridoso, era medonha, o cheiro ainda pior, a água mal dava para beber — houve momentos em que quase me arrependi de não ter aceitado a oferta do capitão para me ajudar. Quase.

Levei treze dias vomitosos para chegar a Brest. Lá, com o estômago vazio, fomos transportados em "quarenta e oitos" franceses. (Vagões — quarenta *hommes*, oito *chevaux* — puxados a cavalo.) Viajando nesse estilo, fomos levados ao setor britânico, em pequenos caminhões antiquados e sacolejantes, cheios de correntes de ar, para "o front" — eufemismo para Zona da Morte. Lá, estimulados por champanhe francês barato — na época, setenta centavos por 250ml, cinco dólares quando a demanda excedia a oferta, ou quando os franceses descobriram que nós tínhamos mais dinheiro do que sabíamos o que fazer com ele e não queríamos explodir com grana em nossos bolsos. Fosse qual fosse o preço, pagávamos.

Assim, no final de dezembro de 1917, eu "entrei" nas trincheiras. Era assim que eles expressavam o ato. "Entrar" nas trincheiras. Como se fosse uma marcação de teatro. O que, de certo modo, era. O problema era que a peça era uma tragédia-farsa na qual éramos os intérpretes. Sem nenhuma esperança de um final feliz. E, claro, sem atores que ficassem para os aplausos finais. Até a temporada seguinte, quando um elenco totalmente renovado era convocado para atuar — ou morrer.

Foi assim que, física, mental e militarmente despreparado, eu entrei nas trincheiras.

Capítulo Três

Como posso descrever a "vida" nas trincheiras durante a Primeira Guerra Mundial? Histórico-pastoral? Para citar Polônio: Trágico-histórico-cômica? Pastoral-e-qualquer-coisa? Quem sabe? Não sou o Bardo de Avon, sou Arthur Black. Talvez *Hamlet* mais *Macbeth* mais *Rei Lear* mais qualquer outra peça sanguinolenta da pena de Shakespeare. Pena que ele não escreveu *O Inferno*. Aquilo, sim, estaria mais próximo.

Não vou entrar em muitos detalhes aqui. Vou deixá-los para mais tarde na minha história. Correção: no meu *relato*. Tudo o que vou dizer, a esta altura, é: "Meu Deus, foi divertido!" Excetuando-se uns poucos elementos. Mil ratos, por exemplo. Nós atirávamos neles, batíamos com nossas pás. Não muitos, fiquem sabendo. Eles nos *avisavam* de bombardeios iminentes: sumiam antes.

Falando de bombardeios — outro elemento do qual vou dar uma pincelada neste momento. Onde nós estávamos, me contaram, bosques e campos plantados foram logo *artilharizados* (minha própria palavra) numa floresta de troncos de árvore estilhaçados.

Neurose de guerra.

As explosões, vocês sabem, criam um vácuo, e, quando o ar volta, provoca uma boa mexida no fluido cérebro-espinhal, que tem uma tendência para — como posso dizer isso discretamente? — deixar um sujeito irritadiço. Nenhum problema. *Doughboys* irritadiços eram retirados da frente de batalha e tratados com amor e carinho numa das muitas glamorosas estâncias do interior gaulês. Isso pode ser um exagero. E é. Sangrando pelas orelhas e urrando de dor, eles eram retirados das linhas de frente e provavelmente nunca mais eram vistos.

Agora, estou lhes dando detalhes. Desculpem. Mais um. Ataques de madrugada por representantes da Tripla Aliança. Eram oponentes admiráveis, pois vinham se preparando nove anos antes de nós. Vinham discutindo a questão desde 1888.

Detalhes mais terríveis ficam para depois. Vocês, fãs de Arthur Black, se segurem — vão ter seus apetites dementes saciados, eu lhes asseguro. Por ora, vou me restringir à informação mais técnica. (Vocês, fãs, podem escolher pular a próxima seção. Embora, se o fizerem, vou convocar o Grande Deus Horribilis para sugar a medula dos seus ossos. É isso aí.)

Vamos em frente. A vida nas trincheiras não era realmente divertida, pelo amor de Deus! Menos do que divertida. Dois milhões de nós fomos para a França. Pouco mais de duzentos mil voltaram. Isso lhes dá uma ideia? Levei muito tempo para escapar do sofrimento das memórias.

A trincheira em que eu morava tinha um metro e meio de profundidade e mais um metro de sacos de areia. Fico feliz que fosse uma trincheira franco-britânica. Disseram-me que as americanas só tinham um metro e vinte de altura, o que não impediria nossas cabeças de serem explodidas. Tínhamos uma escada de fogo, que permitia aos mais bravos de nós atirar nos hunos ou arremessar granadas de mão. Éramos bons nisso devido à nossa experiência com o beisebol. Arremesso certeiro, adeus sr. Chucrute! Pelo menos essa era a minha fantasia de Arthur Black.

Os britânicos, sabidos, davam mais ênfase à vida em trincheiras. Granadas de mão, metralhadoras e morteiros eram mais o seu estilo. Além disso, advertências sobre a preferência dos alemães em relação a eles. Bom para eles. Não fossem suas palavras de cautela, vocês poderiam estar olhando para uma coleção de páginas em branco. MEIA-NOITE *NADA*, por Arthur Black.

❦ ❦ ❦

Cruzei com Harold Lightfoot ao caminhar naquela tarde, e isso mudou toda a minha vida.

Mencionei "caminhar", mas era mais chapinhar, o fundo da trincheira tinha oito centímetros de lama. Tarde de domingo. Ou os alemães respeitavam o Sabá ou estavam temporariamente sem munição.

De qualquer maneira, eu salpiquei uma coisa viscosa nas pernas e no colo do jovem sentado, sem que eu o notasse, ao limpar algum tipo de arma. Eu digo "algum tipo" porque, depois de sua imersão na lama, não havia meio de distinguir exatamente o que era, exceto que era longa como um rifle e repulsivamente respingada. "*Ei, seu GP, veja por onde pisa!*" foram as palavras iniciais do jovem rotundo para mim.

— Eu peço desculpas — foi minha resposta imediata.

— Certamente *tem* que pedir — rebateu ele. — Limpar esta espingarda não é um mar de rosas, está sabendo?

Em precisava de legendas agora.

— *Espingarda?* — aventurei-me. Numa trincheira francesa? Por um soldado britânico?

— Sim, espingarda — retrucou. — Por que o espanto?!

— Não, eu... — E estava perdido na linguagem de novo. Tudo o que eu podia fazer era repetir (com uma palavra extra): — Eu peço *muitas* desculpas.

Tentei sorrir da melhor maneira que conseguia.

— Eu não percebi... — E apontei para o fundo da trincheira. — A lama. Está tão *funda*.

Minha desculpa renovada — e, suponho, meu sorriso — funcionou, quebrou o gelo, abrandou a parte injuriada, quem quer que fosse.

— Está bem, tudo certo — disse ele. Retribuiu o sorriso, o sorriso mais doce que já vi desde o de Veronica. Encantou-me. Estendi a mão.

— Alex White — eu disse a ele.

Ofereceu sua mão. A menor mão que eu já vira desde a de Veronica. Mas forte. Seu aperto era de aço.

— Harold Lightfoot — disse. Eu quase ri, mas consegui me segurar. Lightfoot. O nome mais estranho que conhecera desde... desde o quê? Capitão Bradford Smith White, da Marinha dos Estados Unidos? Não, meu pai era a *pessoa* mais estranha. Quase. Aguardem.

— E para onde você vai, Alex, perambulando? Apreciando a paisagem?

Eu ri um pouco. Ele também falava uma linguagem que eu fosse capaz de entender?

— Não — respondi. — Estou só esticando as pernas.

— A coisa está quieta — disse ele, como se entendesse meu comentário.

Decidi que ele devia ter entendido.

— Os alemães devem estar rezando — disse eu.

Deu uma risadinha.

— É possível — disse ele. — Mas rezando pelo quê?

— Pela nossa destruição, é claro — respondi.

Riu de novo, de modo mais volúvel.

— Com toda a certeza — disse. Farejou e apontou para a caixa de madeira com o suprimento de sopa sobre a qual estava sentado. — Quer me fazer companhia, Whitehead?

— White — corrigi. — Obrigado — E sentei-me ao lado dele. — É muito generoso.

— Ah, tretas! — disse ele. A língua de novo. (Eu sorri — palidamente — como se tivesse entendido aquilo também.)

— Preciso de companhia. Não sei necas de francês. E os *tommies** são PNR. — Vendo meu rosto, ele acrescentou: — Desculpe, PNR quer dizer "péssimo negócio do rei". Soldados horrorosos. Pegou?

— Peguei — respondi, sorrindo.

Ele devolveu o sorriso de novo. Extremamente encantador.

— Gostei de saber disso.

— E GP? — perguntei.

Ele pareceu embaraçado.

— Não vem ao caso — disse.

— Quer dizer... grande paspalho? — palpitei.

— Mais ou menos isso, Whitehead — confessou.

— White.

— Ah, sim. Errei de novo. — Aquele sorriso. Seria capaz de trazer perdão para um crime capital.

Antes de continuar, deixem-me explicar (parcialmente) meu comentário de abertura à minha apresentação de Harold Lightfoot, de que ele mudou toda a minha vida. Ele o fez. Na maior parte, para melhor. Não inteiramente, porém, como vocês — para citar Arthur Black — "irão descobrir na sequência, esperançosamente, para sua edificação, mais provavelmente para sua..." Bem, vamos deixar isso de lado. Não quero espantá-los tão cedo. Vamos apenas dizer que,

---

* Singular, *tommy*, soldado raso britânico. (N.T.)

sim, da maneira mais definitiva, Harold Lightfoot mudou minha vida.

❦ ❦ ❦

— Você é um ianque — disse Harold Lightfoot. — De onde?

Eu lhe disse que era do Brooklyn, Nova York, e ele imediatamente embarcou numa palestra detalhada, informando-me que, naturalmente, era um fato bem conhecido que a Inglaterra tinha uma cidade chamada York. O "novo" mundo sendo estabelecido exclusivamente por imigrantes ingleses (segundo Harold), eles batizaram aquela cidade de *Nova* York (ênfase dele), seguida por uma conversão de Jersey em *Nova* Jersey, de Hampshire em *Nova* Hampshire e todo o pacote em *Nova* Inglaterra.

Ele estava completando sua palestra quando os alemães, tendo completado o serviço de Sabah ou recebido um novo carregamento de munição, jogaram algumas dúzias de morteiros em nossas trincheiras, várias das quais caíram em nosso local particular. Optando por cautela em vez de provável desmembramento, Harold Lightfoot (seu rápido movimento comprovava seu sobrenome) e eu nos retiramos a toque de caixa para o que chamávamos de "a caverna" na retaguarda da trincheira, onde dormíamos, cozinhávamos nossa gororoba gourmet — um ensopado feito de "carne de macaco" (bife horroroso) e qualquer outra coisa comestível que não tivesse veneno mortal —, comíamos nossa ração sola de sapato (apropriadamente chamada), dormíamos e sonhávamos nossos sonhos sem sentido. Lá, Harold Lightfoot e eu nos escondemos enquanto o mundo explodia ao nosso redor.

Capítulo Quatro

A partir daí, minha amizade com Harold Lightfoot consistiu em (1) interpretação de linguagem e (2) informação militar geral. Uma amostra superficial a seguir.

Um:

a. "E porcos podem voar!" significava "Sim, *claro!*" (Sarcasmo.)

b. "Desgraçadamente perto" significava "Essa foi por um triz". (Usada com frequência para morteiros que caíam bem perto.)

c. "Fácil como beijar sua mão" significava "Moleza".

Dois:

a. Fomos "dispensados" de nosso fuzil Springfield calibre 30, modelo 1903, com ação Mauser. Substituiu-o o fuzil Lee Enfield P17 de câmara de repetição, calibre 30.06. (Como Harold lembrava esses detalhes ainda me intriga.)

b. Granadas de mão são acionadas assim: (1) Puxe a "colher" (o pino de metal). (1a) Mantenha a "colher" inserida até estar preparado para... (2) Jogar a granada (de preferência sobre o inimigo), que explodirá, espalhando fragmentos do projétil num raio de 25 metros. (O passo 1a era essencial, Harold enfatizava.)

c. Baionetas? Esqueçam. Um fuzil com uma baioneta acoplada ficaria muito pesada. E revólveres de calibre 45?

Só para oficiais. Espingardas?, perguntei a Harold. Disse que conseguira a sua no câmbio negro. A espingarda era chamada “vassoura de trincheira”. (Pensem nisso.) Os alemães eram contra. Elas violavam as “regras da guerra”. Eu, geralmente, imaginava que tipo estranho de pessoa criara aquelas “regras”, que deveriam ser “fique em casa e deixe tudo o mais em paz”.

d. Atenção para o “gás residual” em abrigos contra bombas. O envenenamento por arsênico era um subproduto das explosões de granadas de gás. Com ação corrosiva, ele devorava os testículos de qualquer homem que se refugiasse naquele abrigo particular. Para não mencionar a desfiguração facial.
e. Fiquem longe dos bordéis. Sífilis e gonorreia (nunca acertei sua grafia) podiam prejudicar suas capacidades guerreiras.
f. Esqueçam o que o Exército lhes ensinou sobre camuflagem. Numa trincheira?

❦ ❦ ❦

Harold mencionou Gatford numa tarde nublada antes de outro ataque terrestre. Ele se sentia fatalista, imagino. Talvez não. De qualquer modo, mencionou Gatford, começando com:

— Eu me pergunto se um dia vou conseguir voltar para casa.

— Sua casa é onde? — perguntei.

— Gatford — respondeu.

— Onde fica isso? — perguntei.

— Cidadezinha no norte da Inglaterra — disse Harold.

— Simpática?

— *Maravilhosa* — disse Harold. Nunca usara essa palavra antes. Não, uma vez só. Em referência aos seios enormes de uma mulher. Mas isso era mais sentimental.

— Sente falta dela, então? — perguntei.

— Quem não sentiria? É *maravilhosa*.

Duas vezes, agora. Concluí que ele gostava do lugar.

— Gatford — comentei.

— Gatford — repetiu ele.

— E você acha que é maravilhosa.

Harold franziu a testa.

— Está caçoando de mim? — perguntou.

— Não, de modo algum — respondi, sentido culpa por ele pensar assim. — Eu nunca diria que o Brooklyn é maravilhoso.

— Tá certo — disse Harold com aquele sorriso. Eu admirava aquele sorriso.

— Me fale dela — pedi.

Gatford, contou-me, ficava na parte norte da Inglaterra, uns cinquenta quilômetros a sudeste de... não, melhor não lhes contar onde fica. É possível que vocês inventem de ir até lá, e isso seria uma péssima ideia... por uma quantidade de razões que vou enumerar. Por enquanto, aceitemos que Gatford fica uns cinquenta quilômetros a sudeste de ——. E não achem que, conhecendo seu nome, será mais fácil de encontrá-la. Nada disso. Se Harold não houvesse me dado instruções precisas, eu nunca a teria encontrado. Nem você. E Harold se foi.

O que havia de tão maravilhoso em Gatford? Harold teve pouco sucesso em me contar. Tudo o que conseguia repetir era "maravilhosa". Os jardins, os chalés, as lojas, os... bem, toda a *região* era "maravilhosa", (embora um pouco "diferente"). Isso ele nunca explicou Portanto, eu recebi poucas informações específicas sobre a cidade natal de Harold Lightfoot, exceto que — como ele reiterava sempre — era "maravilhosa". Por algum tempo, antes que o bom senso interviesse, tive a sensação de que Gatford o havia de certa forma hipnotizado, para descrever numa única palavra. Então, abandonei esse sentimento. O capitão Bradford Smith White, da Marinha dos Estados Unidos, havia erradicado todo pensamento imaginativo da minha psique. Meu Deus, como aquilo mudou! Como vocês descobrirão, espero eu para sua edificação, mais provavelmente para sua... bem, vocês já ouviram isso antes. No estilo Arthur Black.

De qualquer forma, Gatford estabeleceu-se na minha cabeça como uma maravilha não identificada do norte da Inglaterra. Na época, a falta de localização definida não tinha importância para mim, uma vez que eu não tinha a intenção de ir para lá.

❦ ❦ ❦

E assim, à medida que as semanas passavam, minha amizade com Harold Lightfoot crescia.

Na tarde em que ele foi morto, discutíamos — espaçando nossa conversa com escapadas apressadas para o buraco mais próximo para evitar os efeitos terríveis dos morteiros — o tema uso da espingarda. Dessa vez, minha curiosidade não se dirigia aos efeitos de um "rombo" de espingarda. Eu os vira, ficara nauseado com seu aspecto e os entendera implicitamente. Em vez disso, minha curiosidade tinha a ver com o procedimento da compra. Com quem Harold conseguira a espingarda? Quanto pagara por ela?

Harold escolheu não revelar a identidade do mascate de trincheira. Não era uma boa ideia, enfatizou. Se isso acontecesse, ele poderia ser preso e, provavelmente, levado à corte marcial. Aquilo não fazia diferença para mim. Eu só estava interessado no método de pagamento. Dinheiro? Não acredito que os *tommies* ganhassem tanto assim. A não ser que tivessem patente mais alta. Escambo? Em troca do quê?

Foi então que Harold, constrangido por não revelar o nome da fonte da espingarda, revelou-me o que usara como moeda de troca pela arma em questão. Ouro, contou ele.

— Onde você conseguiu ouro? — perguntei.

— Me mandaram — disse.

— Quem te mandou? — perguntei. Ou seria "quem lhe mandou"? Eu nunca soube essas coisas de gramática.

Ele hesitou. *Por quê?*, fiquei pensando. Havia algum crime na história?

Foi como se ele tivesse lido meu pensamento.

— Eu não o roubei, Alex — disse.

— Como, então?... — Aquilo ainda soava misterioso para mim.

— Minha família me mandou — disse ele, depois de outra visível hesitação.

— Não brinca — disse eu, impressionado. Agora eu estava meramente curioso, não mais desconfiado. — São donos de uma mina de ouro?

— Não. — Ele riu agora, mais descontraído. — Eles simplesmente... — outra hesitação, como se estivesse se expondo demais outra vez — eles simplesmente sabem onde achar — contou-me.

E isso fica onde?, pensei. Decidi não pressioná-lo mais nesse quesito.

— Em moedas? — perguntei.

Ele riu de novo, não forçando dessa vez.

— Não, uma pepita — disse.

— Uma pepita — repeti.

Assentiu com a cabeça, sorrindo.

— Uma pepita de que tamanho? — perguntei.

— Grande como a sua cabeça — disse ele, com a cara limpa. Sabia que ele estava brincando, e deixei o assunto de lado. Não era realmente da minha conta. Gostaria de descobrir mais, mas, obviamente, Harold não queria discutir aquilo. O motivo eu descobri depois.

Foi naquele momento que as granadas de mão começaram a cair na nossa parte da trincheira. A primeira explodiu quase inofensivamente, enterrada, abaixo da lama. Antes que a segunda detonasse, Harold e eu estávamos escondidos em nossa parte da caverna.

Eu devia imaginar o que significava quando Harold grunhiu e contorceu-se ao meu lado. Não é defesa alguma da minha parte dizer que eu não tinha noção, que não podia conceber que um de nós poderia morrer. Não eu, nem Harold. Éramos invencíveis.

Não éramos, naturalmente. Achei que o fim da chuva de granadas era o fim dos problemas naquele momento. Como eu podia saber — eu deveria dizer por que eu não *sabia* — que o ferimento de Harold era mortal?

A primeira percepção chocante da verdade me atingiu — *duramente* — quando o vi deitado sobre as costas na trincheira, uma careta de agonia no seu rosto rotundo — os dentes cerrados e as faces redondas retesadas, os olhos quase fechados, olhando para o nada.

— *Harold* — disse eu. (Aquele soprano grasnado era realmente minha voz?) Rastejei na sua direção.

Dois *tommies* tentaram colocá-lo sentado.

— *Não, não façam isso!* — gritou ele; eu não sabia por que naquele momento. — Estou melhor assim — disse ele.

Pelo menos acho que ele disse, sua voz era quase ininteligível.

— *Por quê?* — lembro-me de perguntar, estupidamente, como ficou provado.

— Porque — resmungou ele. Então eu acho que acrescentou: — Minhas entranhas vão cair.

Se ele realmente disse aquilo ou não tem sido uma das curiosidades duradouras de minha vida. Era a verdade, porém. Poucos minutos depois, quando um médico tentou rolá-lo para o lado, Harold gritou de dor e eu tive uma visão momentânea (aflitiva) do seu ferimento. Tudo o que se podia ver eram ossos despedaçados, intestinos sangrentos. Aquela visão me acompanha até hoje.

Harold falou meu nome e eu me inclinei sobre ele, um fluxo constante de lágrimas tolhendo minha visão do seu rosto.

Como ele conseguia sorrir no meio de toda aquela dor excruciante eu não sabia e ainda não sei. Mas ele o fazia. Aquele sorriso extremamente encantador. Mesmo com sangue escorrendo de seus lábios.

— Ouça — conseguiu dizer —, quando chegar a Gatford...

Chegar a Gatford? Eu nunca levantara aquela hipótese. Ainda assim, não ia contradizê-lo quando se achava no momento crucial da vida, no fio da navalha da morte.

— Você *irá* até lá — disse ele, como se estivesse lendo a minha dúvida.

— Sim — respondi. Não tinha intenção de ir. Mas meu amigo Harold estava morrendo. Deveria acrescentar sofrimento mental à sua angústia corpórea? Nunca.

— Quando for — murmurou ele; gesticulou com a cabeça para que eu me aproximasse mais. Eu o fiz, e ele sussurrou: — Pegue meu ouro e venda. Compre um chalé... simplesmente evite o meio... — e parou, afogando num sussurro líquido que encheu sua boca de sangue. Sufocando, começou a tossir. Tentei chamar o médico, mas sua mão direita agarrou minha manga; de onde ele conseguiu força para isso é outro mistério insolúvel. Puxou-me para junto de seus lábios encharcados de sangue. — No fundo da minha mochila — disse. As últimas palavras de sua vida, mas perfeitamente claras.

Tive de arrancar seus dedos da minha manga. Chorei, então, como um bebê. Não só lágrimas, mas soluços. Aquilo me lembrou de Veronica. Fiquei de pé com esforço, caindo duas vezes, e comecei a cambalear para longe do corpo de Harold. Dei-me conta, então

— uma medida verdadeira do impacto da morte de Harold —, de que a mesma explosão de granada que havia matado meu amigo tinha rasgado minha coxa e meu quadril direito, ensopando minhas calças de sangue. Não desmaiei imediatamente, mas pouco depois — e recuperei a consciência num hospital de campanha. *Lá se vai minha pepita de ouro:* foi o primeiro comentário maldoso que emergiu do meu cérebro.

O que traz à tona a terra incógnita inicial dos dias seguintes. Nunca voltei à trincheira para olhar o interior da mochila de Harold. Mas no fundo da minha, achei uma pepita de ouro do tamanho de uma laranja. Conforme relatei, tenho hoje 82 anos. Nos últimos 64, não encontrei uma solução para esse enigma.

Outra pergunta (entre muitas) me perseguia. Evitar *que* meio?

Assim terminou minha relação com Harold Lightfoot.

Eu pensava.

Pensava também que nunca fui ao mercado para (usando a palavra de Harold) "peregrinar" a Gatford, para uma visita ou para me fixar lá. Estando tão próximo de sua morte terrível, eu me sentia seguro (mesmo não pensando em ir até lá) de que aquilo voltaria constantemente à minha memória, a visão de suas costas rasgadas — os ossos brancos estilhaçados, as lacerações de seus órgãos como picadinho de carne, as poças de sangue cobrindo tudo. Visitar Gatford com aquele risco? Nunca.

Na minha vida, "nunca" parece ter sido uma expressão que se ausentou do meu léxico. Sempre deveria ser, reconheço hoje, "Ora, por que não?" Pois: por que eu saberia o que 1918 iria alterar na maré de acontecimentos que controlava minha existência? Não sou um devoto inquestionável da observação astrológica, mas, por muito tempo, parei de descrer no destino. O destino parecia decidido a me mandar para Gatford.

Como?

Item um. A morte da minha irmã pela influenza em 1918. Ela era, como vocês sabem, extremamente cara a mim. Sua ausência do cenário de nossa casa criou um vazio impreenchível.

Item dois. A morte da minha mãe no mesmo ano, criando outro vazio. Importava que a causa não fosse influenza? A causa foi...

Item três. O capitão Bradford Smith White, da Marinha dos Estados Unidos. Quem precisava de influenza quando um panorama de horror com o bom capitão estava sempre disponível? O conhecimento desse fato enfurecedor foi, naquele mesmo ano, embelezado por um convite do Rasputin da Marinha dos Estados Unidos. Agora, que eu havia "extirpado" a "opção errônea" das Forças Expedicionárias Americanas dos meus planos, ele estava disposto a ignorar a minha "tolice" e conseguir para mim um posto "não combatente" na Marinha.

Aquilo bastou. Gatford subitamente parecia muito convidativa. Hades também o pareceria. Em abril de 1918, quando tive alta e fui dispensado de minha obrigação militar "devido a dano físico", fiz preparativos para localizar a cidade de meu amigo.

Tarefa nada fácil. Não ficava no norte da Inglaterra, mas no centro da Inglaterra — a primeira ocultação dos fatos por Harold. Queria ele dizer que eu deveria "evitar" o meio da Inglaterra... inteiramente? Como eu dissera, por que não? Eu persisti, seguindo contrainstruções que ele me dera no sentido de localizar Gatford. Levei três semanas para encontrá-la. Quase desisti em várias ocasiões. Mas a lembrança — e a magia mental de meus três itens de negação — me manteve no caminho. E, numa ensolarada manhã de brisa em maio de 1918, localizei a cidade natal de Harold. Então, tendo caminhado alguma distância a partir do ponto de ônibus, sentei-me num pequeno morro de grama alta, em parte para descansar meu quadril e minha perna direita, que ainda doíam do ferimento dos estilhaços — mas, principalmente, para dar minha primeira olhada em Gatford.

II

Capítulo Cinco

Harold tinha razão. Gatford *era* linda. Acreditei nisso assim que a vi. Alcançara o topo de uma colina que dava para... o quê? Uma visão que nenhuma imagem em technicolor poderia igualar, quanto mais superar. Cores vívidas — verde lustroso para o carpete de grama; verde profundo para a folhagem das árvores antigas, de troncos retorcidos, e para a mata montanhosa distante; violeta-claro e etéreo para o céu. E, em meio a esse cenário sublime, uma atraente casinha cinzenta de pedra com um telhado inclinado, uma chaminé coberta, duas janelas e o que parecia ser uma porta aberta e acolhedora.

Abaixo de mim havia um estábulo modesto de pedra. *Para uma vaca?*, perguntei-me. Uma ovelha, um cavalo? Atrás dele ficava um minibosque com o que pareciam ser pinheiros e outro tipo de árvore (ou arbusto gigante) coberto por um buquê carregado de flores laranja-amareladas. Ao fundo dessa paisagem idílica via-se um riacho calmo e estreito. *O paraíso*, pensei. Um universo de distância em relação ao Brooklyn, Nova York, e três galáxias de distância do capitão Bradford — como era mesmo seu sobrenome? Não conseguia lembrar. Ou preferia não fazê-lo, admirando aquele panorama magnífico.

Questões imediatas exigiam minha atenção. Seria aquela a choupana que Harold me dissera para comprar? Seria muita coincidência. De qualquer jeito, ela estaria à venda? Poderia ser alugada?

Caso fosse possível, quanto me custaria? Com meu soldo de dispensa militar, poderia pagar alguns meses de aluguel, presumi. Mas comprá-la? Com o quê? Minha pepita de ouro? Dificilmente. O ouro provavelmente valia mais que a choupana — se é que estava à venda, e quem a venderia e deixaria aquela morada dos deuses? Não, o ouro tinha de ser vendido. Mas para quem? Eu não fazia ideia.

E, assim, fiquei ali, pensando, conjecturando, sonhando por um bom tempo. Até que a luz do sol se despediu e as sombras começaram a cobrir minha propriedade. (Em meus sonhos, eu já era dono da cabana.)

❦ ❦ ❦

Percebendo, então, que precisava muito de algo para comer e de um lugar para dormir durante a noite vindoura, fiquei ali, contorcendo o rosto, como sempre fazia quando exercia pressão sobre o quadril e a perna, até que parti na direção que acreditava ser a da cidade.

Como de costume, meus instintos geográficos se mostraram completamente equivocados. Não que isso me importasse — exceto pela fome cavalar e pelo desconforto de quadril-perna. Por quê? Porque (apesar do fato de que cada paisagem subsequente não pudesse igualar o deleite e a estupefação de minha primeira visão) fui exposto — ou me expus, para ser mais preciso — a um panorama praticamente infinito de extraordinárias (pelo menos, para mim) propriedades. Uma cabana de tijolos em vários tons de rosa, com a fachada quase coberta por uma imensa roseira — com duas janelas em mosaico tripartidas no primeiro e no segundo andares, além de um telhado inclinado marrom-escuro. Em frente à cabana, via-se uma esplêndida gama de flores primaveris amarelas, laranja, brancas e em diferentes tons de vermelho; dois enormes ciprestes atuavam como robustos guardiões próximo à entrada do jardim, e a propriedade tinha (o que não causa surpresa) gramados de um verde profundo e árvores verde-escuras. Nenhum riacho. Não era necessário.

Uma cabana com duas chaminés e telhado de lousa, feita de rochas mosqueadas e texturizadas, matriz de giz e areia verde. (Disseram-me tudo isso depois, antes que pensem que sou um entendido de arquitetura.) O design (também fui informado posteriormente) era quadrangular — janelas posicionadas de modo equidistante e uma porta central, com uma arcada coberta de roseiras; cercas vivas, árvores e gramados verdíssimos cobriam o restante da propriedade. Outra obra-prima deslumbrante. A distância, novamente o riacho. Perfeito.

Uma belezura de tijolos vermelhos com um telhado feito de tanta palha que quase alcançava o chão, além das janelas do segundo andar, ornadas por mantos também de palha. Atrás dela, árvores gigantescas com galhos que cresciam retorcidos e folhagem densa. À frente, uma longa fileira de cerca viva e, além dela, a grama verde-azulada. Bem longe, uma vista sutil do riacho. Mais uma vez, perfeito.

Eu poderia ter caminhado (ou melhor, mancado) o dia inteiro se conseguisse. Pude ver muito mais casas e propriedades do que descrevi. Mas vocês entenderam. Se Gatford era uma bela mulher, eu havia me apaixonado desesperadamente por ela.

❧ ❧ ❧

Meu conto torna-se sombrio a partir daqui.

O acesso ao vilarejo — o qual finalmente encontrei no meio da tarde (seria aquele o "meio" que Harold me dissera para evitar?) — dava-se através de uma ponte que nada tinha do charme que vira repetidas vezes enquanto procurava pelo vilarejo. Em vez disso, a ponte de pedra era feita de três arcos e tinha coloração marrom-escura, aproximando-se do preto. Suas paredes estavam rachadas e quebradas, sua passarela suja e coberta de ervas secas. Suas duas bases (o fluxo do rio era mais largo ali) pareciam a ponto de sucumbir. A aparência geral da construção era de — como posso descrever? Se pudesse falar, a ponte certamente diria: "Nem se dê ao trabalho de me atravessar, ninguém o quer do outro lado." Esse outro lado oferecia duas visões, ambas agourentas. A primeira, uma extensão de grama amarelada com dois melros empoleirados como estátuas em miniatura; *seriam* estátuas ou criaturas reais que não se moviam?

Eram reais, pois voaram para longe (morosamente) quando comecei a atravessar a ponte. Teria eu imaginado uma sensação de desconforto físico ao atravessá-la? Provavelmente — sua aparência certamente era o bastante para deixar qualquer um "fora do eixo", como dizem na Inglaterra. Qualquer que fosse o motivo, senti-me inegavelmente indisposto. Tal sentimento não abrandou do outro lado, diante da segunda visão — a qual, inicialmente, poderia ser tomada por uma igreja, mas depois se revelara uma construção tão assustadora (se não mais) quanto a ponte. Sua torre do campanário, a fachada de igreja e as janelas arqueadas eram todas construídas ou emolduradas por aglomerações de calcário e sílex. Havia uma torre em cada canto do teto coberto de palha. No topo de uma delas — o que me pareceu uma zombaria — via-se uma cruz de pedra. Sobre as outras três havia estátuas de pedra de grandes pássaros prestes a levantar voo. Não conseguia imaginar alguém sentado dentro daquela estrutura gótica, buscando Deus. Pelo contrário: para mim (ou para meu personagem, Arthur Black; mesmo aos 18 ele já se fazia presente), parecia mais o cenário ideal para um de meus romances posteriores, *O CONVENTO DA MEIA-NOITE*.

Mas basta com isso. Eu não estava à procura de uma primeira impressão desagradável. Amara tudo o que tinha visto até então. Por que permitir que o caráter frio e iminente de Arthur Black arruinasse minha alegria? Não o faria. Segui em frente.

Novos confrontos entre Arthur Black e Otimismo Duradouro. Quem poderia identificar o vencedor? Era uma batalha nobre. Uma contenda ferrenha, por todos os ângulos. Pois, quanto mais eu via o vilarejo, menos encantado ficava. Em vez de perfeitas, as cabanas pareciam desmazeladas, construídas sem um pingo de interesse, certamente sem cuidado. Às pressas, na verdade. Como se...

Não, não, resisti. *Vade retro, Arthur Black!* Não o chamei pelo nome, então; ele ainda não existia.

Mas, de fato, tive de lutar contra aquela reação negativa. Ah, a situação ficou um pouco melhor quando cheguei ao que poderia — presumi, achando graça — ser descrito como o "centro" de Gatford: um aglomerado de cabanas bem próximas umas das outras, lojas pouco convidativas e ruelas estreitas. Não muito melhor.

Numa das ruelas, deparei com a Carruagem de Ouro, um pub. Não muito charmoso nem convidativo, desmentindo completamente seu nome romântico. Mas, ainda assim, um pub, e eu estava sedento e faminto. Então, entrei no local em busca de repouso. Será que o encontrei? Julguem por si mesmos, enquanto descrevo o que aconteceu.

— Olá, soldadjo — disse o homem atrás do balcão.

O interior estava tão mal-iluminado que a princípio não o vi, enxergando apenas paredes cobertas por painéis escuros, cadeiras e mesas igualmente escuras e uma pequena janela.

Em seguida, avistei o barman, um homem maciço e barbado, de cabelos negros, vestindo uma camisa enorme com manchas vermelhas (não de sangue, acreditei), com braços e mãos fortes cobertos por pelos espessos. Apesar da aparência de um símio, parecia amigável.

— É nofo em Gatf'd? — acrescentou à sua saudação inicial.

— Sim, senhor — respondi.

— Chegou há pouco?

— Esta manhã — disse eu.

— Ah, tá. — Ele acenou com a cabeça, como se minha resposta tivesse alguma importância, e então prosseguiu: — Qual xua graxa, meu xovem?

— Alex. Alex White.

— Alex White — repetiu. — Bom nome.

— Obrigado.

— Meu nome é Tom — disse ele, estendendo a mão direita.

— Prazer em *conhecê-lo* — disse eu, e a palavra "conhecê-lo" escapou como um bufo enquanto seu aperto de mão esmagador triturava os ossos da minha mão. A sensação era essa, pelo menos.

— Como poxo xervi-lo, Whitehead? — indagou.

Jesus, pensei. Será que havia algo na água de lá que fazia as pessoas errarem meu sobrenome? Primeiro Harold, agora Tom. — Uma cerveja — pedi.

Ele metralhou os nomes de sete marcas. Respondi que qualquer uma servia; que me desse aquela que achava melhor. Enquanto ele despeja a cerveja (boa rima, essa), paro e abro minha sacola para tirar a pepita de ouro.

Se eu tivesse colocado uma aranha gigantesca sobre o balcão, duvido que tivesse provocado tamanho espanto de sua parte — tão excessivo que derramou metade de minha cerveja.

— Eita! — gritou.

Não consegui deixar de canto meu espanto: outra boa rima.

— O quê? — perguntei.

As palavras que se seguiram foram igualmente espantosas.

— *Guarde isso de volta!* — disse, ou melhor, ordenou ele.

— Qual é o problema? — perguntei, confuso.

— É que... — Fez uma careta, como se estivesse com raiva. Ou com dor.

Um calafrio percorreu minha espinha. Ele parecia alarmado, quase apavorado. Removi a pepita do balcão e a coloquei no bolso do casaco.

— Não entendo — disse eu. — Por que ficou tão incomodado?

— Onde a conseguiu? — perguntou. Ou melhor, exigiu.

— Com um amigo.

— Um *amigo?* — disse, soando, no mínimo, desconfiado.

— Sim. Um soldado britânico.

— Chamado Lightfoot? — afirmou ele, não perguntou.

Agora era eu quem estava perplexo.

— Sim, Harold Lightfoot — comentei —, na França.

— E por que ele lhe deu a pepita? — quis saber.

Àquela altura eu já estava ficando irritado.

— Porque estava *morrendo* — respondi, friamente.

— Morrendo.

— Isso mesmo, morrendo.

Fitou-me, dizendo em seguida:

— Harold Lightfoot.

— Sim — disse eu. Agora estava furioso. — Qual o problema? É só uma pepita de ouro.

— Eu *sei* que é uma pepita de ouro, Whitehead — disse ele. *Cristo!*, pensei, é *White! White!*

— Então? — exigi uma resposta. — *Qual é o problema?*

Sua mudança de comportamento foi tão desnorteante quanto seu óbvio temor. Ele sorriu gentilmente.

— Problema algum — disse ele —, não é tão comum ver pepitas de ouro grandes como esta. Se é que se veem. — Ele sorriu novamente. — Desculpe ter gritado com você. — De alguma forma, eu sabia que ele estava mentindo. Havia algo por trás daquele discurso de ele raramente ou nunca ver pepitas grandes como aquela. Muito mais. Mas o quê?

Nossa conversa depois daquilo — se é que se pode chamar de conversa — foi apenas conversa fiada. De onde eu vinha? Como era a França? Planejava ficar em Gatford? Logo desisti de tentar obter uma explicação para seu comportamento distante e frio em relação à pepita de ouro. Levando meu copo de cerveja e minha sacola para o outro lado do salão, sentei-me numa mesa próxima à janela — pela qual pouquíssima luz do sol conseguia penetrar. Fiquei ali, ponderando sobre o peculiar — e exasperante — incidente. Saquei a pepita do bolso do casaco e a examinei. *Um mistério dentro de outro mistério*, pensei. Qual era a resposta?

Capítulo Seis

— Sr. White? — disse a voz tranquila, assustando-me.

Ergui o olhar. Em pé, ao lado da mesa, estava uma figura sombria.

— Sim? — disse eu.

— Posso me sentar? — perguntou, puxando uma cadeira.

Uma vez que não havia necessidade de responder à sua pergunta inútil, não o fiz. Observei-o enquanto se sentava do outro lado da mesa. Tinha alguma idade, percebi, magro, com uma expressão sossegada. Depois, descobri que seu semblante tranquilo não simbolizava uma paz de espírito, mas sim um estado de sedação permanente; vivia sob o efeito de drogas.

— Meu nome é Brean — disse ele —, Michael Brean. — Estendeu a mão direita numa posição de "aperto". Senti que não poderia ignorar o gesto, então o cumprimentei.

— Olá — disse eu.

— Olá para você, sr. White — respondeu. Bem quando me perguntava como Brean acertara meu sobrenome, ele acrescentou:

— Escutei seu discurso com Tom.

Discurso, pensei. Foi isso o que eu fiz?

Por alguns instantes, silêncio. Em seguida, ele disse:

— Sobre seu ouro.

A-ha!, pensei. Suspeitava dele? Acho que sim.

— Posso dar uma olhada? — perguntou. Naquele exato segundo, a luz do pôr do sol conseguiu penetrar pela janela encardida, alterando seu olhar entorpecido para algo, pelo menos próximo de, ameaçador.

— Não sei — peguei-me dizendo. Impulsivamente, sem pensar.

— Ah, por favor — disse ele. — Sou o único joalheiro de Gatford.

Isto quer dizer alguma coisa?, pensei. E, então, a ganância prevaleceu sobre a desconfiança, como Shakespeare poderia ter dito. Será que ele teria realmente possibilidade de comprar a pepita de ouro? Coloquei-a sobre a mesa, diante dele.

— Diga-me o que acha — pedi.

Terá sido fruto de minha imaginação ou ele de fato passou a língua pelo lábio superior e revelou seus dentes? Devo ter imaginado; outro sinal primordial dos pesadelos de Arthur Black. Ou, então, realmente aconteceu. À luz dos acontecimentos subsequentes, certamente era possível. Mas esqueçamos isso por enquanto. O que sei é que o sr. Brean examinou a pepita de ouro com um olhar de cobiça. Cada vez que inalava o ar, fazia-o com tensão. A rapidez com que sacou seus óculos não foi imaginária.

Deve ter inspecionado a peça por diversos minutos (parecia mais) antes de dizer, com a voz notavelmente tranquila (o que me ocorreu só depois).

— Sim, é ouro de verdade. Ouro puro.

— Gostaria de comprá-lo? — perguntei rápida, gananciosa, obviamente.

Ele me encarou com as sobrancelhas franzidas. Será que agora suspeitava de mim? Seria eu um ladrão? Teria eu roubado a pepita? Ou, o que era mais provável, eu a teria encontrado em alguma beira de estrada sem fazer qualquer esforço para descobrir seu verdadeiro dono? Tudo isso era visível em suas feições entorpecidas, mas desconfiadas.

Em seguida, ele disse:

— Bem, podemos conversar.

Senti o estômago embrulhado. Ele não faria uma oferta. Nada do gênero.

— Claro — respondi. Depois acrescentei, novamente desconfiado:

— Mas sei que se trata de algo valioso.

— Ah, sem dúvida — disse ele, aparentemente concordando.

Senti-me melhor. Parte de mim agia com cautela: *Não o deixe enganá-lo*. Mas não com tanta cautela quanto deveria. Eu estava, basicamente, pronto para negociar.

— Você a conseguiu... onde? — perguntou o velho.

— Com um soldado amigo, na França — disse.

— Lightfoot. — Acenou com a cabeça.

— Sim.

— E quem deu a pepita a ele? — perguntou.

— Sua família.

— Ah — assentiu novamente. — Sua *família*.

Não gostei da maneira como disse aquilo.

❦ ❦ ❦

A conversa — ou, como vocês podem suspeitar, o interrogatório — prosseguiu por algum tempo. Perguntou-me se sabia que os antigos egípcios eram obcecados por ouro. (Para justificar sua própria inclinação óbvia?) Os faraós eram enterrados em féretros de ouro; referiam-se ao metal como "a carne dos deuses". Embora tivesse pouco uso prático (presumiu que eu já soubesse), o ouro sempre despertara um encantamento mágico na humanidade — e, claramente, também nele.

Gradualmente, minhas suspeitas foram se esvaindo. Não quanto à pepita de ouro. Fiquei cada vez mais curioso em relação à sua fonte. Refiro-me ao receio sobre o sr. Brean. Ficou evidente que ele queria o ouro para si, que o via como um artigo altamente desejável produzido pela Natureza. Para deixar claro, ele queria comprar a pepita por um determinado preço.

E assim foi comprada — pelo preço de cem libras. Eu sabia que deveria valer mais e ele também. Segundo o contrato por escrito (e eu me julguei bastante sagaz por ter insistido naquilo), o sr. Cara Sossegada concordava que, caso a pepita de ouro trouxesse mais retorno por parte do empório em que fosse negociada (nunca identificado), o lucro seria dividido comigo. Como terminou essa história — se querem uma deixa, de maneira horrenda — revelarei mais tarde. Outro mistério dentro do mistério.

E, assim, o acordo foi fechado, como se diz nas rodas de negócios. Acompanhei o sr. Brean (sob o protesto do barman, Tom, que me disse para arremessar "a maldita pepita" no lago mais próximo e esquecê-la) até seu escritório, que na verdade era sua casa, uma "cabana" evidentemente cara. Lá, deu-me o dinheiro que tinha à mão (cinquenta e sete libras e alguns trocados) e preencheu uma promissória no valor restante. Zombou repetidamente do terrível alerta de Tom.

— Essas pessoas são obcecadas por superstições — disse-me. *Obsessão de novo*, pensei. Ele parecia obcecado pela palavra.

❦ ❦ ❦

Aquele foi o fim. O sr. Brean me acompanhou até o Gateford Inn. (Descobri depois que Gateford, com e, era o nome original da comunidade.) Lá, reservei um quarto — eu parecia ser o único hóspede —, fiz minha refeição na sala de jantar, vazia durante todo o tempo, recolhi-me ao meu quarto e caí no sono rapidamente.

Apenas para sofrer com um pesadelo medonho. No qual comparecia a um funeral duplo — para minha mãe e minha irmã. O elemento medonho era que o bom (mau) capitão me recepcionava na porta, me afastava dos outros presentes, quem quer que fossem (eu não conhecia sequer um deles) e me informava que fora decidido pela "linha de frente" da Marinha que apenas uma quantia "limitada" seria paga pelo funeral, e assim... bem, eu veria.

Sim, eu vi bem. Tanto minha mãe quanto Veronica repousavam em caixas manchadas e esfarrapadas de papelão, ambas vestidas com camisolas maltrapilhas e enlameadas. Pior ainda, nenhuma tinha sido preparada para a ocasião. Os cabelos estavam despenteados e emaranhados, os rostos iguais a quando morreram — cinzentos e retorcidos, com alguns dentes emergindo entre os lábios negros e retraídos.

Gritei com meu pai:

— Como você pôde deixar que fizessem isso?! Está louco?!

Sim, isso mesmo. Ele *sorriu* para mim, com aquele maldito sorriso frio de superioridade.

— E quem é você? — perguntou.

— Isso é uma temeridade! — berrei. — Uma temeridade!

Ainda aquele sorriso enlouquecedor.

— E quem é você? — perguntou outra vez. (E foi aí que, suando e tremendo, acordei num emaranhado de lençóis e cobertas.) *Maldito!*, balbuciei, como se aquilo de fato tivesse ocorrido. Fiquei deitado até parar de tremer. Naquele momento, soube que nunca voltaria para casa. *Casa*, pensei, com um desprezo assassino. Não era mais aquilo. Ficaria em Gatford. Se voltasse ao Brooklyn, eu o mataria. Não, ficaria em Gatford.

Não sabia que aquilo seria um erro.

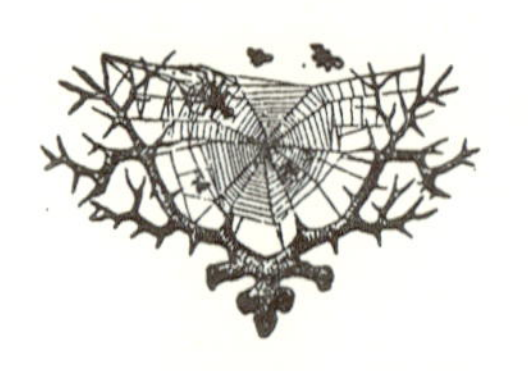

Capítulo Sete

O chalé que aluguei parecia um *bunker* de guerra nazista. Eu estava para escrever que "*lembrava-me* de um...", mas isso seria equivocado, obviamente. Nunca poderia ter-me feito lembrar de uma estrutura militar utilizada na Segunda Guerra Mundial. Lembre-se de que estou escrevendo em 1982. Dessa forma, posso afirmar, impunemente, que se parecia com um *bunker* de cimento (ou seria concreto?) nazista. Não que isso tenha qualquer importância. Continuem comigo. Tenho 82 anos e uma tendência a me prolongar. Garanto a vocês que os lances esquisitos aparecerão em breve — palavra de honra, sr. Arthur Black.

De volta ao chalé que aluguei. Lembrava-me um — perdão, estou apenas brincando. Ficava na periferia da cidade. Não era muito atraente, o terreno (limitado) estava coberto de ervas e imensos arbustos de samambaias, um dos quais se parecia com (não, não com um *bunker* nazista) um lagarto. Tinha até mesmo um olho, sob a forma de uma vívida flor.

Em relação ao resto. Nada para se vangloriar. Muito pouco, na verdade. Paredes granulosas de granito, uma janela em nicho, um vão disforme de onde pendia uma porta, um espaço com teto de tábuas formando o que se poderia chamar de um segundo andar; tratava-se de uma espécie de sótão para armazenar feno. Escuro e abafado, era alcançado por meio de uma escada. Aquele era meu quarto, caí na real, embora não houvesse espaço para uma cama; dormiria sobre um catre coberto de feno. Acho que tinha poucos motivos para reclamar, no entanto, já que o aluguel custava uma libra por mês. E pelo menos o telhado inclinado parecia sólido.

❦ ❦ ❦

O telhado inclinado e "sólido" tinha tantas goteiras que mais parecia uma peneira. Acordei no meio da minha primeira noite no Chalé do Conforto (batizado, tenho certeza, por algum cômico sarcástico) quase à deriva sobre o meu catre, com as roupas prontas para serem estendidas no varal.

Um tanto irritado, arrastei-me — vestindo deliberadamente as roupas ainda encharcadas — até a fazenda do senhorio. Ele expressou uma surpresa profunda diante de minha presença e do meu comportamento muito paciente. Lembrem-se, eu tinha apenas 18 anos, mas não queria me estabelecer em Gatford como um adolescente grosseiro. Consequentemente, sua reação — aprendi uma minilição com aquilo — foi cordial. Disse-me que mandaria um obreiro naquele mesmo dia para avaliar os consertos necessários em meu telhado. Argumentou que o chalé não era alugado desde 1916 e não se preocupara com a manutenção desde então.

Naquela tarde, o obreiro chegou. E minha aventura ganhou novas proporções.

— Tarde — disse ele, um homem rijo em seus... não dava para saber, poderiam ser 40, 50, 60, 70, 80 ou mais; parecia saudável o suficiente para ter qualquer idade. Estendeu a mão e apertou a minha com tanta força que me lembrei do cumprimento vigoroso de Harold.

— Sou Joe Lightfoot — disse.

Estou certo de que deixei meu queixo cair.

— Lightfoot? — murmurei.

— É esse o nome — disse.

Tentei falar, mas não consegui. Engoli em seco e minha voz voltou. Pelo menos para que conseguisse perguntar:

— Você é... parente de Harold? — Hesitei no meio da pergunta, não querendo especificar um grau de parentesco: tio, irmão, pai.

Sua resposta, como dizem, deixou-me embasbacado.

— Quem? — foi o que disse.

— Harold — balbuciei. — Harold Lightfoot. — Não conseguia acreditar que um nome daqueles fosse muito comum.

Mas era. Descobri, por meio dele, que Lightfoot *era* um nome de família comum em Gatford durante muitos séculos. Nunca ouvira falar de Harold, embora conhecesse um Harry Lightfoot.

Perguntou-me quem era Harold Lightfoot e contei-lhe a história. Respondeu que era sabido que muitos rapazes de Gatford haviam se alistado no Exército Britânico; pelo menos um de seus conhecidos morrera. A mãe dele ainda vivia em Gatford. Em algum lugar da floresta. Ele nunca tomara conhecimento da morte de Harold.

E terminou ali. (Por enquanto) o resto foi telhado e vazamento. Ele retirou a escada de dentro do chalé, apoiou-a contra uma das paredes externas e subiu no telhado. Lá, parecia saber exatamente onde estava localizada a pior goteira (sobre meu leito) e cobriu-a com uma mistura negra que carregara num balde; tinha a "ferramenta para espalhar" (não sei de que outro modo chamá-la) no cinto como se fosse uma arma de combate a vazamentos. Depois, carregou o catre ensopado para fora e colocou-o no único — milagroso, pensei — pedaço de sol disponível. Substituiria o catre no dia seguinte, disse; continuaria com seus reparos. Sugeriu que, naquela noite, eu dormisse em cima de meu sobretudo militar.

Foi o que fiz. E, embora tenha chovido novamente, permaneci seco, dormi bem, sem ter qualquer sonho (pelo que fiquei feliz) até o início da manhã. Joe já estava trabalhando no teto. Eu trouxera do vilarejo pão de centeio, um pedaço grosso de queijo cheddar e uma garrafa de leite. Aquele foi meu café da manhã, e eu o ofereci a Joe, que, por sua vez, me agradeceu e disse que "já desjejuara" com aveia e café.

Pensei, já que nada tinha a fazer, em dar uma volta pelo campo. Enquanto me distanciava da cabana, Joe gritou:

— Não saia da trilha, meu jovem! — Não lhe dei ouvidos. Mas deveria.

A trilha que levava à floresta de Gatford era bastante distinta. Em seu início, viam-se pedras achatadas de granito indicando a direção. Chegando ao bosque, as demarcações de pedra cessavam. Ainda assim, a estrada era claramente visível. Parecia-me (apenas *parecia*, disse a mim mesmo, sem querer sucumbir ao negativismo) que a floresta ficara mais silenciosa quando adentrei uma parte mais densa da mata — mais árvores, mais arbustos, mais grama e flores. Um pouco mais adiante, o som do "riacho balbuciante" vinha daquela parte. À medida que me aproximava do córrego. Ou o córrego se aproximava de mim. Perguntei a mim mesmo depois.

Cometi meu erro tão cedo devido ao descuido — ou, mais provavelmente, por não dar atenção às palavras de Joe. De qualquer modo, deixei a trilha e andei sobre um tapete de folhas na direção do ruído sedutor do riacho. Um minuto (ou menos, ou mais) depois, cheguei à beira do córrego e lá encontrei, como se esperasse por mim (basta de negativismo! ordenei a mim mesmo), um tronco caído de bétula, sobre o qual me empoleirei e admirei as águas que fluíam suavemente. Era uma visão hipnótica. A água, sob um feixe de luz do sol, parecia prateada. Lembro-me de ter suspirado de alegria diante da vista. Naquele momento, senti-me inspirado, e não mais irritado, como antes; estava determinado a não retornar ao Brooklyn. Aquele lugar era muito mais tranquilo e reconfortante.

Todos os novos componentes em minha vida agora pareciam atraentes e encorajadores. Até o Chalé do Conforto era atraente à sua própria maneira, granuloso, disforme e cheio de goteiras — não, não haveria mais goteiras depois que Joe consertasse o telhado. O pão de centeio era delicioso, o queijo amarelo, o leite cremoso. Tudo era agradável.

Nesse clima de apreciação, peguei uma pedrinha arredondada e a arremessei no córrego. O som ao atingir a água foi encantador.

Foi então que pensei (ou pensei ter pensado): *Não faça isso, menino.*

Que estranho, estou certo de ter pensado. Por que me viera tal reação? *Menino?* Nunca me vira como um *menino*. Por que agora? Peguei outra pedra.

Eu disse não, vieram-me à cabeça as palavras imediatamente. Assustei-me. Então, como em represália, as folhas das árvores sob as quais estava começaram a balançar. E lembrei — como se de fato ouvisse novamente sua voz — de Joe, gritando do telhado: "*Não saia da trilha, meu jovem!*"

Coloquei-me de pé. A dor no quadril e na perna — que não passara de um leve incômodo por meses — subitamente voltou a toda, e eu teria caído se não tivesse esticado a mão direita, colocando a palma sobre o tronco de madeira. Soltei um grito, *faire la move* (fazer careta, em francês) de dor; parecia que fora atingido por uma descarga elétrica. Levantando-me da melhor maneira possível — bem desajeitado, na verdade —, guinei na direção da trilha. Era o que eu pensava.

Não conseguia encontrá-la. *A porcaria desapareceu!*, foi minha reação. *Para onde essa merda foi?* Sabia que não me distanciara muito. *Quanto caminhei? Um minuto? Menos? Maldito seja!* Senti uma fúria verdadeira por minha incapacidade de encontrar a trilha. *Não, caramba, não era incapacidade!* Algo estava brincando comigo! Uma maldita e perversa brincadeira! *Por quê?* O que fiz para ofender aquele "algo"? Jogara uma porcaria de pedra na porcaria do riacho? Corri sem parar.

Àquela altura, retomei a razão. Uma voz dentro de mim disse: "*Calma, seu idiota. Está deixando sua imaginação tomar conta de você.*" Foi sua própria mente, aproveitando aquele estado de deleite interior, que lhe disse para não perturbar a perfeição e o encanto do córrego arremessando uma pedra na água. Depois veio um pensamento subsequente sobre o mesmo tema, uma reação tola às folhas que balançavam, um levantar atrapalhado devido à ferida ainda em processo de cura, o que levou a uma perda de equilíbrio e à queda com a palma da mão sobre o tronco, sendo a "descarga elétrica" nada mais que a reação de um nervo sensível ao impacto. Seguiu-se uma corrida imbecil e cambaleante. *Estúpido*, disse a mim mesmo. Completamente estúpido.

Olhando ao redor, vi o caminho; esperando, pensei de início. Não, *não esperando*. Ralhei comigo mesmo. Apenas estava *ali*. Fui até ele e voltei em direção ao meu chalé. No percurso, avistei outra trilha que não percebera antes. Parei por alguns instantes para examiná-la. Desaparecia adiante, em meio a uma mata densa. *Sugiro que não entre ali*, disse a mim mesmo. *Nem precisa sugerir*, respondeu minha mente. *Você já teve o bastante por um dia.*

Foi quando vi a pena. Era branca — assustadoramente branca — estendida na entrada da trilha. Inclinei-me para pegá-la. Ao fazê-lo, o vento começou a soprar em meio à folhagem das árvores acima. Senti um calafrio, e minha pele se arrepiou. No mesmo instante, soltei a pena; mal tive tempo para admirar sua delicada beleza. *Basta!*, gritou minha mente. A razão fora abolida. Um medo primitivo tomou conta de mim e corri de novo. Imaginei — ou não — ter ouvido uma voz fraca chamando por mim da floresta, da trilha que não vira antes. *Não!* (O pensamento era tanto de raiva quanto de pavor.) Corri até enxergar meu chalé a distância. Diminuí o ritmo, mas caminhei apressadamente até alcançá-lo.

— Estava me perguntando quando voltaria — disse Joe. Ainda trabalhava no telhado. Parecia-me um tanto tarde, e de fato era. Não ficara tanto tempo fora, ficara? Deixei a questão para lá. Depois de tudo por que passei.

— Afastou-se da trilha, não foi? — perguntou Joe, já afirmando.

Respirei dolorosamente.

— Como sabe? — perguntei.

— Está corado — disse Joe. — Suas bochechas estão vermelhas.

Droga, pensei. Não refletira sobre o assunto, mas acredito que não tinha a intenção de contar-lhe o que aconteceu. Mas o fiz, disparando as palavras com rapidez.

— Um segundo — disse-me Joe. Desceu pela escada e colocou-se diante de mim. Ouviu pacientemente meu relato semiesbaforido e então sorriu. — Eu lhe disse para não sair da trilha... — ralhou.

— Acha que... *algo* de fato tenha acontecido?

Só conseguia definir aquilo como "algo"; era o melhor que podia fazer.

— Claro que sim — respondeu, sem hesitação.

— O *quê?* — acho que perguntei.

— Foi o povo pequenino. Teve sorte de o deixarem escapar.

Fiquei boquiaberto, incrédulo, sem palavras.

— O *povo pequenino?* — disse.

— Sim. — Ele assentiu, ainda sorrindo. — As pessoinhas.

— *Pessoinhas* — disse eu, agora completamente perplexo.

— Sim, pessoinhas — repetiu. — Aqueles que vivem no Reino Médio.

Capítulo Oito

O capitão Bradford Smith White, da Marinha dos Estados Unidos, era, acima de tudo, um realista irredutível. Veronica e eu — e minha mãe, devo acrescentar — não éramos encorajados (ou melhor, "tínhamos a permissão") a expressar uma opinião, a não ser que pudéssemos "confirmá-la" com informações factuais. Fui educado com essa postura. Primeiro os fatos, depois as opiniões. Verifique toda e qualquer afirmação. Especialmente aquelas com um elemento "*outré*". Meu pai adorava essa palavra.

Vocês podem, então, deduzir com quanta incredulidade encarei a história de Joe. Meu ceticismo inato reinou soberano. Sim, fiquei bastante assustado com o que me ocorrera quando estava sentado à beira do riacho e quando peguei a pena. Mas aqueles foram incidentes causados pelo nervosismo. Justificá-los como fez Joe? "Uma chacota." Outra das palavras favoritas do meu *pai*, ainda que malutilizada. "Disparate." Outra favorita, talvez empregada de modo um pouco mais preciso. Seriam as palavras de Joe disparates? Na minha opinião, provavelmente sim.

— Você não acredita em mim — disse Joe, como se pudesse ler minha mente.

— Bem... sr. Lightfoot — comecei, educadamente, ainda que hesitante.

— Joe — corrigiu ele.

— Joe — disse eu. — Você... bem, você está me pedindo; *esperando* que eu... — acrescentei, rapidamente, ainda seguindo a linha (preconceituosa) de raciocínio do capitão-vocês-sabem-quem — engula [seria assim tão difícil?]... aceite o que está me dizendo.

— Por quê? — perguntou. — É a mais pura verdade.

— *Gente pequenina?* — disse eu, não com muito desdém, espero. — *Pessoinhas?* — zombei. — Por que não pessoas *invisíveis?*

— Também são — respondeu Joe. — Você não as viu, certo?

Ele soava tão ingênuo para mim. Não *para mim*; para o filho bem-disciplinado do capitão. Só pude dizer seu nome. Mas meu tom era tão claro — incrédulo, quase piedoso — que pude vê-lo retesar a face e o corpo.

— Muito bem — disse ele, com a voz seca. — Acredite no que quiser. Mas não saia outra vez da trilha, se dá valor à vida.

O modo como ele disse aquilo me provocou calafrios. E me fez perceber, naquele mesmo instante, que ele desejava apenas o meu bem.

— Desculpe-me — disse, com sinceridade. — Não quis soar ofensivo. É só que... — Estava a ponto de contar-lhe sobre a influência do capitão, mas decidi não o fazer. — Desculpe-me — repeti, com ainda mais sinceridade. Era uma boa pessoa, que não desejava mal algum. Quem era eu para ofendê-lo de tal maneira? E fui ofensivo, sem sombra de dúvida.

O Joe que conheci da primeira vez que nos vimos, cordial e prestativo, logo voltou, diante de minhas desculpas. Ele sorriu, e eu retribuí; tentei mostrar que era verdadeiro.

— Tudo bem — disse ele.

Esperei não soar novamente ofensivo quando sorri por entre os dentes e disse:

— De qualquer jeito, era uma história e tanto para eu... comprar. — Seria "comprar" a palavra errada?, perguntei-me.

Não para Joe. Ele sorriu de volta.

— Sim, lá isso é verdade — concordou. — Deveria ter lhe contado pouco a pouco.

É isso aí, pensei. Nada além de boa vontade comigo, aquele era Joe.

— Fiquei aliviado de vê-lo de volta em um só pedaço — disse ele.

Tentei manter meu espírito de camaradagem em relação a ele, mas devo confessar que aquelas três palavras me abalaram. *Um só pedaço?*

Disse-as em voz alta, tentando parecer entretido.

— Era só uma piada — disse ele. — Embora...

Meu sorriso e minha sensação de bem-estar desapareceram diante daquela palavra deixada no ar. Não consegui me segurar.

— Embora...! — desafiei-o.

— Nada — disse ele. — Falei na hora errada.

Falou mesmo, caramba!, exclamou minha mente. Felizmente, não verbalizei minha indignação. Em vez disso, eu disse:

— Você me abalou um pouco.

— Perdão — desculpou-se agora. — Estava tentando alertá-lo. Gosto de você, Alex.

— Também gosto de você — empenhei-me em dizer, tentando conservar um ar de cordialidade.

Esforçando-me bastante, disse:

— Então, fale mais sobre...

— As fadas? — perguntou ele. Estava me testando, certamente.

— *Cristo!* — respondi impulsivamente. — *Fatas?* (Naquela época eu errava a grafia.)

— Esse é um dos nomes — disse ele.

Não consegui evitar que minha língua formasse as palavras (sim, bastante ofensivas):

— Mulheres minúsculas, com vestidos de seda, voando por aí com suas minúsculas asinhas?

Ele ficou tenso novamente, mas manteve o controle.

— Algumas delas — disse ele, pacientemente.

Ah, chacota, disparate, merda!, pensei.

— Dá um tempo, Joe — supliquei, irritado. — Basta!

— Você não acredita em mim — disse ele.

— Não acredito nessa história — respondi.

— Em nenhuma parte?

Tive de dar um tempo. Então, respondi:

— Não sei ao certo.

— Que parte? — disse ele.

Tive de refletir sobre aquilo também.

— Acredito que... *algo* aconteceu na floresta — respondi. — Quanto ao resto...

— Deixa pra lá — disse ele.

— *Não!* — Balancei a cabeça, determinado. — Conte-me tudo. *Tudo.*

❦ ❦ ❦

Seus domínios são a Terra do Nunca, o Éden, o Emhain, o Reino Médio e muitos outros. (Foi Joe quem me contou; acredito que tenha sido Joe, talvez não.)

Movem-se pelas florestas, geralmente sem serem vistos.

Solitários, os encontros com humanos são raros.

Podem mudar de forma, frequentemente aparecendo como animais. Tive um problema e tanto com isso.

Podem fazer a grama se mover e folhas balançarem sem qualquer sinal de vento. (Passei por isso.)

Podem invadir pensamentos. (Por isso também.)

Podem aparecer para você se tiver a mente aberta.

Ficam intrigados com pessoas, embora as evitem.

Geralmente são ressabiados e têm repugnância ao comportamento humano. (Nisso eu poderia acreditar, mesmo se não acreditasse em fadas ou o que quer que fossem.)

Como poderia detectá-los? (1) Folhas que balançavam subitamente. (2) Calafrios repentinos. (3) Perda da percepção do tempo. Todos os três sinais me fizeram pensar. Essas coisas *aconteceram*.

❦ ❦ ❦

— Sei que prefere evitar — concluiu Joe. — Mas, se quiser ver as criaturas, passe bastante tempo sentado em meio à natureza, meditando. — Fiquei surpreso ao ver que ele conhecia aquela palavra. — Faça algo de criativo. — (*O que significava aquilo?*, perguntei a mim mesmo.) — Mantenha-se limpo. Cante sem parar.

Manter-me limpo? No Chalé do Conforto? E *cantar sem parar?* Tinha um fiapo de voz. Se *acreditasse* nessas coisas, minha cantoria espantaria qualquer pessoinha que pudesse me ouvir.

— Tudo bem — disse eu, ainda sem desistir. — Pelo que devo procurar? Que aparência têm?

Uma pergunta equivocada. Podiam ter *qualquer* aparência, disse-me ele. *Ótimo*, pensei, *lá vem*. Depende de seus caprichos. Uma árvore? Por que não? Um vaga-lume? Mas é claro. Um gnomo ou uma sereia? Obviamente. Uma flor, uma planta? Pode crer. *Jesus Senhor do Pandemônio!*, explodi por dentro. Como poderia acreditar no que Joe dizia? Tinha passado dos limites. Suas explicações eram ridículas. *Ridículas!*

Apenas uma coisa me incomodava. "*Evite a terra...*", disse Harold antes de morrer. Eu vinha tentando descobrir "*qual* terra". Será que falava do *Reino Médio*? Seria isso, afinal? Caso sim, por quê?

❦ ❦ ❦

Tentei manter-me o mais limpo possível. Não por causa do que Joe dissera, mas simplesmente porque fui criado assim. Minha mãe sempre tivera uma aparência imaculada. A fragrância de Veronica era doce como uma rosa. O capitão? Obviamente aderia ao regulamento naval — vivia impecavelmente limpo. Então, fui treinado — por meio de exemplos, não de regras. O desleixo natural da adolescência não existiu para mim. *Qualquer coisa* natural da adolescência não existiu para mim, infelizmente. E é por isso que sempre fui tão frio e crítico em relação a tudo. Mas especialmente em relação aos conselhos de Joe.

Não fiquei sentado, meditando, por muito tempo. Só Deus sabe o quão pouco cantei. Se as palavras de Joe tivessem despertado algo dentro de mim, talvez eu tivesse vocalizado dia e noite sob a premissa que meu alcance tenor, como o de uma rã, manteria a gente pequenina bem distante de mim. O que de fato fiz — e juro que não foi por precaução às fadas — foi considerar a sugestão sobre ser criativo. Por muito tempo — desde os 15 anos, se lembro bem — cultivei o sonho secreto de me tornar um romancista. Aos 12, talvez 13 anos, semeei no supracitado cultivo uma poesia de autoria própria. Uma semente completamente indigna de colheita, apresso-me em dizer. Nenhum poeta, vivo ou morto, teria com o que se preocupar. Querem uma amostra? *Quando Colombo navegou, proclamou: "Ao menos hei de encontrar um atalho para o Ocidente em meio ao mar."* Depois, tornava-se algo ainda mais atroz. Não para mim, obviamente. Era um garoto de 12 anos pretensioso. Nada me atingia. Especialmente depois que minha mãe elogiou meus esforços. Veronica, mais honesta, não sabia dizer se eu realmente estava seguindo os passos de Robert Browning — ou Jim Browning, que, na época, assassinou mãe e esposa e, antes de ser enforcado, escreveu um poema que começava assim: *Mãe, mãe, por que mandei para o céu / Você e Geraldine, como fui cruel.* Em suma, acabei desistindo da poesia (nunca mostrei nada a meu pai) e tornei a ler romances góticos. Estranhamente, nunca atribuí os temas abordados por Arthur Black àquilo.

Então ali estava eu, aos 18 anos, com um plano secreto na mente. Plano esse que, inadvertidamente, Joe reacendera. Digo "inadvertidamente" porque sei que Joe não estava ciente de minha ambição velada; desejava apenas me aconselhar — e alertar-me — quanto ao mundo místico "lá fora".

Então, tolo que só eu, comecei a escrever um romance. Fico enrubescido só de revelar o título: *Terror nas trincheiras*. Aquele era o melhor deles. Recuso-me a lhes dizer quais eram os outros. Contava a história de um jovem — uma estranha escolha? — que, enviado às trincheiras gaulesas, dizimou, pessoalmente, o Exército alemão inteiro. Eu *consegui* incluir algumas das verdades cruas da vida nas trincheiras — ratos devorando cadáveres, por exemplo —, mas, fundamentalmente, era uma história de atos extremos de heroísmo até chegar à descrição gráfica de sua morte pela baioneta de um alemão que gargalhava. O livro tinha 57 páginas, e já era muito. A crítica? Em uma só palavra. Medonho. Meu plano — tinha 18 anos e nenhum cérebro — era enviá-lo às principais editoras de Nova York — esfregaria na cara do maldito capitão! — ou, se necessário fosse (o que era bastante improvável, acreditava eu de verdade), às de Londres. Felizmente — graças a Deus, para o mundo literário — nunca o enviei a lugar algum. Ratos (e não tenho certeza agora de que *foram* ratos) comeram meu manuscrito. Despedaçaram meu coração de autor, mas agora, aos 82 anos, eu os vejo como uma fonte de profunda gratidão. Tenho de dizer que as rodas *começaram* a girar, posteriormente instaladas no carro fúnebre de Arthur Black. Os ratos — teriam sido ratos? — fizeram-me um favor.

❦ ❦ ❦

O episódio peculiar seguinte aconteceu uma semana ou duas depois que desisti da ideia de me tornar um romancista famoso. Minha vida, naquela época, parecia peculiar sob todos os aspectos. Dessa vez, certamente, o foi.

Era tarde da noite. Dormia sobre meu catre; àquela altura, já me acostumara. *Subitamente* (para citar Arthur Black em sua pior forma), ouvi alguém bater à porta lá embaixo. Acordei com um sobressalto.

Mas quem diabos?, pensei. Será que fadas batiam à porta? Não atravessavam simplesmente as paredes? Desnorteado e curioso, fiz um esforço para me colocar de pé, consegui descer a escada sem cair de cabeça e me aproximei da porta que — contei a vocês? — Joe tinha pendurado no lugar. Por todo esse tempo, as batidas continuaram, acompanhadas por uma voz fraca que exigia:

— *Abra!*

Segui as ordens e me deparei com uma visão que tenho em grande conta até hoje: suado, com os olhos insanos e os dentes à mostra, estava ali o sr. Cara Sossegada, cuja cara, longe de sossegada, retorcia-se de raiva.

— Sr. *Brean* — balbuciei.

— *Não me venha com essa de sr. Brean!* — gritou.

— O quê? — perguntei, incapaz de pensar em outra coisa.

— *Não me venha com essa de "o quê", seu ladrão calhorda!* — berrou o sr. Brean. Isso mesmo. Berrou. Tão alto que saltei para trás, como se tivesse sofrido um golpe em meu plexo solar. (O que meu pai chamava de estômago.)

— Mas que diabos? — perguntei. Não a ele, mas provavelmente ao universo inteiro.

— *Como se não soubesse!* — bradou.

Agora era *eu* quem estava ficando irritado. Ainda que "irritado" não fosse bem a palavra para a fúria apoplética do sr. Brean.

— Soubesse o *quê*?! — gritei, exigindo uma resposta.

— *Suponho que simplesmente não saiba* — rugiu.

— *Não, não sei* — rugi de volta. — *Mas que caralho! Por que não me diz logo?!* — Eu não desejava lançar mão de palavreado chulo, mas sua atitude me deixou louco.

Um silêncio pesado tomou conta do Chalé do Conforto. *Uma porra de uma fada me seria de grande ajuda!*, pensei, completamente exaltado.

— Não estou certo de que *realmente* saiba. — A voz do sr. Brean soava quase humana agora. Então, suas feições se retorceram outra vez. — Não, você *sabe* — insistiu. — Está querendo me ludibriar novamente!

— *E como eu estou ludibriando você?* — perguntei, *bastante* enfurecido então.

Permaneceu imóvel e suado por alguns segundos. Então, mostrou os dentes novamente, colocou a mão no bolso do sobretudo — *deve estar frio lá fora*, comentou minha mente, de maneira irrelevante — e tirou um pequeno pacote de pano, amarrado com um nó. Levou quase um minuto para desatá-lo e separar as duas beiras do pano. Olhei para o seu conteúdo.

Depois olhei de volta para ele. *Está louco*, foi minha conclusão.

— *E então?* — perguntou, com a voz entrecortada.

— Então *o quê?* — rebati. — *O quê?*

— Suponho que não saiba do que se trata — disse ele; a voz saiu entrecortada novamente. Começava a sentir pena dele, sua agitação era lamentável.

— *Vá se danar!* — explodiu. — Não me diga que não sabe o que é!

Deixei de sentir pena, então. Senti uma preocupação abrupta por minha existência.

— Não sei do que se trata — disse-lhe, com o máximo de controle possível.

— *Quero meu dinheiro de volta* — disse ele, num balbucio trêmulo e ameaçador.

— Seu *dinheiro?* — Não tenho ideia de onde saiu aquele comentário.

Então, caí na real.

— Está me dizendo que *isso* é... — comecei.

— *Sim!* — Não me deixou prosseguir. — É isso *mesmo!* Virou o pano de cabeça para baixo.

Uma leve chuva de poeira cinzenta caiu sobre o chão.

Olhei para baixo, sem conseguir enxergar muito, uma vez que não havia luz no ambiente. Não entendi bem o que acabara de ver. Estaria Brean falando sério?

— Está me dizendo...? — iniciei.

Novamente, ele interrompeu. Furioso.

— Estou lhe *dizendo*! Você me vendeu *ouro*! Tudo o que sobrou foi *pó*.

— Não compreendo — disse a ele, com a voz fraca.

Ele pareceu ter sentido um calafrio em meio à escuridão.

— Acho que sabe muito bem — retrucou —, e quero meu dinheiro de volta, ou você ficará atrás das grades pelo resto de sua vida.

Eu mal conseguia olhar para ele.

Poeira? Poeira cinzenta?

Não houve mais diálogo. (Aquilo tinha sido um diálogo?) Sem dizer mais uma palavra, o sr. Brean deu meia-volta e desapareceu noite adentro. Deixando um aspirante a romancista em estado de confusão absoluta. À luz da manhã — não que tivesse piscado os olhos desde a partida do sr. Brean até os primeiros raios de sol — examinei a camada de poeira no piso de baixo. "Examinei" é um exagero. Minha inspeção foi vacilante, cautelosa. Era um mistério total para mim, não conseguia decifrar como uma pepita de ouro (não tinha *Brean*, um joalheiro, assim a identificado?) poderia ter sido reduzida a um monte de poeira. Cinza, ainda por cima.

Meu estado de confusão não se desfez com a visita de Joe naquela manhã. O sr. Cara Sossegada estava morto, vítima — aparentemente — de um ataque cardíaco. Fui poupado da perspectiva de uma longa sentença no ergástulo. (Era assim que chamavam a "cadeia" naquele tempo.) Uma reação pouco piedosa, admito. Mas Brean fora bastante cruel comigo. Além disso, eu era inocente de qualquer transgressão e ficara tão estupefato quanto ele pela transformação do ouro em pó.

Varri, então, o que sobrara de minha pepita de ouro e com ela alimentei a planta em forma de lagarto.

Capítulo Nove

Próximo incidente peculiar; avante com minha história biruta. Biruta, porém, afirmo uma vez mais, completamente verídica. Eu chegara à conclusão, àquela altura, de que o sr. Cara Sossegada tinha enlouquecido completamente; ou então já era louco. Será que eu poderia ter notado isso naquela tarde no pub, se não estivesse tão empenhado em lhe vender o ouro? Mais plausível, é claro, seria a hipótese de que tinha elaborado um plano para recuperar o dinheiro e, ao mesmo tempo, manter a pepita. Metal precioso se transformando em pó? Absurdo. Coisa dos Irmãos Grimm.

Onde eu estava? Sim. Decidi dar uma volta. Não, nada de incursões pela mata — embora, àquela altura, também já tivesse desenvolvido uma explicação "racional" para aquele incidente. É melhor estar seguro do que ser supersticioso. Quanto ao conselho de Joe, eu ficaria na trilha. Tudo bem. Sem problema. Um passeio pela trilha, nada mais.

Aquele era meu plano, pelo menos. Plano que segui inicialmente, sem nem mesmo fazer uma pausa diante da outra trilha para ver se a pena branca ainda estava lá. Seria idiota de minha parte fazê-lo, declarou minha mente, sem hesitação. Por que uma pena permaneceria no mesmo lugar? Logo uma *pena*, pelo amor de Deus! Sujeita a uma brisa aleatória? Aquilo era...

Antes que minha mente conseguisse dizer a palavra "ridículo" ouvi uma voz me chamar.

— Rapazinho!

Confesso que, para cada momento de prevalência do bom senso, outro momento de puro terror se criava. *É uma fada!*, gritou minha mente temporariamente inválida, incapacitando meus pensamentos. Acho que aquela era a pronúncia certa.

Em minha defesa, tenho a dizer que rechacei aquela ideia. *Não seja* absurdo, ordenei a mim mesmo; não era uma maldita fada! E, com aquilo, lembrei-me repentinamente do que imaginei (ou pensei ter imaginado) ter sido meu último dia na trilha; outra vez, uma voz me chamava, com palavras indistintas.

Forcei-me a dar meia-volta. Outro momento de trepidação temporária (boa expressão, essa). Depois, mais uma vez, banhando minha mente de satisfação, a racionalidade retornou (uma expressão não tão boa). Vi uma mulher parada diante da entrada da trilha. Uma mulher alta, ruiva, vestida com roupas nada parecidas com as de uma fada, do tipo que qualquer mulher de Gatford poderia usar. Não uma fada pequenina, com asas e trajes transparentes. Bem, Joe *avisou* que elas poderiam mudar de forma, insistiu meu cérebro enlouquecedor em me recordar. *Ah, fique calado!*, disse a meu cérebro enlouquecedor.

— Venha aqui — disse a mulher, com uma voz e um sorriso convidativos.

Ah, diabos, pensei. *Não é bem esse o tipo de convite que se esperaria das "pessoinhas"?* Lutei para rechaçar também aquele pensamento. No entanto, não me movi. Fiquei parado no mesmo lugar.

É impressionante como algumas palavras bem-colocadas podem acabar completamente com a raiva supersticiosa num momento particular. Foi exatamente aquele o efeito do que a mulher disse para mim.

— Não se preocupe, não sou uma fada. Sou uma pessoa de verdade.

Senti algo ser liberado dentro de mim, como um fluxo d'água desobstruído, uma água fresca e revigorante. Retribuindo o sorriso gentil da mulher, eu me aproximei.

— Isso, assim é melhor — disse ela, parecendo aliviada.

— Perdão. Gostaria de me desculpar — senti-me obrigado a dizer.

— Mas que nada — disse ela, minimizando meu comportamento desconfiado. — Não sei desde quando está em Gatford, mas, se passou ao menos um pouco de tempo por aqui, sem dúvida já escutou algumas histórias da carochinha.

Ou *histórias de carpinteiro*, pensei. Retribuí seu sorriso renovado — era um sorriso adorável (o dela, quero dizer, não sei quanto ao meu) — e disse:

— Ouvi. Um monte.

— Que pena — respondeu. — Às vezes, *podem* ser exageradas.

De fato, pensei.

— *Podem mesmo* — concordei.

Deu outro sorriso, completamente adorável, ao estender a mão para me cumprimentar.

— Meu nome é Magda Variel — apresentou-se.

— Alex White — respondi. O jeito como segurava minha mão era reconfortante, encostando sua palma quente na minha.

— Muito prazer em conhecê-lo, Alex — disse ela.

Acenei com a cabeça.

— Obrigado — repeti. *Por que eu disse isso?*, perguntei a mim mesmo. *Não foi muito gentil.* Imediatamente, acrescentei: — É uma satisfação conhecê-la. — *Satisfação?* Questionei minha mente outra vez. *Queria dizer "é um prazer", não é isso?* Que diabos; preferi deixar para lá. De qualquer jeito, quantos anos ela teria?

— Gostaria de ver onde moro? — perguntou.

Outra vez, meu cérebro provocador elaborou uma série de possibilidades inquietantes: a bruxa que convidava João e Maria a visitar sua casa feita de doces. Uma fada transmorfa atraindo-me rumo ao Reino Médio. Uma louca ludibriando-me para depois me dissecar? *Num só pedaço*, dissera Joe.

Por Deus, como era difícil rechaçar aqueles pensamentos! Quase impossível. Mas consegui, graças à minha força de caráter adolescente — ou à minha estupidez. Hoje não conseguiria fazê-lo. Eu *estava* me sentindo desconfortável.

Durante todo esse tempo, Magda, a ruiva alta e adorável (ela *era* adorável, me dei conta), esperou, paciente, até finalmente perguntar:

— Ainda irrequieto?

— Não — menti.

— Vamos lá, deixe-me levá-lo, então — disse ela, tomando-me pelo braço. Tremi nitidamente. — Nossa, você *está* realmente com medo — disse ela. — Perdão. Prefere desistir?

— Não. Lamento — menti outra vez. — É que nunca gostei muito de histórias da carochinha e me *contaram* um bocado delas. ("*Nunca gostei*" — Arthur Black teria estremecido diante daquela combinação horrorosa de palavras; mas eu tinha apenas 18 anos, o que vocês esperam?)

— Sim, contaram — respondeu Magda Variel. — Até demais.

— Vamos lá, então — disse eu, corajoso (ou pelo menos consciente).

Adentramos a floresta juntos. Se A. Black tivesse escrito essa frase num de seus suspenses, aquilo seria presságio de acontecimentos sinistros. Na minha história, a entrada no bosque silencioso não era presságio de coisa alguma. Assim pensei.

— Então, diga-me — comecei. — Essas histórias da carochinha... São apenas tolices?

— Não todas — respondeu ela, de maneira casual. Evocando assim outro arrepio involuntário de sua companhia adolescente vastamente vulnerável (uma expressão não muito ruim, tampouco digna de destaque). — Você ainda está com medo — disse ela.

— Acho que sim. Um pouco — admiti. — Este foi um mês bastante *inusitado*. Estou tentando lidar com tudo isso. Mas não tem sido fácil.

— Entendo — disse ela. — Meu primeiro ano aqui foi bastante penoso. Todas as histórias que as pessoas contavam e juravam ser verdade...

— Mas você disse que nem todas eram tolices — lembrei-a.

— É verdade, não são, mas não é nada para ficar alarmado.

— *Fadas* — disse eu —, é o que digo. *Fadas*, então. Elas existem de fato?

— Sim, existem — disse Magda, sem perceber que me fez gelar os ossos com aquela resposta. — Não de maneira tão abundante quanto alguns habitantes de Gatford gostam de pensar. Mas algumas delas são umas boas baderneiras. Faderneiras.

— *Faderneiras?* — Apesar de minha inquietação, a palavra era divertida.

— Fadas que gostam de fazer baderna — disse Magda. — Inventei essa palavra.

Aquilo me arrancou um sorriso.

— Que tipo de baderna? — perguntei.

— Ah, de diversos tipos — respondeu. — Gostam de esconder as coisas. Colocam objetos inesperados diante de você. Fazem árvores ou arbustos balançarem. Ah, agora você está com medo outra vez — disse ela, depois que tremi de maneira impulsiva.

Contei-lhe sobre minha experiência no riacho na tarde anterior. Ela concordou comigo, dizendo que eu provavelmente tinha interpretado mal o farfalhar abrupto da folhagem. Por outro lado, poderia, sim, ter sido algo causado por uma fada.

— Se for esse o caso — disse ela —, considere-se com sorte por não terem feito algo mais. Poderiam ter lhe feito mal. Provavelmente gostaram de você, por algum motivo.

— Bem, eu sou bastante simpático — falei, e a hesitação em minha voz revelava meus reais sentimentos, ou seja, certo terror diante de suas palavras.

Ela sorriu, sabendo como me sentia.

— Você *é* simpático — disse ela, apertando meu braço com mais força. Senti-me grato por sua compaixão. Como a de uma mãe, pensei. Uma bela mãe.

— Lembre-se sempre de uma coisa — prosseguiu —, elas não podem, ou melhor, não *irão* lhe fazer mal algum se tratá-las com respeito. Se quiser, posso lhe ensinar diversos meios de se proteger de possíveis intromissões.

— Obrigado — murmurei. Não estava exatamente agradecido. Preferiria que ela tivesse concordado com minha consideração inicial, segundo a qual tudo não passava de um monte de — desculpem-me — merda. Ou, como posteriormente diria um porta-voz, *caca*. Mas não era assim; não, ao menos, se acreditasse no que dissera Magda Variel. E, naquele momento, havia poucos motivos para não acreditar.

Naquele instante, saímos da floresta silenciosa e inquietante.

— Ali está minha casa — disse Magda.

Confesso que a visão me surpreendeu. Não tanto pela casa em si, mas pela vasta extensão de grama que a cercava. Nunca vi um gramado tão amplo levando a um chalé. Não que visse a casa de Magda como um chalé. Era, na verdade, mais parecida com uma mansão vitoriana. Ao fundo, um bosque de árvores robustas que chegavam até o córrego (descobri depois). A casa — e não posso, em sã consciência, descrevê-la como uma cabana — era feita de um misto de tijolos e madeira. O andar superior era sustentado por vigas de aço; o teto, coberto por telhas vermelhas; e havia ainda duas chaminés de tijolo, altas e ornamentadas. A entrada da porta da frente era coberta por uma arcada, em cujas laterais se encontravam arbustos talhados em forma de carrinhos de bebê — ou "perambuladores", como suponho que fossem chamadas na época. Uma estrada de terra levava à arcada, atravessada por um riacho estreito.

— Muito bonita — disse eu. — Mandou construí-la?

— Não, não. — Sorriu, achando graça. — Foi construída em 1857. Comprei-a seis anos atrás. Quero dizer, meu marido a comprou. — Fez uma pausa. — Morreu faz alguns anos. — Teria sido aquele adendo endereçado a mim? Provavelmente, não; achei melhor esquecer.

❦ ❦ ❦

Havia folhas secas amarradas à porta.

— Para que servem? — perguntei. Ingenuamente.

— Proteção — disse ela, abrindo a porta.

Eu soube naquele exato instante — sem enxergar mais que um esboço de sorriso em seus lábios — que ela estava me provocando.

— Das fadas? — perguntei, tentando (e fracassando) parecer sério.

Ela sorriu de leve.

— Pensei que acreditaria — disse.

— Não exatamente — respondi. — Quase.

— Entre, meu caro — disse ela, com a voz deliberadamente estridente.

Roliço e pronto para ser assado, pensei em responder. Nada disse, porém. Aquela piada já tinha perdido a graça. Pelo menos, para mim.

Para Magda também.

— Entre, por favor, sr. White — disse ela em sua voz normal (e acolhedora). — Pode ser que eu acabe o beijando discretamente, mas não o assarei para o jantar.

— Que bom ouvir isso — respondi. Não fiquei completamente apaziguado (seria essa a palavra?). Beijar-me discretamente? Estava flertando comigo? Tinha idade para ser minha mãe. E minha mãe nunca flertaria com um adolescente. Flertaria?

De qualquer jeito, apesar de meu estado de espírito, acabei entrando no chalé de Magda Variel.

Minha primeira reação foi: *Jesus, que lugar sombrio!* E era. Tanto que, de início, nada consegui enxergar. Aos poucos, minha visão foi se adaptando e pude ver — não com muita clareza — estantes de livros abarrotadas de volumes com capas de couro escuras, inúmeras cadeiras, um sofá (não estou bem certo de como o chamavam na época) e uma grande mesa redonda.

O que consegui ver, bem claramente, foi um quadro, pendurado sobre a cornija de uma enorme lareira. Conseguia vê-lo claramente, pois havia, em cada lado, um lampião de vela iluminando a pintura.

Era o retrato de um rapaz — mais ou menos de minha idade, estimei, com uma beleza delicada —; não consigo pensar numa maneira melhor para descrevê-lo. Era como se algum pintor renascentista fastidioso tivesse decidido desenhar um anjo na Terra — inocente e belo. Aquele era Edward. Estava vestido com (quanta perfeição) trajes finos eduardianos, bem elegante mesmo. E sorria. Um sorriso tão agradável que — de modo previsível, como entendi depois — me lembrou do sorriso amável de Magda. Reconheci subitamente quem era — seu filho, que (como Joe me contara) morrera na guerra.

— Está olhando para Edward — disse Magda, interrompendo um silêncio perceptível de minha parte.

— Sim — disse eu. — Morreu durante a guerra, não foi? — Estremeci diante da temeridade de minha pergunta. E se estivesse enganado?

Mas não estava. O questionamento de Magda foi incisivo.

— Como sabe? — perguntou. Eu pedi por aquela reação.

— Bem — senti-me obrigado a mentir; não sei exatamente por quê —, eu estive na França. E aquele retrato pendurado ali parece... — escapou-me a palavra.

— Um *relicário?* — completou Magda. Senti que a ofendera de verdade. Havia apenas uma saída: dizer a verdade. Contei-lhe que o homem que reparara as telhas de minha cabana dissera-me que "uma mulher" perdera o filho na França.

Devo ter soado convincente, um dom (ou um fraco) que tenho quando digo a verdade; Magda logo relaxou — pude vê-la acender uma lamparina sobre a mesa.

— Sinto muito — disse ela, como se tivesse feito algo de repreensível. — Ainda é algo doloroso para mim. Edward *morreu* na França, em 1917. Tinha mais ou menos a sua idade. Quase perdi o controle.

— Também sinto muito — disse eu. — Falei de maneira abrupta. Foi rude da minha parte.

Sua mão agarrou a minha. Ela *era* forte, reconheço. Antes, o apertão fora contido. Agora, quase me machucara. Devo ter estremecido — ou deixado escapar um ruído angustiado —, pois ela relaxou sua mão de imediato.

— Perdão, machuquei? — perguntou, preocupada.

— Você é forte — esquivei-me.

— Fiquei nervosa — disse. — Não acontecerá novamente.

Não acontecerá porque duvido que eu retorne a este lugar, veio-me rapidamente o pensamento. Eram muitas as distrações desconfortantes (uma combinação não muito ruim). Ela era bela, lá isso é verdade. Aquela era uma das distrações. Beijar-me discretamente? Será que um beijo discreto seria o bastante para um adolescente de 18 anos, saudável (exceto pela ferida ainda em processo de cura), cuja experiência corpórea na França se limitara a nada mais do que ocasionais gratificações solitárias?

De qualquer jeito, logo em seguida (sem saber de minha decisão), Magda me conduziu numa excursão pela casa. Já relatara o que pude ver do salão principal. Com a ajuda de uma lamparina, enxerguei tudo com mais clareza, em especial as prateleiras que iam do chão ao teto, tomadas por livros encadernados com capas de couro; couro negro, como disse antes. Cortinas de linho escarlate cobriam as janelas, um par de poltronas antigas com estofamento vermelho ladeava a lareira, e viam-se ainda o sofá (ou qualquer que fosse o nome que lhe davam na época) e estranhas peças (de arte?) sobre a cornija. O restante não me atraíra a atenção, exceto, obviamente, o retrato do filho de Magda, pendurado sobre a lareira, numa moldura, como agora conseguia ver, do que parecia ser ouro decorado. Tive naquele momento a impressão (precursora dos conceitos de Arthur Black) de que talvez o ouro desaparecido do sr. Brean houvesse sido transportado de maneira mágica para a casa de Magda e se transformado numa moldura de quadro. Repudiei a ideia, irritado comigo mesmo. Que bobagem.

A excursão prosseguiu; nada de especial. Uma cozinha imensa, que descreverei posteriormente. Uma biblioteca. Tive a impressão de que era, por algum motivo, vetada aos visitantes. Um banheiro com mobiliário óbvio: uma cômoda, a pia e uma banheira, sustentada pelo que pareciam ser quatro garras de pterodátilos. Seu cheiro era doce; novamente, por motivos óbvios, presumi. Uma longa distância o separava do odor das trincheiras. Era possível fatiá-lo. Uma sala de estudo — mais estantes que iam do chão ao teto, cheias de livros com as capas de couro preto, é claro, além de uma mesa espaçosa e uma poltrona antiga.

"Nada de especial", eu disse? Isso foi até chegarmos ao quarto; o quarto de Magda. A iluminação era parca; ela não fez qualquer gesto para acender as velas — havia duas delas, uma pendurada no teto e outra sobre uma mesa, à esquerda da cama.

A cama. Tratava-se de algo especial, leitores. Diante daquela visibilidade um tanto tênue, parecia-me o bordel de uma rainha — ou imperatriz. Embora duvidasse que rainhas ou imperatrizes convertessem seus quartos de dormir em bordéis. (Não tenho certeza.)

Como descrever a cama? Antes de tudo, chamava a atenção um dossel de pelúcia de seda. As cobertas pareciam do mesmo material, e as superfícies eram bordadas com símbolos arcanos que não consegui compreender e sobre os quais me mostrei hesitante em perguntar. Por fim — deixei para mencionar por último —, a cama era enorme o suficiente para que ao menos três pessoas robustas ali dormissem, presumindo que essas pessoas dormissem em dimensões como aquelas.

Deixem-me acrescentar que os tapetes do quarto — o que era possível ver deles — eram peças *gros point* do século XIX, explicou Magda posteriormente; eu não era bem um especialista em tapeçaria inglesa. Num dos cantos do quarto ficava uma poltrona de estofado vermelho e, próxima a ela, uma mesa de seis lados. Sobre ela, havia uma garrafa de cristal preenchida pela metade com um líquido vermelho-escuro, diversas taças de cristal e uma pilha pequena de livros, cujas capas vocês já sabem como eram, a essa altura. Devo admitir que não enxerguei todas essas coisas no mesmo instante. Só as vi mais tarde.

— Então? — disse Magda.

— Sim? — Foi tudo o que consegui pensar como modo de responder a ela.

— Gostou da minha casa? — perguntou.

— Sim, gostei — consegui fingir.

— E do quarto? — Seu tom de voz era definitivamente sugestivo, sem muito espaço para dúvidas.

Engoli em seco. Tentei, pelo menos. Minha garganta estava seca.

— Exótico — disse. A resposta saiu como um balbucio através da garganta entupida.

— O que disse? — perguntou.

Limpei a garganta, tentando — com certo esforço — pensar numa palavra melhor. Não consegui.

— Exótico — repeti. Dessa vez, audivelmente.

— Ótimo — disse ela. — Era essa a ideia de Edward.

A ideia de Edward? Não entendi — ou não me esforcei para isso.

— Era bastante criativo — explicou Magda. — Decorou boa parte da casa. Venha. — Foi até a cama e sentou-se, acariciando o colchão.

De minha parte, uma hesitação insensata. Eu *era* um garoto adolescente padrão. Deveria ter agarrado (ou algo assim) aquela oportunidade. Porém, não o fiz. Teria meu subconsciente (ou superconsciente) descoberto algo que me alertara? Não faço ideia. Mas não me movi. Não conseguia. Por algum motivo, não me atrevi. Parece tolice, mas é verdade.

— Ah, Alex, *por favor* — disse ela. Parecia mesmo magoada. — *Ainda* está com medo? Tenho idade para ser sua mãe. Não irei violentá-lo. Ou machucá-lo de qualquer forma. Quero apenas que veja o quanto este colchão é confortável.

— Sinto muito — disse. Sem saber ao certo pelo que sentia.

— Tudo bem. — Levantou-se. — Quer ir embora.

Meu Deus, pensei. *Desta vez eu a ofendi para valer.*

— Sinto muito — disse outra vez. Com a voz incerta, soando desprovida de qualquer emoção.

Agarrou meu braço com sua mão mansa. (Uma combinação aceitável? Não.)

— Vou levá-lo até a porta.

Àquela altura, eu me sentia tomado pela culpa. Ela fora tão cordial. Quem era eu...?

O pensamento evaporou-se diante das palavras que ela disse em seguida; fizeram-me sentir ainda pior.

— Iria lhe oferecer chá e bolo — disse ela —, mas vejo que prefere ir embora.

As palavras se entrelaçavam em minha mente. *Lamento, Magda, agi sem pensar. Por favor, perdoe-me.* Ou algo ainda pior: *Adoraria testar o colchão!* Graças a Deus, aquela mistura de desculpas acabou eclipsando a última. Ainda me sentia péssimo, mas não abri a boca (o que foi uma bênção) enquanto ela me acompanhava à porta, quando soltou meu braço.

— Foi um prazer conhecê-lo — disse ela. Não parecia. — Volte quando se sentir mais seguro — concluiu. Deu-me um beijo de leve na bochecha. Com aquilo, fechou a porta na minha cara.

Arrastei-me de volta à estrada principal, tomado de tristeza. O que eu acabara de fazer? Continuei a me remoer. *Estúpido, cretino. Só porque ela alisou a porcaria da cama?* Eu sabia que era mais que aquilo, mas ignorei o mais. Eu sabia que algo me impedira de ficar ali, mas não tinha ideia do que era. Senti-me desconfortável caminhando em meio ao bosque silencioso. *Vamos lá*, pensei, de maneira irracional. *Sussurrem o quanto quiserem, quem se importa?*

Chegando à estrada principal, voltei-me na direção de minha cabana. Se meu caminho tivesse sido obstruído por um quarteto de pessoinhas com olhares suspeitos, eu teria furiosamente chutado seus traseiros e dito alguns palavrões. Felizmente, nada atrapalhou minha passagem, e dirigi-me, desimpedido, rumo ao chalé.

Capítulo Dez

Como se minha raiva e frustração não fossem suficientes, tive uma nova surpresa ao chegar ao chalé. Estava prestes a abrir a porta quando, assustando-me, ela se abriu sozinha, ou assim pareceu. Saltei para trás e dei um grito abafado ao avistar uma figura que emergia do interior sombrio. Antes que meu coração parasse de bater, pude ver que se tratava de Joe.

— *Uau!* — disse ele, espantado em me ver. Sorriu involuntariamente. — É você — prosseguiu. — Que susto me deu.

Eu soltava fogo pelas narinas. *Que diabos ele está fazendo aqui?*, questionou minha mente. *Já consertou o telhado. Está procurando mais trabalho?*

— Trouxe um pouco de comida — disse Joe. — Achei que pudesse ter saído. Tem pão, queijo, uma garrafa de leite e um pouco de presunto.

Adicionar uma medida de culpa não colaborou com meu estado de espírito. O homem tinha feito algo de bom por mim, e lá estava eu, censurando-o mentalmente.

— Obrigado — balbuciei. A palavra soou pouco convincente.

Joe mudou de assunto, depois de dizer "Nada". Fez um gesto na direção da trilha.

— Andou passeando outra vez? — perguntou. Senti que estava apenas sendo educado.

Simplesmente acenei com a cabeça.

— Sim.

— Não se embrenhou no bosque, espero — disse ele.

— Não — balancei a cabeça, simplesmente. Então... teimosia é meu sobrenome... decidi, por impulso, contar-lhe a história toda. — Sim, *entrei* no bosque. Fui à casa de Magda Variel. — *Pronto*, disse a mim mesmo. *Pense o que quiser.*

O que Joe pensou me chocou completamente.

— A casa de Magda Variel — disse.

— *Sim* — respondi, desafiando-o mentalmente a me criticar.

— Não foi uma boa ideia — disse.

Não consegui segurar meu ressentimento.

— *Por quê?* — acredito ter questionado.

— Porque ela é uma bruxa — disse Joe.

Por um longo momento — que pareceu uma eternidade — fiquei congelado, encarando-o. Então, minha estupefação se transformou num rancor feroz até virar fúria, ou uma ira absoluta.

— Isso já é demais — eu lhe disse, com a voz possessa.

— Não acredita em mim — observou. Não era difícil perceber.

— Não, *senhor* — respondi, empregando, sem notar, uma das expressões mais utilizadas por meu pai.

— Deveria — disse ele.

A raiva tomou conta de mim. Primeiro, pessoinhas na floresta. Agora, uma bruxa? O que viria a seguir? Um dragão no centro de Gatford?

— Ouça, meu jovem — começou Joe.

— *Não* — interrompi-o com veemência. — *Ouça você.* — (Outra das incessantes frases do capitão.) — Acabei de passar quase uma hora na casa de Magda Variel e nunca estive com uma senhora tão gentil desde minha mãe. E ela tem idade suficiente para *ser* minha mãe. Ela me mostrou sua casa e foi encantadora; absolutamente encantadora. Estava para me oferecer chá e bolo, mas então eu disse algo que a magoou e ela me mandou para casa... — Fiz uma careta. — Para meu chalé, quero dizer.

— Meu jovem — começou Joe outra vez.

Novamente, não o deixei falar.

—Talvez você esteja interessado em saber que ela disse as mesmas coisas que você sobre as *fadas*. Ainda não estou bem certo. Mas *ouça*, Joe. Ela é uma pessoa adorável, com uma personalidade encantadora. Não me diga que é uma bruxa! Isso é ridículo!

— Tudo bem — disse ele, com a voz baixa. — Descubra por si próprio.

Sua convicção me abalava, devo admitir.

— Por que está dizendo isso? — perguntei.

— Ouça — disse ele. O fato de não aparentar nervosismo ou agitação me incomodou. Novamente, admito. — Nem sempre foi assim. Ela, o marido e seu filhinho eram queridos no vilarejo. Convidavam os vizinhos para jantar. Visitavam outras pessoas. Magda trabalhava como professora substituta na escola das crianças.

Fez uma pausa. O silêncio me perturbou. Era um *silêncio e tanto*.

— Então, seu marido morreu. Num acidente. O cavalo em que montava caiu e ele quebrou o pescoço. O homem durou por mais uma semana. Depois, morreu.

Outro período de silêncio, pesado e inquietante.

— Ela passou a viver em reclusão (Deus, como ele *conhecia* palavras) com o filho. Então, quando fez 18 anos, ele se alistou no Exército. A mãe tentou convencê-lo a mudar de ideia, mas o garoto mostrou-se contumaz (outra palavra inesperada de um simples camponês). Deixou Gatford a caminho da França. Dentro de um mês, estava morto. A sra. Variel perdeu o chão. Ficou sozinha em casa. E virou uma bruxa.

Perdi a calma outra vez.

— *Virou* uma bruxa? — protestei. — Como se faz para *virar* uma bruxa?

— Talvez ela lhe diga — respondeu. Agora sua voz continha certa resistência. Primeiro, eu magoara Magda. Agora, Joe. Um dia perfeito. Eu o vi partir.

Mas ainda não acreditava naquela história. Vasculhando minha memória, refiz cada passo da tarde que passei com Magda, de quando a conheci na trilha até o momento em que me dispensou. Teria dito ou feito algo... *digno de uma bruxa?* Simplesmente não conseguia vê-la vestindo um chapéu pontudo, montada numa vassoura ou conversando com um gato preto. Ela era *adorável*. Fui um imbecil ao não sentar no colchão, a seu lado. Quem sabe que ardentes eventos poderiam ter se seguido? Mas uma *bruxa*? Aquilo era — para citar a mim mesmo — ridículo!

❦ ❦ ❦

A descrença e o ressentimento do entardecer conduziram ao acontecimento bizarro daquela noite. Ainda me sentindo irritado e tomado por uma raiva justificável, fui até a Carruagen de Ouro, sem levar em consideração o fato de que teria de encontrar o caminho para casa (*Casa* — *ha!*) no escuro. Eu queria — precisava — beber para lavar minha culpa e minha irritação. Estava *louco da vida*. E a loucura num jovem — pelo menos neste jovem — pode ser prodigiosa. E perniciosa.

Ali estava eu, na companhia do barman, Tom, e de outros ilustres habitantes de Gatford, quando entra um trio de palhaços. Chamo-os de palhaços, embora provavelmente esteja sendo injusto. Eu teria considerado qualquer trio de jovens como palhaços devido ao meu temperamento irritadiço naquela noite. Assim, foi com a melhor das intenções, tenho certeza, que um dos três se aproximou e disse (com educação, também tenho certeza):

— Ouvimos dizer que esteve na Grande Guerra.

Aquilo me colocou para baixo.

— Grande... Guerra? — murmurei. No mesmo instante, estava pronto para arremessá-lo pela janela. No mínimo.

— Meus camaradas e eu estamos pensando em nos alistar — disse-me.

— É mesmo? — foi tudo o que consegui responder. *Grande Guerra?* Jesus!

— Queremos ajudar a colocar os chucrutes imundos em seu devido lugar.

Sim, pensei. *Os chucrutes imundos. Em seu devido lugar.* Considerei jogar minha cerveja em seu rosto sorridente. Socá-lo bem onde a luz não chega.

Mas ele era tão educado, tão irritantemente educado. Além disso, tinha o dobro de meu tamanho, um rapagão camponês robusto e cheio de músculos. E, de fato, mencionou que eles queriam "ajudar" a colocar os chucrutes imundos em seu devido lugar. Pelo menos não planejava colocá-los em seu devido lugar completamente sozinho. Ou com seus dois companheiros. Como eram bondosos.

Decidi conversar com eles. Não de maneira gentil ou sincera. Resolvi conversar, entretanto, depois que o "jovem" (como Joe, sem dúvida, o teria chamado) pediu informações a respeito de suas intenções de "enfrentar a maldita Tríplice Aliança". Não tão vistoso como "chucrutes imundos", mas bem mais preciso.

— Vejamos — comecei. — Em primeiro lugar, parece chover sem parar. Ouvi dizer que as explosões provocam determinados efeitos nas nuvens. Talvez sim, talvez não. No entanto, *chove* bastante. As trincheiras ficam enlameadas. Não é muito legal. A comida também é horrível. Principalmente o picadinho. Vocês verão. E as explosões? Provocadas por morteiros ou granadas de mão. Podem causar um dano e tanto.

Deixei o melhor para depois. Deveria ter dito "para os melhores", já que a palavra era repleta de sarcasmo.

— Os morteiros e granadas podem provocar uma série de coisas desagradáveis. Fazer com que percam um braço ou uma perna, por exemplo. Ou mesmo explodir sua cabeça, diria. Durante um ataque que não saiu como esperado, tive de me agachar num buraco ao lado de um soldado que perdera a cabeça. *Literalmente.* Tudo o que lhe sobrou foram os frangalhos do pescoço. Não era algo belo de se ver. Os estilhaços também podem arrancar suas vísceras. — Pensei em Harold quando falei aquilo.

O que contei a seguir os impressionou.

— Na maioria dos casos, é claro, os cadáveres são enterrados num local atrás da trincheira. A chuva descobre os corpos, já em estado de decomposição. O cheiro... bem, amigos, vou deixar isso a cargo de sua imaginação. Mas não era muito bom. Não posso dizer que me agradava. Sabem a quem agradava, porém? Quero dizer, ao *que* agradava?

Fiz uma pausa, para dar ênfase.

— Aos *ratos* — disse-lhes. — Enormes. Grandes como gatos. Por que eram assim tão grandes? Porque comiam os soldados mortos. Quero dizer, *comiam-nos. Devoravam-nos.* Tinham uma predileção especial por olhos e fígados. Lambiam seus labiozinhos peludos ao se deliciar com aquelas especiarias. — Posso ter exagerado um pouco ali. Mas estava puto da vida com aqueles três caipiras imbecis. E queria deixá-los enojados. Talvez tivesse feito com que desistissem da ideia de se alistarem. Não era minha intenção. Mesmo assim...

— Vocês gostarão de atirar nos ratos; o jeito como explodem é divertido. Mas não atirem em todos, pois eles nos alertam quando os chucrutes imundos estão prestes a lançar uma ofensiva. — Provavelmente não usei essa última palavra, a memória fica enevoada aos 82 anos de idade

Mas segui em frente. Altamente satisfeito (que compulsão perversa) diante de suas reações óbvias: bocas escancaradas, olhos atentos, sem piscar, corpos retesados.

— Por "alertam", não quero dizer que os ratos falam — continuei. — Quero dizer que eles escapam antes do início dos ataques. Os filhos da mãe devem ser videntes. Dá para se divertir com eles, porém. Fazíamos guerra de ratos, jogando seus cadáveres uns nos outros. Com uma boa mira, podia-se até mesmo ver o corpo do bicho explodindo no rosto de alguém.

Outra pausa para ênfase dramática. Havia ali, sem dúvida, uma pitada do Arthur Black que brotaria em mim futuramente.

— Isso não quer dizer que o único cheiro desagradável viesse dos cadáveres putrefatos. Não mesmo. Havia ainda o odor das latrinas, ou, como as chamávamos, os fossos de merda. Aquilo também era bastante desagradável. Para não mencionar o odor sempre presente de gases venenosos, sacos de areia podres, comida cozida e fumaça de charuto e cigarro. Tudo misturado no sinistro perfume da guerra.

Eu *disse* mesmo aquilo. Nada mau para um garoto de 18 anos.

— Então é isso? Não exatamente. — prossegui. — Não esqueçamos dos piolhos. Depositam ovos na costura de nossos uniformes. Insetos nojentos. Causam a *febre de trincheira*. Dores severas e febre fatal. Depois, é claro, temos os abrigos lamacentos e o frio, que provocam o *pé de trincheira*. Os pés ficam azulados e inchados, às vezes precisam ser amputados. Algo mais? Não, isso é tudo, rapazes. Boa sorte. Das lesmas e sapos vocês podem dar conta sozinhos.

Nunca descobri se chegaram a se alistar. Tudo o que sei é que senti que meu discurso era justificável. Não que aquilo tivesse me feito sentir melhor em relação a Magda, ou até mesmo a Joe. Mas uma parcela da pressão tinha sido liberada.

Seria aquela descrição da guerra de trincheira suficiente? Eu havia comentado com vocês que chegaria a ela. Estão satisfeitos?

Capítulo Onze

Choveu direto por três dias depois daquilo. Direto? Nunca chovia direto, na vertical ou na horizontal. A chuva sempre parecia cair na diagonal, geralmente da esquerda para a direita. E caía pesado. Bem pesado. Não conseguia adormecer no piso de cima por causa do barulho da chuva batendo sobre o telhado. Tentei dormir ali, mas, após uma noite insone, joguei meu colchão de palha (úmido, é claro) no piso de baixo. O barulho no telhado era um pouco mais suportável ali — especialmente com metade de um guardanapo enfiada em cada ouvido.

O problema é que, diante daquela nova circunstância, pensei ouvir uma festa acontecendo a distância; vozes, gargalhadas, coisas batendo, música baixa. Depois de outra noite daquele jeito, adormeci, exausto, durante toda a festa. *Aproveitem, estou dormindo*, informei os festeiros distantes, quem — ou o que — quer que fossem. Nunca passou pela minha mente que fossem fadas. Não estou certo de que acreditava naquela possibilidade. Provavelmente seria eu mesmo.

De qualquer jeito, foram três dias de chuva constante. No céu e em minha mente. Estava deprimido. Tentei convencer a mim mesmo que era por causa do tempo sombrio e da ressaca emocional depois de minha dura advertência aos três jovens camponeses. Foi uma tentativa fracassada, entretanto. Eu sabia exatamente do que se tratava. O aviso provavelmente incauto de Joe contribuiu para aumentar o já forte sentimento de culpa em relação a meu comportamento com Magda. Como eu a teria ofendido? Simplesmente hesitando em dividir o colchão com ela? Teria sido uma gafe? Sim, admito. De outro modo, por que teria mudado o tom de maneira tão abrupta? *Diabos!*, cheguei finalmente à conclusão. *Você a magoou, ainda que sem querer.* Estaria tudo perdido? Provavelmente. O medidor de insulto dela era facilmente ativado.

❦ ❦ ❦

Meu excessivo sentimento de culpa resultou numa visão. Ou, o que era mais concebível, numa alucinação. Conheci um soldado que tivera uma dessas visões, na qual sua mãe surgiu claramente diante dele. Tão clara fora essa aparição que ele saiu da trincheira para abraçá-la, contando-nos, com uma risada alegre, o que estava para fazer. Acabou abraçando a bala de um atirador bem no meio da cabeça, o pobre coitado. (Tinha 17 anos e mentira a idade para poder se alistar no Exército.) Poderia aquele ser Edward?, perguntei a mim mesmo. Teria visto Magda lá naquela Terra de Ninguém, sorrindo de braços abertos?

Pois foi aquilo que vi certa noite, despertando de um sono profundo. Estava sentada lá embaixo, na Terra de Ninguém (o chalé), sorrindo para mim, de braços abertos, gesticulando para que me aproximasse. Suponho que poderia ter ficado assustado diante daquela visão. Mas não fiquei. Mesmo quando ela desapareceu e percebi que, sem sombra de dúvida, tivera uma alucinação. Senti-me consolado pela recordação. Não tinha aparecido de fato para mim, é claro. Estava certo daquilo. Ainda assim, a visão confortou-me e fez com que jurasse que a visitaria outra vez.

Mais três dias, agora de sol, secaram o campo. Decidi que chegara o momento. Vesti os trajes mais adequados que pude em meio ao ar ainda úmido do chalé e tomei a trilha novamente. Ansiando, com intensa alegria, pela oportunidade de reencontrar aquela mulher adorável.

Ao chegar à trilha para a casa de Magda, minha alegria se degenerara num estado de extremo desgosto comigo mesmo. Deixara uma alucinação clara me induzir àquela tola empreitada. *Censurável*. Não havia dúvida. Ingênuo e censurável. Quase tão ingênuo e censurável quanto deixar que as palavras de Joe me afetassem. Uma *bruxa*? Uma velhota, com dentes podres e tudo, tagarelando incessantemente e conversando com o gato, vestindo mortalhas negras, chapéu pontudo, empoleirada numa vassoura voadora, comendo criancinhas? Claro. Fazia muito sentido.

Não fazia sentido algum. Era uma mulher sensível que não tinha qualquer desejo de me ver novamente. Por que permiti a mim mesmo considerar uma atitude tão estúpida? Eu a tinha insultado. Ela não me deixaria entrar em sua casa. Fui um idiota de pensar aquilo.

O que decidi fazer, então? Minha única desculpa era a seguinte: tinha 18 anos. O que mais se poderia esperar de minha limitada experiência de vida? Nada de inteligente. Bem longe disso. Irritado comigo mesmo, induzido a um erro, resolvi enfrentar as fadas e cuspir em seus olhos pequeninos, desafiar seu maldito Reino Médio. Lembrem-se: eu não acreditava de fato naquela baboseira. As histórias de Joe? Tolices. As de Magda? Sinceras, mas ilógicas. Ouçam-me, amigos. Eu sabia que estava sendo estúpido, mas escolhi, com a teimosia típica da adolescência, ignorar minha estupidez e "seguir com tudo", como gostam de dizer os britânicos. Assim o fiz.

Quase foi meu fim.

❦ ❦ ❦

Quando entrei no bosque, foi com uma mistura de bravata e receio. Uma vez após outra, repetia meu mantra subconsciente: *são tolices, é tudo tolice.* Entretanto, lá no porão de minha mente, uma vozinha estúpida e pouco sofisticada me atormentava com aquela dúvida constante: *Como pode ter certeza?* Não tinha. Era esse o problema. Assim, toda vez que as folhas das árvores tremiam de maneira estranha, minha reação instantânea era tremer também. *Ah, deixa disso!*, relutei. *É só a porcaria do vento balançando uma porcaria de árvore!*

Poderia explicar a movimentação da grama bem diante de mim? *Sim!*, insisti, com teimosia. Era apenas a natureza; nada mais. Segui em frente, tentando ignorar o calafrio repentino que senti. Estariam os pelos de meus braços se arrepiando? *Não!* Sim, na verdade. A temperatura estava caindo. Era maio. Estávamos no norte da Inglaterra. O clima primaveril era imprevisível. *Sim. É isso.* Tudo explicado. Pensando em quão ridícula era aquela situação, veio-me um desejo de rir. Esbocei um sorriso, tentando tirar um inseto que rastejava em meus cabelos. Só que não estava lá. Em seguida, outro bicho. Que também não existia. Simples nervosismo, disse a mim mesmo. O corpo, obviamente, é conectado a... o que, o crânio? Bem, ao sistema nervoso. Tem toda razão. Que horas eram? Devia comprar um relógio. Acho que estava ali no bosque havia horas. Será?

Percebi uma movimentação súbita à minha direita. Girei-me tão rapidamente naquela direção que senti um doloroso estalido no pescoço. Nada. *Seria uma fada correndo? Não seja ridículo. Um esquilo, talvez. Um coelho. Acalme-se, White.*

Vi luzes tremeluzindo ao meu redor. Seriam reais? Ou seria nervosismo outra vez? Não poderia ser uma alucinação, poderia? *Por que não?* Estremeci. Alguém estava me observando. A floresta estava me observando. *Não, Alex, não seja ridículo. Florestas não têm olhos. Acalme-se.*

Em seguida, pensei ter ouvido aquele pessoal que festejava a distância. Eram os mesmos sons. Falação, cantoria, coisas batendo

Aquilo, sim, era assustador. *Não, caramba! Não era nada além da excitação em minha mente. Não deixe isso perturbá-lo, White, meu caro!*

Ah. Outra pessoa. Uma velha carregando uma cesta com um xale negro sobre os ombros.

— Olá! — gritei. — Você...?

As palavras congelaram na boca. A velha senhora desaparecera. Com isso, não quero dizer que se escondera atrás de uma árvore ou algo do gênero. Tinha *desaparecido*. Escafedera-se.

Hora de ir para casa, ordenei "calmamente" a mim mesmo. Comecei a dar meia-volta. Mas não consegui. Minhas pernas estavam grudadas. Não conseguia me mover. As folhas das árvores começaram a balançar sobre a minha cabeça. Violentamente. E não havia vento. Nada. As folhas, os ramos, até mesmo os galhos chacoalhavam em alto e bom som enquanto o ar permanecia imóvel.

Foi quando, reconhecendo meu pavor, comecei a chorar. Histericamente.

Então, soltei um berro, surpreso e horrorizado, quando uma vigorosa mão segurou meu braço esquerdo e me girou.

Magda.

— Venha — foi tudo o que disse.

Assim, abruptamente, virou meu corpo e fez com que eu corresse pelo bosque, apertando meu braço com tanta força que me causava dor. Enquanto corria, sem dizer uma só palavra, tirou algo do bolso e, tateando-me, colocou o objeto no bolso direito de meu casaco; não tinha ideia do que era.

— O que é isso? — perguntei. A essa altura, já sem fôlego.

— *Continue correndo* — foi tudo o que disse.

Senti um misto de alívio e gratidão inundar meu corpo. Estávamos juntos novamente e ela estava me salvando. Do quê? Não tinha mais dúvidas, meu mantra caíra por terra. O que quer que fosse, definitivamente havia *algo* na floresta. Algo perigoso. E Magda estava me salvando desse perigo, abençoada seja. Uma bruxa? Por mim, poderia ser até a irmã de Satanás.

Começou, então, a fazer algo mais enquanto corríamos. E corremos bastante; as malditas pessoinhas devem ter me afastado da trilha por uma distância equivalente a um campo de futebol. Para minha estupefação, vi que, a cada passo longo, Magda jogava flores brancas em ambos os lados da estrada. Não perguntei o motivo. Obviamente, tinha um motivo.

Comecei a perceber (seria surdo se não o fizesse) um retumbar crescente, como se uma manada de elefantes debandasse numa floresta de bambus. Senti o impulso de olhar para trás e ver do que se tratava, mas o bom senso me dissuadiu da ideia. Magda não ficaria feliz, pensei. Só aquilo já seria motivo para que eu desistisse. Assim, aterrorizado, arfando, com uma dor tremenda no quadril e um desconforto indescritível na lateral (eu não conhecia sutura naquele tempo), continuei correndo, em parte por minha própria vontade, mas principalmente devido aos empurrões vigorosos de minha salvadora apressada.

❦ ❦ ❦

Quando finalmente alcançamos a trilha, minhas pernas cederam, sem forças, e, então, desabei. Magda emitiu um ruído de alarme, tentando evitar minha queda. Foi em vão. Caí sobre um joelho, depois o outro, e no instante seguinte estava sentado no chão, apoiando-me sobre as palmas das mãos numa tentativa de evitar que me esparramasse. Olhei para cima, piscando atordoado.

— Eia — balbuciei.

— Sente-se estranho — disse ela. Não foi uma pergunta.

— Muito estranho — assenti, certo de que minha cabeça rolaria se acenasse com muita força. — Nunca me senti assim antes.

— Eu sei — disse ela. *E como sabe?*, perguntei a mim mesmo.

Tentei me levantar, mas não conseguia. Continuei reclinado.

— O que aconteceu? — questionei, esperando que uma resposta simples amenizasse o estupor de meus sentidos.

Não tinha entendido.

— Você cometeu um ato de insensatez — disse-me.

Pronto. Uma introdução para verificar aquilo que eu me recusava a aceitar.

— Foi? — balbuciei, soando como um completo imbecil.

— Você sabe o que fez — disse ela. — Achou que poderia desafiá-las?

Elas, pensei. A palavra em si me fez estremecer. Respirei, agitado.

— Então, elas existem de verdade — aceitei, mudando minha vida, sem saber disso.

— Claro que existem — disse Magda. — O homem que consertou seu telhado não o avisara?

Tive de admitir.

— Sim.

— Mas você o ignorou. *Por quê?* — perguntou.

Não podia contar. *Bem, veja só, ele me disse que você era uma bruxa e aquilo me aborreceu.* Isso mesmo. Uma resposta perfeita. Se exigisse mais explicações, diria que estava tão chateado com o que contara aos jovens camponeses que não estava pensando direito. Não era lá uma grande desculpa, mas era melhor do que a história da bruxa.

Então, tudo o que eu disse foi:

— Sei lá. Não estava raciocinando bem.

Ela ficou tão quieta que senti necessidade de quebrar o silêncio.

— Vi uma velha — contei-lhe.

— Não era real — respondeu Magda. — Era parte dos truques, eu já o alertara quanto a isso. — (Alertara-me? Não me lembro.) Seu tom era maternal e, apesar de tudo, o passado fora remoído e senti meus pelos se arrepiarem. Ela também percebeu.

Magda olhou para mim, ainda em silêncio, e fui tomado por um terrível sentimento de culpa. Nada disse, porém. Nenhuma observação razoável viera-me à mente. *Não me olhe assim*, pensei. Estava certo de que ela sabia por que entrei na floresta. Ou, pelo menos, que estava omitindo a verdade.

Finalmente (parecia que um longo tempo se passara) ela perguntou:

— Acha que consegue alcançar a casa?

Alcançar a casa? Ainda deveria estar meio grogue depois daquele incidente aterrorizante, pois a pergunta não fazia sentido algum para mim. Olhei fixamente para ela. Fiz então outra observação desajeitada quando subitamente entendi sua pergunta. Bem, quase.

— Não tenho certeza — disse. — Estamos bem longe.

— Não, não estamos — rebateu ela. — Você é capaz de alcançá-la. — *Alcançá-la?* Ir até lá! Sim, é claro. Mas estamos *bem longe*, pensei.

— Venha comigo — disse, carinhosamente. — É só tomarmos a trilha.

Foi quando me dei conta de que a casa à qual ela se referia era a dela. Um jorro de gratidão atravessou meus ossos. Ela não esperava que eu "alcançasse" meu chalé. De maneira generosa, estava me convidando a retornar à sua casa. Que Deus nos abençoe, pessoal! Como exultou o Pequeno Tim, de Dickens. Ou disse, de qualquer jeito.

Capítulo Doze

Àquela altura, a onda de vertigem tinha ficado para trás, e percebi que poderia me levantar. Magda ajudou-me a ficar de pé. Ao colocar o peso sobre a perna direita, gemi de dor.

— O que foi, querido? — perguntou ela. A aflição em sua voz era música para meus ouvidos.

— Minha ferida de *guerra* — respondi, tentando soar comicamente melodramático e fracassando por completo.

— O que *aconteceu?* — perguntou, preocupada. Contei-lhe sobre a explosão da granada na trincheira, sem mencionar a ferida ainda mais horrenda sofrida por Harold Lightfoot. Deixei que ela pensasse que fora o único atingido, regozijando-me com o olhar de compaixão que surgira em seu rosto. — Coitadinho, deve ter sido bastante doloroso. Queria poder carregá-lo até a casa.

Ela segurou meu braço esquerdo outra vez e colocou o direito ao redor de minha cintura enquanto nos dirigíamos à trilha rumo à sua casa. Confesso (envergonhado) que provavelmente manquei de maneira mais exagerada que o necessário. Mas eu tinha 18 anos, pessoal. Acabara de passar por uma experiência apavorante. E minha companhia era uma bela ruiva cheia de comiseração. Então, tirei proveito, jovem que eu era.

— O que realmente o levou a entrar na floresta? — perguntou. Ela já estaria suspeitando de minha explicação inicial?

Dei-lhe a resposta número dois: a história sobre os trigêmeos camponeses. Tudo bem, não eram trigêmeos. Disse que eram, temendo de imediato a possibilidade de que ela descobrisse se tratar de uma mentirinha patética. Mas fui em frente, outra vez tirando proveito da situação. Não que tanto aproveitamento fosse necessário. Meu relato aos três jovens fora preciso. Cruel, mas preciso. Magda mostrou-se afetada.

— Não quero saber mais — suplicou. Percebi, diante de seu pedido, que minhas palavras provavelmente trouxeram à tona lembranças traumáticas de seu filho e do que poderia ter sofrido nas trincheiras.

Para mudar de assunto, tateei o bolso direito do casaco, esfregando minha mão na dela enquanto o fazia. Meus dedos tocaram o objeto, macio e aparentemente redondo. Tirei-o do bolso e examinei-o. Tratava-se de uma flor, branca.

— O que é isso? — perguntei, por mera curiosidade.

Magda freou de maneira tão repentina que quase tropecei. A expressão em seu rosto era quase indecifrável. (Bela palavra, essa.) Teria cometido um novo equívoco, dizendo algo que não deveria? Como era possível?

— Encontrei essa flor em meu bolso — pensei ter explicado. — Você a colocou ali enquanto corríamos. — Aquilo não explicava minha pergunta, mas foi o melhor que pude fazer.

— E por que acha que fiz isso? — perguntou. Tentei adivinhar o que significava sua reação. Ela teria suposto que eu estava, de certo modo, zombando dela. *Zombando?* De forma alguma. Provavelmente ela salvara minha vida, por que sonharia em zombar... Não, impossível.

— Bem — respondi, sentindo o que queria que eu respondesse. — Deve ser uma forma de proteção.

Aquilo abrandou a expressão em seu rosto.

— Sim — confirmou ela. — É exatamente isso. — Senti tanto alívio que mal ouvi as outras palavras que disse. Algo sobre prímulas, aquele tipo de flor. Algo sobre fadas (aquela maldita palavra outra vez) terem tanto apreço por prímulas que achou que aquilo retardaria a perseguição. O que, aparentemente, funcionou.

— Basta isso? — lembro-me de ter perguntado. No meu subconsciente, eu já havia aceitado a explicação. Ela me salvara... do quê? Não ousava considerar as possibilidades.

— Há várias plantas e flores pelas quais as fadas têm apreço e são atraídas — disse ela, enquanto prosseguíamos na direção de sua casa. Eu ainda mancava um pouco, não para exagerar, mas sim porque sentia uma dor dos diabos. Magda interrompeu a explicação para demonstrar sua compaixão. — Coitadinho — murmurou. — É a ferida, não é?

— Sim — respondi.

Senti outra onda de alívio quando Magda me deu um beijo na bochecha e disse:

— Vamos dar um jeito em você quando chegarmos em casa. — Quase desejei que o gramado fosse ainda maior. Sentia-me reconfortado com seu braço em minha cintura, sua mão cálida segurando meu braço, sua simples presença.

— Que outras plantas e flores? — perguntei, querendo prolongar o momento.

— Viscos, dedaleiras e poinsétias são bem populares entre as fadas — prosseguiu. Não contive o riso ao ouvir a palavra "visco". Magda olhou para mim, desconfiada, e expliquei-lhe a tradição de se trocar beijos sob essa planta na época do Natal. Ela sorriu e continuou a enumerar diversas árvores que também eram "populares" entre o povo do Reino Médio: bétulas, salgueiros, carvalhos e sorveiras.

Ela estava começando a contar-me sobre as pedras preciosas preferidas (outra passagem esquecível), sendo a esmeralda verde a mais "sagrada".

— Naturalmente, eu não me livraria delas só para retardar uma perseguição — disse ela, com um sorriso suprimido nos lábios, os quais, percebi de repente (por que demorara tanto?), me pareciam carnosos e beijáveis, ainda que eu duvide que a ideia de beijar Magda tenha me passado pela cabeça naquele instante. Tratava-se apenas (penso) de uma observação geral.

De qualquer jeito, já divaguei o bastante; chegamos em casa, e Magda ajudou-me a entrar. Antes disso, porém, perguntei:

— E quanto à água? Também é uma proteção? — Agora eu estava completamente ciente de que estava flertando com ela. Tentei imaginar se ela também sabia (provavelmente), mas apenas sorriu. — Isso mesmo — respondeu.

— E as folhas secas na porta? — perguntei.

— Agora está exagerando — disse-me.

Estremeci. Ela sabia, era claro.

— Sinto muito — disse eu. Era verdade.

Ela fechou a porta, e, por um instante, a escuridão me deu uma sensação de inquietude.

Tive de — rapidamente — lembrar a mim mesmo que Magda acabara — era preciso admitir — de me salvar de uma "situação de crise", como diria o sr. Churchill.

Minha visão se ajustou, e reconheci o ambiente familiar, em especial o retrato iluminado a velas de Edward, sorrindo serenamente sobre a cornija da lareira.

A perna e o quadril estavam me incomodando, e Magda, sem dizer qualquer palavra, ajudou-me a atravessar a sala, passando pelas estantes altíssimas de livros. *Não para o quarto*, pensei. Simplesmente não estava pronto para aquilo, embora parecesse que fosse bem aquilo que estava para fazer, isto é, me colocaria em sua cama para repousar.

Em vez disso, levou-me até a cozinha.

Fiquei encantado — mas não surpreso — com o aspecto do ambiente. Era tão convidativo quanto Magda, com painéis de madeira texturizada e o teto pintado de um amarelo-claro. Junto à parede, no lado oposto de onde eu estava, ficava o fogão de ferro, com utensílios de cor escura pendurados sobre ele, três à esquerda, dois à direita. O fogão em si ficava embutido numa parede de tijolos negros (negros, presumi, por causa do calor e das chamas próximos a eles). Naquele instante, apenas um forro de pedaços de carvão vermelhos ardia na superfície inferior. À esquerda do fogão via-se a porta de um forno, com um pano negro pendurado na alça; ou num dos puxadores, não sabia dizer ao certo.

No centro da cozinha ficava o que parecia ser — e era — uma pesada mesa de carvalho, com uma cadeira (de carvalho) e um grande lampião sobre ela, tão próximo do teto que a chama da vela deixara uma marca negra sobre ele.

Magda levou-me a uma volumosa poltrona de carvalho que ficava à direita do fogão. Posteriormente, disse-me que era um artigo de antiquário, volumosa para acomodar saias com aros. Ajudou-me na hora de sentar. Quando o fiz, a dor no quadril e na perna foi pungente, e deixei escapar um gemido involuntário.

— Oh, *querido* — disse Magda, obviamente preocupada.

— Vou ficar bem — respondi. A dor já estava diminuindo.

— Você é muito corajoso — disse-me. — Espero que Edward tenha conseguido suportar a dor como você.

E se ele tivesse morrido instantaneamente?, foi o pensamento cruel que me passou pela mente. Graças a Deus, não o coloquei em palavras. Tudo o que consegui dizer foi:

— Tenho certeza de que sim.

Magda fitou-me pelo que pareceu ser um longo período, com uma expressão novamente indecifrável. (Eu gosto *mesmo* dessa palavra.)

— Você se parece com ele — disse ela. Então, virando-se de maneira tão rápida que sua longa saia fez um ruído, foi até um pequeno armário pendurado na parede e o abriu, retirando uma série de recipientes de barro, duas xícaras e pires, e um pacote fechado de biscoitos. Naquele momento, deixou transparecer um ar tão doméstico que me lembrou minha mãe, que partira tão cedo, então senti que precisava saber... Eu *precisava* saber.

— Sra. Variel — comecei.

— Magda, por favor — corrigiu-me, simpaticamente. Verificou uma panela enorme no fogão e mostrou-se satisfeita com o nível da água.

Preparei-me; pode-se dizer que reuni minhas forças mentais.

— Sim? — disse ela, virando-se.

Respirei fundo, vacilante.

— Qual o problema, Alex? — perguntou. Seria melhor se tivesse me chamado de "caro" ou "querido", mas não havia tempo para lamentar uma decepção irrelevante como aquela.

— Magda — disse eu.

— Sim, o que foi?

Eu tinha de perguntar, por mais constrangedor que fosse.

— O homem que consertou meu telhado — continuei.

— Sim, Joe, me lembro — respondeu.

Então, ela aguardou. Ó *Deus, eu queria nunca ter começado a dizer isso!*, lamentou meu cérebro.

— O que foi, querido? — perguntou Magda. Acabara de me chamar de "querido". Aquilo só tornava as coisas piores.

Língua amarrada seria a descrição adequada. Eu tinha dois nós na língua. Conseguia apenas olhar para ela.

— O que tem ele? — perguntou ela. Era tão compreensiva que ficaria agradecido se uma enorme rachadura surgisse no chão e me engolisse inteiro.

— Alex, *o que foi?* — perguntou ela. Parecia preocupada agora.

As palavras saíram cambaleantes.

— *Ele disse que você era uma bruxa.*

❦ ❦ ❦

Diante de minha cadeira, Magda me olhava com o que só posso descrever como uma expressão compenetrada. Raiva? Decepção? Não sabia ao certo. Finalmente, abriu a boca.

— Poderia repetir? — pediu. Estava *mesmo* pedindo? Talvez quisesse me ouvir dizendo as palavras novamente. Mas por quê? Se *fosse* uma bruxa, será que iria me detonar (gíria de 1982) com um raio fulminante?

Sabia que teria de repetir minhas palavras. Assim o fiz, mas com a voz tão fraca que pude sentir que ela não me ouviu. Retesei meu corpo. O nervosismo amplificou novamente minha dor, fazendo-me estremecer. Não queria que ela pensasse que eu estava compelindo-a à compaixão (outra possível expressão: A.B. cerca de 1982) quando repeti novamente as palavras, lenta e nitidamente. Não havia sentido em tentar obscurecê-las. Eram o que eram.

— *Ele disse que você era uma bruxa.*

Ela não moveu seu olhar compenetrado. Então, virou-se e foi até outra cadeira de carvalho à esquerda da lareira. O barulho da cadeira sendo arrastada fez-me estremecer outra vez. (Estava definitivamente inclinado a estremecimentos naquela tarde.)

Colocando a cadeira diante de mim, sentou-se em seguida. *Até para se sentar ela é graciosa*, veio-me o pensamento — verdadeiro, mas que não vinha bem ao caso.

— Alex — começou.

Ó, Cristo, não me venha com sermões!, rebelou-se imediatamente meu cérebro. O capitão Bradford Smith White, da Marinha dos Estados Unidos, iniciara inúmeros sermões pelo meu nome, naquele exato tom.

— *O quê?* — ouvi-me responder, reagindo não a ela, mas a meu pai.

— Não sejamos truculentos — disse ela.

Pelo menos o capitão nunca usou aquela palavra. Duvido que a conhecesse.

Controlei meus impulsos impensados, lembrando a mim mesmo que ela havia, muito provavelmente, salvado minha vida.

— Sinto muito — balbuciei. Sentia mesmo, mas não soara verdadeiro.

— Está tudo bem — disse ela. — Suponho que seja mesmo o que seu amigo falou, pelo menos em sua interpretação. Para ele, sou uma bruxa. É verdade. Eu *sou*.

Tremi de maneira tão agitada em minha volumosa cadeira (meu tremor era ainda mais volumoso) que ela rangeu debaixo de mim.

Magda divertiu-se com minha reação.

— Alex, Alex — disse ela —, que diabos você pensa que uma bruxa faz? E, devo avisá-lo, detesto essa palavra; incita imagens grotescas. Não foi isso que o colocou na defensiva?

Tinha de admitir que havia um quê de verdade naquilo. Velhotas com chapéus em forma de cone conversando com gatos negros? Suas palavras faziam sentido. Mas não o suficiente.

— Você ainda não está certo quanto a tudo isso, não é mesmo? — disse Magda. — Acredita que haja algo a temer. Do mesmo jeito que está agora, e fico *contente* em ver que você está assustado.

São *realmente* algo que assusta. Mas não a mim. Você não consegue ver isso?

Suas palavras e sua voz eram tão convincentes que quase deixei minha apreensão de lado. Mas não bastava. Ainda havia muito sobre Magda que minha compreensão não conseguia alcançar. (Apreensão, compreensão. Se Black escrevesse poemas, poderia ter rimado essas duas.)

— Deixe-me contar, então, o que uma bruxa, como você se refere, faz de verdade.

Magda prosseguiu, explicando que a chamada bruxaria era uma religião:

— E *é mesmo* uma religião — enfatizou. Chamava-se wicca, uma forma feminina da palavra *wicce*, do inglês antigo, que significava "bruxa". Representava um culto de tamanho considerável, com inúmeros praticantes. (Embora, pelo que eu soubesse, ela fosse a única em Gatford.) De maneira semelhante a outras religiões, mais ortodoxas, a wicca tem como principal objetivo a veneração. A estrutura do culto é essencialmente matriarcal, e sua sacerdotisa máxima, enfatizou Magda, "não era ela, mas sim uma pessoa muito mais importante", embora não a tenha identificado. — É respeitada como a Rainha do Paraíso, e seus símbolos são a lua e as estrelas.

A wicca pregava a responsabilidade em relação à natureza e buscava viver em harmonia com o meio ambiente. Elas não aceitavam o conceito de *sobrenaturalidade*, acreditando que o verdadeiro poder era naturalmente alcançável. Reconheciam a existência dos mundos exterior e interior, e a interação entre os dois. Não parava por ali, embora eu não consiga recordar do restante. A wicca era (é?) basicamente um culto à fertilidade, e suas celebrações são guiadas pelas estações.

— A maioria dos praticantes encontra-se em certas datas — disse-me Magda. — O equinócio de primavera, o solstício de verão, o equinócio de outono. Compareço sempre que possível. Na maior parte do tempo, faço o culto sozinha. Certa vez, tentei iniciar um conventículo ("um grupo de trabalho", explicou-me depois), mas não funcionou; os outros ficaram assustados diante da minha proximidade com o Reino Médio. Achavam que era prejudicial à religião.

— E é? — perguntei, tentando me envolver em sua história.

Magda sorriu.

— Não acredito que seja. Mas sou o que você poderia chamar de uma *wicce* diletante. Sigo minha própria estrada.

Comecei a tossir, limpando a garganta.

— E quanto à magia? — perguntei.

Ela me olhou com uma expressão de curiosidade no rosto.

— Magia? — disse ela. — Por que essa pergunta?

Imediatamente, senti-me acabrunhado. Por que perguntei aquilo? Seria eu vidente? Ou apenas estúpido? Não dava para saber. Então.

— Bem — disse eu, com a voz trêmula. — Simplesmente supus...

— Que as bruxas fazem magias? — perguntou ela, continuando: — Eu não faço. Quase nunca. Certa vez, efetuei um ritual no qual o que você acredita ser magia acontece. Mas nada além disso. Tem mais alguma pergunta?

Eu sabia que ela estava perdendo a paciência comigo, mas *havia* outra pergunta girando em minha mente (meu cérebro).

— Por que se tornou uma bruxa? — questionei, acrescentando rapidamente: — Quero dizer, uma *wicce*. — Espero ter pronunciado corretamente.

Magda me fitou em silêncio, e fiquei em dúvida se responderia. Ou eu teria feito outra pergunta ofensiva?

— Eu era uma luterana — disse. — Como a maioria dos escandinavos. — *Escandinava?*, pensei. Não parecia. — Minha ascendência é meio escandinava, minha mãe, inglesa. Vieram para o norte da

Inglaterra quando eu tinha três anos, eu nunca soube por quê. Seguindo minha fé, ia sempre à igreja com meu marido e Edward. Depois, os dois foram mortos. Fiquei completamente arrasada. A religião não aplacava minha dor. Deixei a igreja e vivi por um tempo sem religião. Durante aquele período, busquei conforto na natureza. Então, quando aceitei que a wicca representava uma fé voltada à natureza, recorri a ela. Quatro anos atrás. Satisfeito agora? Ou, a seus olhos, ainda sou uma criatura ameaçadora?

As palavras me abandonaram. Sentia apenas vergonha por ter duvidado do que era tão claramente a benevolência de sua própria natureza. Tudo o que consegui murmurar, humildemente, foi:

— Perdoe-me.

— Ah, meu *caro*. — Toda a impaciência de sua voz e de sua postura desapareceu. Como aconteceu não consigo lembrar, mas no instante seguinte ela estava de joelhos diante de mim, com os braços ao redor de meu corpo, apertando-me com força. — Obrigada, querido. *Obrigada* — sussurrou.

Acho que foi naquele momento que me apaixonei por Magda Variel, minha linda bruxa de cabelos ruivos.

Erro.

Capítulo Treze

Permitam-me uma alteração, passando deste diretamente para o capítulo catorze. Treze é um número comprovadamente complicado (eu gostava daquela combinação de palavras). Informem-se vocês mesmos; não será difícil. Por exemplo: em construções altas, não existe o décimo terceiro andar.

Faço o mesmo, então, em minha construção escrita; infelizmente, não se trata de um arranha-céu escrito. Não haverá uma décima terceira história.

Capítulo Catorze

Mudei-me para a casa de Magda pouco depois de nossa fuga das fadas. Não significou, porém, que passamos a fazer amor. Aquilo me surpreendeu (na verdade, me decepcionou). Mas eu não podia abordar de maneira romântica minha nova mãe. Parecia que ela assumira aquele papel.

Eu teria de manter o Chalé do Conforto (que piada) por três meses. Pagara o aluguel adiantadamente por aquele período, e o senhorio se recusava a devolver o dinheiro. Assim, tinha uma residência alugada, além da de Magda. Um empresário aos 18 anos. Nada mau.

Para a minha primeira adaptação, Magda realizou um ritual intitulado Atraindo a Lua.

Não sei ao certo por que fez aquilo. Para me assegurar de que a wicca era algo benigno? Para me proporcionar uma demonstração da genuína magia wicca? Para ajudar em minha adaptação ao seu estilo de vida?

Não. Ela tinha algo muito mais memorável para "exemplificar" — como dizem no norte da Inglaterra. Uma palavra mais simples? Algo muito mais "extraordinário", então. Para demonstrar — para *provar*.

Aconteceu numa noite de lua cheia. O acúmulo de energia, explicou Magda, era atingido mais facilmente quando os participantes ficavam nus. Tendo em vista que nos conhecíamos havia pouco tempo, entretanto, ela deixaria de lado esse elemento do ritual. Tentaria, então, "carregar a atmosfera" vestindo-se com um robe fino de seda, preferindo a simplicidade para obter mais "dinamismo". Decidiu também dançar sozinha, já que eu, na condição de novato, acabaria, sem dúvida, arruinando o procedimento. Ela não disse "arruinando", é claro; apenas sugeriu uma "possível mitigação" do ritual. Foi inútil, porém. Lembro-me de ter ficado desapontado. Mesmo sob seus trajes, normalmente impérvios (não que, juro a vocês, tivesse tentado de alguma forma perviá-los; será que existe tal palavra? Acho difícil), pude perceber sua silhueta suntuosa. Nenhuma outra palavra seria mais precisa.

O ritual teve início. A iluminação era esparsa, apenas algumas velas. Incenso e ervas preenchiam o ar com fumaça e uma fragrância exótica. O calor da lareira abafava o ambiente num clima digno dos trópicos.

Magda girava e se retorcia numa dança ritual. Tentei, com muita determinação, não olhar para seu corpo. De maneira geral, minha mente foi bem-sucedida. Meus olhos e partes íntimas não obtiveram o mesmo resultado. Sua silhueta era (pelos deuses no céu ou no inferno) completamente deslumbrante, seus seios (confesso que me deixavam de boca aberta), imensos. Sua barriga era branca como leite. Exceto pelo triângulo de ébano entre suas pernas longas a bailar, para o qual, juro a vocês, não tentei (a não ser esporadicamente) olhar.

Cheguei a mencionar (não, não o fiz) que, durante a dança, a suculenta Magda (que parecia ficar mais bela a cada segundo que passava) cantava suavemente? A melodia era cativante, mas a letra, se assim posso chamá-la, era em latim — acredito que fosse latim. Fiquei totalmente vidrado, perdido num transe que só aumentava. Talvez fossem as luzes tênues e bruxuleantes, ou então o suingue sinuoso (boa combinação) de seu corpo, o êxtase provocado pelo incenso, que preenchia os pulmões.

O que quer que fosse, o milagre acontecera.

❦ ❦ ❦

Tenho certeza de que todos vocês conhecem a palavra "eletrificar". Claro que conhecem. Nos dias de hoje, seu significado não vai muito além de ligar um interruptor na parede de modo a acender uma lâmpada.

Em 1918, as coisas eram diferentes. A eletricidade significava menos que fogões a gás para um esquimó. Eu estava a par de sua existência; *Tom Swift e seu Cachorro Elétrico*. (Acabei de inventar isso.) Li sobre as luzes elétricas no *Titanic*. Sabia o que era força elétrica, mas ela nunca me afetara pessoalmente; é esse o ponto que quero que entendam. E, mesmo naquela noite, eu não tinha plena consciência do que estava acontecendo. Mesmo agora, não sei ao certo. Sabia apenas que tinha de ser a eletricidade. Tinha de ser.

De início, senti um formigamento. Não consigo pensar numa descrição mais precisa. Já fizeram acupuntura? Caso tenham feito, vocês sabem como muitas vezes fios de arame são conectados às agulhas e depois ligados a uma fonte elétrica; na minha opinião, algum tipo de bateria. A impressão — senti na perna e no quadril — era de uma descarga elétrica intermitente — ou *formigamento*, para voltarmos àquela palavra mais autêntica. Não era o que se poderia definir como algo agradável. Mas também não era doloroso. Especialmente porque ficava centralizado na área da ferida provocada pelos estilhaços. Tive a sensação — a *certeza* — de que era proposital. Claramente, o que Magda estava realizando era um ritual de cura.

Será que contei a vocês? — provavelmente não, já faz tempo desde que escrevi um livro coerente — *EROS DA MEIA-NOITE*, se me lembro bem. De qualquer forma, caso não tenha mencionado, Magda se banhou por uma hora antes de dar início ao ritual. As velas que acendeu eram grossas e de cor púrpura — cinco, no total. Vestiu um roupão escarlate pesado, abandonando-o mais tarde para revelar o robe quase transparente. Os cabelos estavam bem presos, para trás. Ela não usava maquiagem, nem mesmo batom. Pureza? Não sei lhes dizer. mas me parece uma explicação lógica.

De volta ao milagre. A seguir, minha perna e meu quadril ficaram entorpecidos. Então, ainda sob torpor, senti o que pareciam ser dedos minúsculos manipulando nervos e tendões, alterando uma artéria, pressionando ossos em seus devidos lugares. Como estava entorpecido, não senti qualquer tipo de dor. Em vez disso, era uma experiência estranha, digo a vocês, completamente diferente de qualquer coisa por que já tivesse passado antes. Durou, segundo minhas estimativas, menos de cinco minutos. Durante esse tempo, Magda permaneceu imóvel, com os braços estendidos em minha direção, apontando uma varinha de aveleira. Eu sabia o que estava acontecendo, mas não tinha a menor ideia de como estava acontecendo.

Depois, a sensibilidade no quadril e na perna voltou, seguida por um minuto ou pouco mais de dor (leve). Seria uma recuperação cósmica? Outra vez, não esperem de mim uma resposta. Não a tenho. Tudo o que lembro é daquele breve período de uma nova dor se extinguindo e da estupefação ao perceber que a ferida provocada pelos estilhaços não mais me atormentava. Ao contrário, não sentia sequer indício dela; posteriormente, quando olhei para o quadril e a perna, ainda que as cicatrizes fossem levemente visíveis, não encontrei qualquer evidência de que minha carne fora estraçalhada pela explosão da granada.

Como descrever a emoção que sentia em relação a Magda? Olhando para ela por trás de um véu de lágrimas, eu a vi apagar o incenso e as velas cor de púrpura, as ervas. Vestiu seu roupão escarlate. Não recordo de muito mais além de um tremor físico quando, ao ajeitar a veste, ela momentaneamente revelou a voluptuosidade de seu corpo. Não era uma simples comoção; eu fora inundado por tanta gratidão que comecei a chorar, desamparada e alegremente.

— Obrigado — consegui balbuciar antes que minha voz se perdesse em meio a uma torrente de soluços.

— Ah, meu *caro* — murmurou ela, aproximando-se de onde eu estava sentado. Tentei ao máximo me levantar, mas minhas pernas simplesmente não davam conta do recado. Não devido à dor, mas porque uma exaltada gratidão drenara a energia de cada parte do meu ser, exceto — e aqui posso usar apenas uma palavra — do meu coração.

Magda evitou minha queda, segurando-me. Envolvi os braços a seu redor, absorvendo seu calor reconfortante.

— Obrigado, obrigado — consegui repetir, antes que um choro descontrolado tomasse conta de mim outra vez.

— Querido, estou tão contente — murmurou, beijando minhas bochechas e, uma só vez, meus lábios. Não dei tanta importância àquilo; tamanha era minha emoção que apenas amor e gratidão davam as cartas.

Então, ela sorriu. Sorriu de verdade.

— Basta essa magia para você?

Sorri, também, em meio a lágrimas.

❦ ❦ ❦

A vida com Magda prosseguiu em harmonia após minha cura. Transferi meus pertences do *bunker* nazista (já expliquei essa parte) para sua casa. Tornamo-nos bons amigos, antes de qualquer outra coisa.

Lembro-me de uma das primeiras noites depois que me tornei seu hóspede. (Não sabia, então, que aos seus olhos eu era algo mais.) Jantávamos na cozinha. Ela preparara — era uma cozinheira extraordinária — um cozido delicioso, com pedaços generosos de carne macia, molho e uma variedade de vegetais, entre eles cenouras, cebolas, abobrinhas e nabos. Pequenas batatas também. Ela mantinha uma horta atrás da casa onde plantava (quase sempre de maneira bem-sucedida) praticamente todos esses alimentos. Se porventura houvesse por perto insetos ou outros tipos de praga, Magda nunca precisou lidar com eles. Teria uma espécie de "armadura" protetora que prevenia tais incursões? Eu nunca soube ao certo, mas suspeitava que sim. A wicca tinha de servir para algo mais além da religião. (Um comentário grosseiro. Esqueçam.)

Voltemos ao jantar na cozinha. A conversa era agradável. Em certo ponto, sugeri inocentemente que minha cura ocorrera, ao menos em parte, graças a mim mesmo, à minha mente sob o efeito da hipnose. Nem sei que palavra usei no lugar daquela. Meus conhecimentos sobre as ideias de Freud eram inexistentes.

Em todo caso, qualquer que fosse o modo como me expressei, Magda não me deu ouvidos. De início, sua feição enrijeceu, assustando-me. Depois, seu semblante habitual de afeto retornou ao rosto e ela, paciente como sempre, disse:

— Não, Alex, isso não é verdade. Sua cura nada teve a ver com você. O ritual evocou forças exteriores. Sem que tais evocações fossem respondidas, nada teria ou poderia ter ocorrido.

Desculpei-me de imediato. O que quer que tivesse acontecido — e aceitei cada vírgula de sua explicação —, para mim, se tratava de um milagre completo. Mencionei o longo passeio que fizemos pela trilha naquela tarde. Não sentira sequer um esboço de dor no quadril e na perna.

— Perdoe-me, por favor. Perdoe-me. Não estava tentando assumir o crédito por minha recuperação. Falei na hora errada. — Foi o que disse.

Magda esticou o braço sobre a mesa e tomou minha mão na sua. Compreendera totalmente. Tudo o que ela queria era que eu entendesse a verdade, que, enquanto seres humanos, não possuíamos controle individual sobre nosso bem-estar. Caso precisássemos de ajuda, poderíamos encontrá-la — em forças externas. A wicca tinha consciência disso, respeitando e utilizando tal condição conforme necessário.

— Lembre-se, Alex — disse ela. — Tenha isso sempre em mente.

— Sim, pode deixar — prometi. Não tinha ideia de como ela estava errada. Bem, não exatamente errada. Limitada, digamos. Mas eu não viria a descobrir aquilo tão cedo.

❦ ❦ ❦

Logo nos tornamos amantes. Isso se não estiver me superestimando ao descrever minhas habilidades adolescentes numa cama (rudimentares, na melhor das hipóteses) como dignas da palavra "amante". Já Magda, sim. Sobressaía em cada aspecto daquela palavra. Como ela suportava minha abordagem desajeitada — porém honesta, devo salientar — à arte de fazer amor, não faço ideia. Nunca apontou nenhuma falha, que Deus a abençoe. Quando fazia amor, era amor mesmo e quase nada mais. Quaisquer que fossem as situações adversas que tivera de enfrentar (lembrem-se, tenho 82 anos agora e enxergo tudo com uma visão, pelo menos mentalmente, mais clara), ela jamais desencorajou o desenvolvimento de minhas ainda imaturas (ainda que compreensivelmente juvenis) táticas no quarto.

Tudo começou assim. Eu acabara de tomar banho e estava a caminho de meu quarto (ou melhor, do quarto de Edward), quando Magda surgiu da biblioteca. Seu sorriso para saudar-me era, como sempre, bastante acolhedor, como se não me visse havia um dia ou dois.

— Está limpinho agora? — perguntou.

— O máximo possível — respondi, retribuindo o sorriso.

— Que bom — disse ela, aproximando-se.

Devo admitir que, por mais de uma vez, admirei (outro modo de dizer que arregalava os olhos) seu corpo. Em inúmeras ocasiões, quando ela se inclinava (sobre a mesa, uma cadeira ou sobre mim), eu fitava seus seios notáveis com uma abordagem mais que meramente casual. Certa vez, minhas partes íntimas reagiram de maneira igualmente notável, e tive de disfarçar a protuberância óbvia, embora não tivesse qualquer dúvida de que ela percebera.

Lembro-me de pensar que o ambiente — o salão principal — subitamente esquentara, afetando, em sua maior parte, minhas bochechas. Lembro-me também de tentar iniciar alguma conversa fútil sobre nabos — ou batatas — ou outro vegetal igualmente absurdo, na qual Magda gentilmente demonstrou interesse, embora eu soubesse que ela notara o que eu tentava esconder — o volume pulsando perceptivelmente em minhas calças.

Naquela ocasião, diferentemente de outras em que estávamos próximos, ela não parou, mas continuou aproximando-se até encostar em mim e pressionar seu corpo contra o meu. Dei um salto quando ela puxou a toalha e jogou-a no chão.

— Acho que esperamos tempo demais — sussurrou.

Quanto tempo se passara? Uma semana? Duas? Não importava mais. Seus lábios estavam entrelaçados aos meus, macios e quentes, queimando-me por dentro. Ganhei rigidez corpórea com (julguei) impressionante velocidade. Senti seus dedos quentes e vigorosos segurarem-no com firmeza. Não me contive. Gemi, excitado e desejoso, estendendo ambas as mãos para agarrar seus seios. Teriam também aumentado de tamanho? Não fazia ideia, mas a fantasia que nutri por tanto tempo estava se concretizando. De maneira impressionante, com os lábios ainda a acariciar os meus, deu um jeito de abrir o vestido, e ambos os seios saltaram em minhas mãos, os mamilos grandes como imaginara, tão rígidos quanto eu estava.

O que mais posso dizer? Apesar da idade e da atual condição de uso pouco frequente, a lembrança daquela tarde e de suas aventuras, se assim posso chamá-las, faz cintilar uma fagulha dentro de minhas calças que, privado de testosterona, é duro (palavra errada) reconhecer ou até mesmo me conformar; valha-me Deus, as consequências sem dúvida seriam inconsequentes, se não humilhantes.

De qualquer forma, ela interrompeu os beijos e me conduziu ao quarto (aquele seu quarto incrível) pela mão, agora segurando a minha e não as partes baixas — as quais, mesmo sem sua ajuda, não perderam a rigidez nem mesmo por um segundo. O que estou dizendo? É claro que tive ajuda dela, por meio de sua simples presença, que se mostrou completamente no segundo em que tirou a roupa. Sob a iluminação da única vela que acendeu, pude ver, não mais através da transparência do traje que usara para o ritual, seu corpo gracioso. Corpo que ela usou para me atrair à sua incrível cama e, em diversos momentos, guiou meu membro bem fundo para dentro dele. Dentro do qual, em questão de pouco tempo — segundos, suspeito eu —, despejei em rajadas plenas o sumo de minha juventude. Esperei — em vão, acabou sendo — que Magda tivesse experimentado ao menos uma parcela do êxtase que eu alcançara. Não foi bem assim, logo descobri. Todavia, depois que atingi minha gratificação praticamente instantânea, ela sorriu e beijou-me com ternura.

— Estou contente por termos feito isso — murmurou em meu ouvido. — Faremos outra vez.

E foi bem o que fizemos — repetidamente, dia e noite. Na cama, depois no sofá (ou qualquer que fosse o nome) do salão principal e até mesmo na cozinha, comigo esparramado na volumosa poltrona e Magda a me cavalgar, seu rosto adorável se contorcendo pelo que chamaria de luxúria, os seios em minha cara.

— *Meu querido* — repetia, uma vez após outra, puxando meus cabelos e beijando-me com uma paixão ardente. *Que adolescente teria tido uma experiência assim maravilhosa?*, pensei. Eu não *sabia*.

O número de vezes que fizemos amor parece incontável. Magda parecia insaciável. Se aquela era a prática wicca, logo concluí: estou nessa! O sexo se tornou um hábito. No caso de Magda, diria um vício. Por mais louco que possa parecer, depois de um tempo fiquei cansado e até mesmo acostumado com aquilo. Aos 18 anos? Parecia estar já então assumindo o comportamento do velho pateta que me tornei. Desconhecia o porquê — quando chegava a pensar no problema, o que não era algo assim tão frequente. Agora eu sei. Ou pelo menos acredito saber. Não me acostumei nem estava fisicamente extenuado.

Estava com medo.

Capítulo Quinze

O medo é um fenômeno estranho e traiçoeiro. Especialmente quando parece não existir razão para ele.

Peguem meu exemplo. Por que eu sentia como se tivesse um rato no estômago, devorando minhas entranhas? Continuava visualizando os ratos das trincheiras que mastigavam — com enorme deleite — os olhos e fígados dos soldados mortos. Por que aquela imagem macabra se tornara um pensamento recorrente? Mas foi o que aconteceu, reaparecendo dia após dia, atormentando-me ainda mais durante a noite, quando tentava dormir, fosse sozinho, no quarto de Edward, ou acompanhado, na cama de Magda, com nossos corpos nus entrelaçados. Simplesmente não conseguia me livrar daquela visão terrível. Sentia, de fato, dentes frios mordiscando meu estômago. Fiz o máximo para esquecer aquelas imagens. Tudo em vão. Cheguei mesmo a pensar — minhas crenças foram afetadas depois que fui obrigado a aceitar o Reino Médio como algo real e assustador — que o espírito de Edward, ressentindo minha presença em seu quarto (em sua *casa*), estaria me assombrando. Considerei seriamente pedir a Magda que realizasse algum tipo de ritual de exorcismo para compelir Edward a me deixar em paz. Dei-me conta, porém, que tal pedido a ofenderia; e também, o que era mais provável, a magoaria, já que ficara óbvio, por tudo o que dissera, não com tanta frequência, mas o bastante, que ainda sentia a morte do filho. O quanto sentia se tornou — de maneira alarmante — evidente certa noite, quando estávamos em meio a toda aquela excitação carnal e Magda sussurrou freneticamente (pelo menos assim soou aos meus ouvidos):

— Fode a mamãe! *Fode!*

Naquele momento, de certa forma, achei excitante. Depois, fiquei preocupado. Qual exatamente seria minha posição em sua vida? Seria eu apenas um substituto para seu filho morto?

Como aquilo me deixava? Num estado de bastante medo. Um medo desconfortável. Não sei ao certo se era um medo legítimo, mas, com o passar do tempo, comecei a achar que era justificável. O que não fazia o menor sentido. Dia após dia, Magda demonstrava uma generosidade sem par em relação a mim. Nossa vida sexual prosseguia no mesmo ritmo — condicionada, obviamente, por meu crescente desinteresse. Aquilo, por si só, não fazia sentido algum. Eu tinha 18 anos, não 180.

Ela preparava para mim refeições dignas de uma chef, lavava — e passava — minhas roupas, conversava comigo sempre que eu tinha vontade, era constantemente afetuosa e nunca mencionava minha falta de envolvimento — o qual eu mal conseguia disfarçar — quando fazíamos amor, embora eu soubesse que ela tinha plena consciência disso. Muitas vezes, quando nenhum dos dois atingia o ápice (seria essa a palavra certa? — sabem o que quero dizer), apenas me beijava carinhosamente e me deixava cair no sono. O que, como mencionei anteriormente, era algo difícil para mim.

Portanto, quando certa noite, durante o jantar, Magda me disse que estaria fora por três dias — para a celebração wicca do solstício de verão —, não senti a dor de uma angústia abjeta que sei que teria sofrido quando iniciamos nossa relação. Em vez disso, a sensação era quase de um abençoado alívio — pela qual, dentro de mim (ainda que desonestamente) me castiguei. Espero não ter dado qualquer evidência externa de minha emoção dissimulada.

— Tem mesmo de ir? — foi o que eu disse. Teria soado pouco sincero? Não foi minha intenção.

— Sim, querido — respondeu. — É algo que não perco nunca.

— *Ótimo*, pensei, esperando que minha reação não transparecesse no rosto.

❦ ❦ ❦

Assim, Magda se foi e fiquei sozinho em sua casa. O que, a princípio, me deixou nervoso. Teria ela preparado "armadilhas" com algum encantamento arcaico? Será que o espírito de Edward, agora livre da presença da mãe, investiria com tudo contra mim? Dormi no sofá do salão principal durante as duas primeiras noites. Depois, pouco a pouco, o rato foi deixando de mordiscar minhas entranhas e comecei a me sentir livre de qualquer angústia. Percebi que aquela liberdade tinha a ver com a ausência de Magda, mas atribuí a sensação de alívio à imaginação, encorajada por minha perplexidade diante da magia de seu ritual de cura.

Por que me sentia assim, não sei lhes dizer. A magia nada fizera além do bem. Entretanto, era tão poderosa que, caso usada a serviço do mal, o que a impediria de demonstrar uma força semelhante? Tal pensamento me fez afundar num abismo de devaneios sombrios, onde as fadas malignas se uniam aos poderes mágicos de Magda, fazendo com que o monstruoso rato devorador tornasse ao meu estômago. Esforcei-me para afastar aquela mistura horrenda de superstições, mas levou um bom tempo para que isso acontecesse. Dias, na verdade.

Tudo voltou, com força total, na manhã em que fui... — sejamos honestos — *invadi* a biblioteca de Magda. Ali, deparei-me com o que, de início, nada mais era do que um ambiente bem-decorado e com estantes cheias de livros, que estimulava a leitura e os estudos.

Foi então que encontrei o manuscrito. Talvez devesse escrever em letras maiúsculas: MANUSCRITO. Agora parece mais apropriado. Para mim, pelo menos. O documento tinha séculos e suas bordas estavam apodrecidas. Ainda assim, era claramente legível.

Perguntei-me por que, em nome de Deus (sua presença não era evidente em nenhuma parte do manuscrito), Magda não o tinha escondido de modo mais criterioso. Estava numa das gavetas debaixo da mesa, facilmente visível. Não me passou pela cabeça que ela imaginava que eu respeitaria sua privacidade. Fiquei chocado demais com o que vi para considerar aquela hipótese.

E o que foi que vi? Descreverei da maneira mais breve possível. Para mim ficava atrás apenas — e não por muito — dos horrores da guerra de trincheira. O que seriam? Hesito até mesmo em descrevê-los. Mas vou tentar.

Uma poção preparada (aparentemente) num caldeirão para induzir a invisibilidade. Não muito chocante, ainda que um tanto incrível. Continuem lendo.

Mudança de forma (acredito que "transmorfismo" fosse o termo certo), a habilidade ou poder de alterar o corpo de modo a assumir qualquer configuração desejada por quem a evoca. Na ilustração, uma jovem mudava sua forma para a de uma loba. A representação vívida mostrava, de maneira gráfica e repugnante, seu corpo aberto e sua estrutura óssea sendo rompida e remodelada, com a cabeça se distorcendo para adquirir uma aparência lupina. Cada passo horripilante da transformação era diagramado detalhadamente, terminando com sua congruência numa loba de olhos vermelhos e saliva escorrendo da boca. Esse foi o choque inicial que sofri.

O segundo seria ainda pior. Não irei (recuso-me a fazê-lo) descrever cada asqueroso detalhe. Talvez as próprias palavras lhes sejam suficientes. *Autoaborto de quimeras* (monstros) *indesejadas.* Ilustrado em todas as suas minúcias. Nada mais tenho a dizer sobre o assunto. Quase deixei escapar meu café da manhã enquanto via aquilo.

Poderia seguir adiante, mas o bom senso me impede de fazê-lo. Nada mais farei além de mencionar algumas das abominações do manuscrito. *Ataques sexuais a distância. Evocação de demônios. Restauração dos mortos.* Et cetera e que Deus nos ajude. Não consigo ir adiante. As ilustrações eram quase pornográficas, com seus detalhes nítidos. Aquilo prendeu minha atenção por alguns instantes. Porém, mesmo aos 18 anos, fiquei tão enojado que tive de dar as costas, devolver o manuscrito à gaveta e sair da biblioteca como quem deixa um templo satânico ou algo do gênero. Não me permitia acreditar que Magda aprovasse — e muito menos, Deus me livre, que *tomasse parte* de tais disciplinas. Será que a wicca permitia tais práticas profanas? (Eis uma combinação de palavras digna de A. Black!) Impossível. O manuscrito tinha de ser uma ferramenta de pesquisa, nada mais. Forcei-me a acreditar naquilo, embora aquele maldito roedor tivesse voltado para beliscar minhas entranhas. Aquilo não era wicca, dizia a mim mesmo; não poderia ser. Estava mais para magia negra. Magda praticava magia negra.

❦ ❦ ❦

Não me atrevi a outras incursões incomuns pela casa de Magda. Agi como um hóspede bem-comportado daquele momento em diante. Já tivera minha quota de incidentes bizarros, o suficiente para toda uma vida. O que dizer de meu tempo de serviço nas trincheiras? Acrescentem a pepita de ouro oferecida a mim por Harold

Lightfoot. Não esqueçamos da aparição inexplicável (uma combinação à la A. Black — *bom trabalho*) da tal pepita em minha sacola. A existência quase inlocalizável de Gatford. A conduta confusa (as combinações de A. Black me vêm aos borbotões agora!) do barman na Carruagem de Ouro. O comportamento suspeito do joalheiro de Gatford, o sr. Brean, incluindo sua aquisição apressada da pepita de ouro e o modo como me conduzira ao absurdamente chamado Chalé do Conforto. Joe Lightfoot (seu nome era outra berrante aberração — A. Black de novo!) alertando-me contra entrar na floresta. Minha primeira experiência ali, estranha, ainda que não tivesse sido fatal. Joe contando-me que Magda era uma bruxa. Estranho também. Meu resgate por parte dela em minha segunda experiência no bosque, estranha e quase fatal. A explicação dela quanto a seu tipo particular de bruxaria. O início de nossa vida sexual. As investidas do rato comilão. E, finalmente, o terrível manuscrito. Não mencionei a entrada perturbada do sr. Brean em minha cabana, com seu punhado de poeira cinzenta, afirmando se tratar do que restara da pepita de ouro. Caro Deus, eu não teria já passado por provações singulares o bastante? Era mais que o suficiente. Estava cheio. Precisava de um tempo.

Foi quando o mais estranho dos incidentes ocorreu.

Era uma adorável tarde iluminada de sol. Tão adorável, na verdade, que a casa andava abafada (essa combinação não funcionou), provocando-me o desejo de sair, talvez para um passeio pela trilha — evitando o bosque, é claro. Deixei-me, então, ser tragado pela tarde convidativa, indo a passos lentos pela trilha. Tinha certeza de que estaria imune aos ataques das fadas contanto que não saísse da estrada. Tratava-se realmente de um dia esplendoroso, quente, mas com uma leve brisa, o céu azul e sem nuvens, as árvores magnificamente — embora, pensei, também ameaçadoramente — a exuberar todo o seu verde.

Então, ouvi a cantoria.

Chamo de cantoria, mas essa é uma palavra um tanto elementar. Chamem de cânticos angelicais, se assim desejarem. Pois, se os anjos de fato cantam, certamente o fazem daquele exato modo. Parei no meio da trilha e ouvi, em transe, enquanto a cantoria prosseguia. O que não me pareceu temerário foi que, após uma breve hesitação — provavelmente menos de um minuto —, eu já havia adentrado a floresta, totalmente absorto, sem qualquer medo, atraído pela voz celestial. Não me ocorreu que talvez estivesse sendo hipnoticamente arrastado rumo à minha ruína. (Não era uma combinação como as de A. Black, mas pelo menos era aceitável — "rumo à minha ruína". Gostei. A. Black, quero dizer.) Segui em frente, despreocupadamente arrebatado pela voz angelical. Pensei ter ouvido o som de água caindo do alto. Uma cachoeira? Não saberia dizer. Mas estava certo de tê-la ouvido, assim como o canto. Fui em frente, em meio ao bosque completamente inofensivo, passando por uma pequena mata de bétulas, sempre atraído pelo canto sublime.

Foi então que a vi.

Acabara de sair de debaixo da cintilante cachoeira. Estava nua. Não posso usar a palavra "nua"; parece grosseiramente explícita. Eu nunca vira nudez como algo assim completamente inocente. Era obviamente uma jovem moça, mas sua presença transmitia o ar de uma criança. Não passava de um metro de altura, quase como uma boneca em sua delicada beleza. Tinha os cabelos dourados; não louros, mas dourados. Só posso descrevê-los assim. Sua pele era branca como leite; a silhueta franzina, mas bem-definida. Não se mostrou nada perturbada com sua nudez quando me viu a observá-la, nem mesmo esboçou um gesto para esconder suas partes íntimas. Até essas palavras me parecem vulgares. O que quero dizer é que sua simplicidade ficara evidente, apesar de seu estado desnudo. Na verdade, sorriu para mim.

— Olá — disse ela. A palavra foi dita de modo acolhedor. Depois acrescentou, deixando-me completamente confuso: — Você é Alex.

Fiquei sem voz. Estava paralisado, surpreso. Sorriu novamente, de alguma forma ciente de minha reação.

— Está se perguntando como sei seu nome — disse ela.

— Estou — foi tudo o que eu consegui balbuciar. Como descrever o que estava sentindo? Estupefação, sim. Incredulidade diante daquele inteiro momento. Atração física por seu corpo cativante. Embaraço pelo simples fato de ter pensado naquilo, diante de sua evidente inocência.

— Sei bastante sobre você — prosseguiu. Aproximou-se de mim. (Eu parecia um gigante em sua presença.) Apoiando-se nas pontas dos pés, beijou-me sutilmente a bochecha. — Fico contente que tenha retornado — disse ela.

Por um instante, a velha cautela tomou conta de mim. *Retornado?* Não fizera de minhas duas visitas precedentes — em especial a segunda — experiências horripilantes? Não quis macular a magia daquele momento confrontando-a com minhas suspeitas. Não tinha escolha, porém. Precisava saber.

— Por que você... — iria dizer *tentou me matar?*, mas não poderia. Simplesmente não poderia. Se ela estivesse me atraindo rumo ao meu fim, eu teria de me conformar com aquilo. Além disso, olhava-me de um modo tão doce, tão inocente, que o único modo que encontrei para concluir minha pergunta foi: — ... me perseguiu da última vez?

Sua risada foi de uma delicadeza quase musical.

— Não fui eu — disse ela. — Aquele era meu irmão, Gilly. Ele detesta seres humanos. Seu pai foi morto por um caçador. Gilly nunca se recuperou.

— Não o culpo — ouvi-me responder. — Ele me assustou para... caramba, no entanto. — Não consegui dizer "caralho" diante daquele rosto cândido.

— Mas ele quis lhe fazer mal, não tenha dúvida. Fico feliz que a bruxa do outro lado da trilha tenha jogado as prímulas no chão. Gilly ficou enfurecido por ter de parar para recolhê-las, mas não teve escolha. Temos esta fraqueza, preciso admitir. Você não teria nenhuma flor no bolso, teria? — Outra vez, senti aquela descarga de cautela. Seria uma tentativa de descobrir se estaria vulnerável a mim? Aquela parecia ser uma consideração ridícula, uma vez que percorri toda aquela distância sem enfrentar qualquer perigo. Ainda assim, achei melhor dizer: — Não sei, faz tempo que não verifico os bolsos.

— Está tudo bem — disse ela. — Não vou persegui-lo. Fui eu quem o trouxe aqui, certo?

Sim, é verdade, pensei. De qualquer forma, quem era eu para suspeitar daquela criança inocente? *Criança?* Estava confundindo sua altura e comportamento com o de uma menina. Seus seios arredondados e macios, ainda que menos expansivos que os de Magda, e sua flor ciliada discordavam de mim. "Flor ciliada" foi a melhor maneira que encontrei para defini-la. Não poderia, por nada no mundo, rebaixar meu modo de descrevê-la. Era tão inestimável, tão... devo dizer, tão angelical. Não se tratava apenas do canto. Tratava-se de tudo nela, da cabeça aos pés. Como poderia uma criatura ser assim perfeita? Não encontro maneiras de analisar sua pureza incomparável. Nem me façam tentar. Não posso. Preciso dizer que fiquei completamente apaixonado por ela? Tivesse eu menos de um metro, teria lhe dito, ali mesmo, que estava morrendo de paixão por ela. Mas tinha 1,90 metro, era um colosso desajeitado diante dela. Ficaria envergonhado de mencionar a palavra "amor" para uma criatura tão divinamente perfeita e diminuta. Minha opinião sobre as fadas mudara completamente. Se ela era um de seus habitantes, o Reino Médio era algo mágico. Harold estava fora de si quando me alertou contra ele, se é que o fizera.

— Você tem medo de mim? — perguntou. Tão docemente que meus olhos começaram a lacrimejar.

— Não — garanti. — Embora... — acrescentei, sem muito pensar.

— Embora...? — perguntou; parecia angustiada.

— Foi um pouquinho... aterrorizante — disse eu.

— Aterrorizante? Não conheço essa palavra — respondeu.

— Quero dizer... fiquei ressabiado. — *Fale a verdade!*, comandei meu cérebro. — Assustado — consertei.

— Ah, sinto muito — disse ela. — Não queria assustá-lo. — Abriu, então, aquele seu sorriso sedutor. — Bem, talvez um bocadinho — confessou; de maneira encantadora, pensei. — Não estava certa quanto a você. Agora, sim. Foi por isso que o trouxe aqui, ileso. Eu poderia ter... — ela não concluiu, mas entendi o recado. Possuía habilidades sobre as quais eu nada sabia. E não tinha certeza se queria saber.

— Bem, fico contente que tenha me trazido aqui — disse eu. — Foi por meio da cantoria, certo?

— Exato. — Sorriu mais uma vez. Estava absolutamente encantado por seu sorriso. Magda também tinha um lindo sorriso, mas nada comparado ao de...

— Como se chama? — perguntei. Precisava saber.

— Ruthana — respondeu, pronunciando *ana* como se diz "ania".

— É um lindo nome — disse-lhe. — Bem, você sabe o meu.

— Sim, é verdade — disse. — Agora me deixe colocar as roupas, assim poderemos conversar mais. — Àquela altura, eu esquecera (que Deus me ajude!) que ela estivera nua durante todo o nosso diálogo. Sua nudez era tão natural que desencorajava qualquer reação física.

Observei enquanto se vestia. Seu traje era de fato atípico, mais como um manto de teias que envolvia seu corpo da cintura para baixo e atravessava pelo ombro esquerdo, deixando o seio direito descoberto. Percebi que o mamilo estava enrijecido e imaginei, por um instante de insensatez, que talvez se sentisse atraída por mim. Mas eu pensei, no instante seguinte, que tal possibilidade era... bem, impossível. Ela era casta demais para aquilo.

Ela apontou para um rochedo grande e plano, que eu não havia percebido. (Não percebi coisa alguma depois que coloquei os olhos nela.)

— Vamos sentar para conversar? — perguntou. De modo tão envolvente que não me recusaria a fazê-lo nem por todo o ouro do mundo. Fui até o rochedo, um verdadeiro pedregulho, e sentei-me a seu lado. Queria segurar sua mão, mas não foi necessário; ela pegou a minha, novamente com aquele sorriso irresistível. — Pronto — disse ela, como se uma regra não dita acabasse de ser observada. — Agora vamos conversar.

— Sim. Vamos — disse eu, sentindo-me estúpido diante da falta de significado (ao menos para mim) das palavras.

— Você mora com a bruxa do outro lado da trilha — disse ela.

— Ela é mesmo uma bruxa? — perguntei. Já sabia a resposta. Será que eu buscava uma explicação? Quem sabe.

— Ah, sim — disse Ruthana. — Sabemos que é.

Tudo o que consegui responder foi:

— Ah... — Deus, como me senti estúpido.

— Ela age de forma cruel com você? — perguntou.

— Não, nunca — respondi. Apesar do rato faminto que me inquietava, senti a necessidade de defender Magda. — Acho que *é mesmo* uma bruxa — iniciei mal minha defesa. — Mas nunca me tratou de maneira cruel. Sempre foi... — Quanto poderia revelar? — Generosa e... prestativa. — Eu não mencionaria o manuscrito; aquilo certamente traria um amargor à conversa. Tampouco falaria sobre o ritual de cura. A ênfase daquela história era toda na bruxaria.

— Bem, fico contente — disse Ruthana. — Fiquei preocupada.

Preocupada? Por quê? Queria dizer que ficara realmente aflita quanto ao meu bem-estar? Por qual motivo? Eu não era um dos seres humanos que eles odiavam?

—Tinha pensado... — comecei.

— Oh, não... — interrompeu-me.

— *O quê?* — perguntei, ansioso.

— Gilly está a caminho — disse.

As palavras me deram calafrios. No mesmo instante, eu estava de volta à floresta, com ele a me atormentar naquela perseguição fulminante como a de elefantes numa plantação de bambu. As palavras de Ruthana se materializaram em minha mente. *Ele detesta seres humanos.*

— *Venha* — disse ela. Num segundo, eu já estava de pé (não há maneira melhor de descrever), puxando-me com tanta força que machucou meu braço. — Por aqui — disse, começando a correr. Perdi a compostura diante de sua força inesperada, e tudo o que pude fazer foi acompanhá-la, coberto de medo. Quão terrível seria seu irmão? Saberia que eu estava ali? Deveria saber, pensei, sentindo os pelos arrepiarem. Se não, por que sua irmã estaria me fazendo correr pelo bosque, com um olhar de pânico estampado em seu rosto encantador? Não tão encantador agora, com sua beleza suprimida pelo medo. *Meu Deus, esse Gilly deve ser monstruoso!*, pensei, atordoado de pavor. Corremos sem parar. Ruthana não dizia uma palavra. Não ouvia sua respiração; apenas a minha. Eu não ousei dizer que a corrida já me fazia sentir uma pontada na lateral do corpo. Tinha de continuar correndo, estimulado pelo medo. *Não posso deixar que Gilly me alcance. Não posso!*

Milagrosamente, chegamos à trilha, e Ruthana me empurrou na direção dela.

— *Espere!* — disse ela, então. Erguendo-se nas pontas dos pés, agarrou meus braços com suas mãos pequeninas e beijou-me os lábios de maneira, pude perceber (incrédulo, apesar de ainda assustado), apaixonada.

— Eu te amo, Alex — sussurrou.

E, então, ela se foi, tragada pela floresta. Nem mesmo cheguei a ver Gilly. Deve ter notado minha fuga e desistido de me perseguir. Estaria ele agora atrás de Ruthana? Quanta hostilidade haveria entre os dois? Será que poderia machucá-la? Queria desesperadamente saber. Já teria ela se perdido? Como poderia saber? Arrastei-me de volta à casa de Magda com apenas uma coisa ressonando em minha mente. As últimas e incríveis palavras de Ruthana. *Eu te amo, Alex.*

Deus!, pensei. *Eu também te amo!* Não fazia sentido, é claro. Eu era um humano; ela, uma fada. Eu deveria saber que nosso amor seria algo impossível. Completamente impossível.

Cheguei em casa e entrei.

Magda esperava por mim.

Capítulo Dezesseis

Preparei-me para levar uma repreensão. Magda, obviamente, acabara de voltar. Ainda estava toda vestida, sua mala no chão. Apenas retirara o chapéu e o segurava nas mãos. *E agora?*, pensei. Esperava o pior.

Magda tirou-me do eixo com um sorriso.

— Foi dar um passeio? — quis saber.

O que deveria dizer?, perguntei a mim mesmo. *Quanto deveria revelar?*

— Sim — respondi. — Está um lindo dia.

— Que bom — disse ela. — Foi tudo bem?

— Sim, sim — menti. — Foi tudo ótimo. — Manter segredo me encheria de angústia. Mas eu o faria. A alternativa era inaceitável.

Veio a mim e deu-me um longo beijo.

— Senti sua falta, querido — disse.

Também senti a sua. Sabia que deveria ter respondido aquilo, mas me contive, incapaz de abrir a boca. Tudo o que conseguia pensar era o quanto Magda era robusta (que palavra terrível) comparada a Ruthana. Sabia, naquele exato instante, que se tratava de uma comparação ilógica, mas eu a fiz do mesmo jeito. Tentei dizer a mim mesmo que Magda, assim como eu, era um ser humano, enquanto Ruthana era uma fada. (Interessante como passei a aceitar completamente que existissem.)

Meus pensamentos foram interrompidos quando ela (de maneira quase melancólica, pensei) perguntou:

— Não sentiu falta da sua Magda? — Ela *era* uma bela mulher. E nós éramos (ou tínhamos sido) amantes. Por que me sentia tão perturbadoramente distante dela? Ela me causava tanto medo assim?

Preferi mentir outra vez.

— Claro que senti — respondi. Depois, exagerei. Minha desculpa? Era jovem e estúpido. Beijei seu pescoço e acariciei o seio esquerdo. (Como eram *enormes* comparados aos de Ruthana.) — Senti falta de tudo — menti; mais uma vez, era *mesmo* um palerma. *Pare com isso!*, disse a mim mesmo.

Ou consegui convencê-la ou ela mesma se convenceu. Apertou seu corpo contra o meu (era tão *carnosa!*) e tomou posse de meus lábios. Sua língua quente e molhada escorregava entre meus lábios e vasculhava minha boca. Pegou minhas mãos e as pressionou contra seus seios inchados.

— Em breve — sussurrou —, muito em breve, meu amor. Faça o que quiser comigo. Qualquer coisa.

Meu Deus, pensei. Não era aquilo que eu desejava. Não mesmo. Meu membro podia estar a postos, mas minha mente estava distante. *Estava apaixonado por Ruthana*. A descoberta me veio como uma espécie de choque. Ali estava eu, ao lado de minha linda e voluptuosa amante, que se jogava em meus braços, e ainda assim, mesmo que correspondendo fisicamente, meus pensamentos estavam em outro lugar. Parte de mim — num raciocínio lógico por mais que só tivesse 18 anos — parecia saber que eu estava sendo estupidamente irrealista. Desejava que Ruthana não tivesse dito o que disse. Aquilo apenas confundira minha jovial falta de intelecto. Eu não tinha o direito de enganar Magda daquele jeito. Estava ciente daquilo. Assim, tomei uma decisão espontânea — e completamente estúpida.

— Entrei na floresta hoje — disse. A honestidade é o melhor modo de lidar com as coisas? Nem sempre.

A reação de Magda foi imediata. Afastou-se de mim apressadamente, com um traço de saliva descendo-lhe do lábio inferior. Limpou-o, irritada, fitando-me com um olhar fulminante. Olhos de bruxa, pensei (injustamente, não havia dúvida). Será que revelaria, então, seus poderes obscuros para mim?

Em vez disso, apenas continuou a me encarar, cheia de remorsos. Percebi que se sentira ofendida. Talvez até magoada. Não sabia ao certo. Nem mesmo quando disse:

— Não me contou isso.

— Eu sei — respondi. — Deveria ter contado. Sinto muito.

Silêncio de sua parte. Depois disse:

— Você foi perseguido? — Sabia que ela não poderia imaginar o que realmente acontecera.

— Não — respondi. — Não foi assim.

— E *como* foi? — Endureceu o tom, fazendo-me entender que estava encrencado.

Engoli em seco. Estava bastante nervoso, o que era claramente perceptível.

— A garota que conheci... — comecei.

— *Garota?* — interrompeu. Seria raiva em sua voz? Sarcasmo?

— Jovem mulher — corrigi.

— Jovem mulher — repetiu ela. Duramente.

— Tudo bem, a *fada* — disse eu, levemente irritado. — Era uma pessoa *pequenina*. Deveria ter menos de um metro.

— E o que ela fez? — perguntou Magda. Ou melhor, questionou.

— Nada — respondi. — Apenas conversamos.

Ela me lançou um olhar de reprovação.

— *Conversaram* — disse ela; não era uma pergunta.

Respondi como se fosse, porém.

— *Sim* — disse. Minha ira juvenil estava vindo à tona; tinha pouco controle sobre ela na época. — *Conversamos.*

— Só isso? — perguntou. Teria sua voz traído uma pitada de genuína curiosidade?

— Só isso — respondi.

— E depois você foi embora — disse ela. Eu sabia que ela não tinha acreditado numa só palavra.

— Exatamente — disse eu. — Depois fui embora. *Sem ser importunado.* — Jurei a mim mesmo que não lhe contaria nada naquele momento sobre a perseguição de Gilly e, valha-me Deus, sobre a declaração de amor de Ruthana.

— Alex — disse então Magda. — *Querido.* — Minha reação foi de surpresa. Seu tom de voz mudara completamente. *E agora?*, pensei, confuso.

— Você acredita *realmente* que nada aconteceu além de uma conversa inocente com uma fada? — Não havia rancor na pergunta, mas eu sabia que fora colocada como uma crítica. Leve, talvez, mas, ainda assim, uma crítica. Estava certo de que não deveria revelar mais coisa alguma.

— Depois foi embora. *Sem ser importunado?* — repetiu minhas palavras.

— *Sim* — respondi. Estava ficando furioso. Bruxa ou não, que direito tinha ela de...?

Ela mudou de humor num segundo.

— Não está me contando a verdade, meu caro — disse ela. A parte final da acusação me deixou perplexo. Estaria sendo compreensiva... ou zombando de mim? Gostaria de saber. O melhor que consegui foi indagar:

— O que quer dizer? — Eu costumava dizer aquilo ao capitão, adiando a necessidade de responder a uma de suas perguntas. Sabia que estava usando o mesmo estratagema agora, mas não tinha a astúcia para não fazê-lo.

— Quero *dizer* — começou, como se minha pergunta merecesse uma resposta — que muito mais aconteceu com você. Teria essa jovem o acompanhado até que saísse do bosque?

— Sim — respondi. Num impulso, acrescentei: — Estávamos sendo perseguidos. Da mesma forma como aconteceu com nós dois.

— Perseguidos por...? — perguntou; tudo bem, *exigiu* saber.

Soltei um suspiro. O segredo fora revelado. Ao menos em parte.

— Por seu irmão — contei-lhe.

— Irmão — disse ela.

Caramba, pare de repetir minhas palavras!, minha cabeça estourou. Tive o bom senso de não verbalizar aquele pensamento.

— Sim, *irmão* — foi tudo o que disse.

— Seu nome? — exigiu saber; não fazia qualquer esforço para esconder sua irritação interrogativa (ora, vejam só, outra combinação!).

— Gilly — respondi, pronunciando claramente seu nome.

— Gilly — repetiu ela.

— *Magda* — protestei.

Ela cedeu; um pouco.

— E foi ele quem nos perseguiu? — indagou.

— Não sei — respondi. — Talvez.

— Mas essa jovem, essa fada, o conduziu para fora do bosque, ileso.

— Exatamente — disse, recusando a curvar-me diante de sua persistência.

— Ah, Alex — disse ela, com a voz desprovida de qualquer contrariedade. O tom era mais o de uma forma delicada de irritação. — Será que não consegue entender?

Eu podia sentir meus lábios apoiando-se um no outro.

— Entender o quê? — questionei.

— Lembra-se de como as chamei? — perguntou.

— Como as chamou...? — Naquele instante, não fazia ideia a que se referia.

— Chamei-as de faderneiras — refrescou minha memória. — Lembra-se?

Lembrava.

— E está me dizendo...? — comecei.

— Sim — disse ela, não deixando que terminasse a frase. — Estavam se divertindo. Você foi *enganado.*

— *Por quê?* — insisti.

— Porque foi — disse ela.

— Isso não é *resposta* — rebati, novamente enfurecido.

Magda retesou o corpo; não foi difícil perceber. Por um ou dois segundos, fiz o mesmo, com uma pontada de medo. Depois, de modo igualmente perceptível, relaxou sua expressão e disse:

— Alex, não sei por quê; em muitos casos, é difícil entender a motivação das fadas. Para ser franca, nunca ouvi ninguém que tenha recebido o mesmo tratamento que você. A jovem deve ter sentido algum tipo de atração, isso é tudo o que me vem em mente. — Disse isso com tanta naturalidade que tenho certeza que percebeu em meu olhar uma expressão de perplexidade por ter descoberto tão facilmente o que de fato ocorrera. Se é que *de fato* ocorrera.

— Direi apenas uma coisa, e depois é melhor que esqueçamos esse assunto — disse Magda. Olhou-me nos olhos por longos instantes e então completou sua observação. — Essa jovem; essa fada, se é isso o que era, pois não tenho tanta certeza; colocou sua marca sobre você. Seja cuidadoso, Alex. Você precisará de minha proteção. Agora, deixemos isso para lá. Está seguro aqui e isso é o que importa.

Fui inundado por dúvidas. Magda não tinha certeza de que Ruthana fosse uma fada?! *Por quê?* E, se não era uma fada, o que seria então? Uma imagem passou pela minha mente. Aquela criatura delicada. O que mais poderia ser além de uma figura sobre-humana? Uma habitante desaparecida de Gatford? Não acredito. O que, então? E o que significava "colocar sua marca sobre mim"? Do que se tratava? Papo de bruxa? E, se Ruthana não era uma entidade sobrenatural, como poderia ter colocado uma "marca" sobre mim? Todas essas perguntas ocupavam ao mesmo tempo minha mente sitiada. Pobre Alex White. Dezoito anos e *non compos mentis.*

De qualquer forma, eu não tinha a menor ideia do que estava acontecendo.

* * *

O jantar não ajudou. Fizemos nossa refeição mais cedo porque Magda estava com fome. Sua viagem de ônibus fora longa, e ela não comera nada no caminho. Não havia tempo a perder preparando um prato de verdade.

Assim, comemos presunto frio e salada. Mas estou fazendo uma digressão.

Fiquei meditando sobre o que Magda e eu conversáramos. Além disso, continuava reencenando em minha mente iludida o encontro com Ruthana. E, juro pela minha vida, não conseguia me lembrar de uma única atitude sua que representasse uma ameaça, ou muito menos *maldade*, em relação a mim. Ouvia na minha cabeça sua voz suave e lírica. Relembrei (visualizando nitidamente) nossa fuga pela floresta, sua mão apertando a minha com muita força. Revivi, em pensamento, o momento mágico em que, na ponta dos pés, me beijara (sim, apaixonadamente!) os lábios e sussurrara:

— *Eu te amo, Alex.* — Se, de fato, tivesse colocado sua "marca" sobre mim, foi naquele exato momento. Uma vez após outra, escutei aquele sussurro maravilhoso, piegas demais para A. Black, romântico demais. O quê? SUSSURRO À MEIA-NOITE? Nunca venderia. Não seria uma história de terror. A. Black veria sua proposta rejeitada sumária e instantaneamente. Mas estou divagando outra vez. Que vergonha para este narrador.

— Magda — disse eu durante o jantar, sentindo o estômago embrulhar antecipadamente; fiquei ansioso.

— Sim, Alex?

— O que você quis dizer ao afirmar que Ruthana colocou sua marca sobre mim?

— Quem? — perguntou, acrescentando em seguida: — Ah, é assim que ela se chama?

— *Sim* — disse eu, com um tom de irritação em minha voz imatura. (Tenho de parar de mencionar insistentemente minha idade! Tinha 18 anos, e daí? Deveria ser mais astuto? Sim, deveria.)

— E tem algo mais — prossegui. — Você disse que não tinha certeza se ela era... *é*... uma fada. O que seria então? Se não é uma fada, como pode ter colocado uma *marca* sobre mim? De qualquer jeito, o que *é* uma fada?

Seu sorriso debochado me enfureceu.

— Qual pergunta devo responder primeiro? — disse.

Fingi não ter escutado aquela observação sarcástica.

— O que *seria* ela? — perguntei. Não com muita educação.

— Não sei dizer — respondeu. — Provavelmente é uma fada. Pelo jeito que a descreveu.

Tinha feito aquilo? Não me lembrava.

— *Eu a descrevi?* — perguntei, ou melhor, a desafiei.

— Sim, descreveu — foi sua resposta. — Vi em sua mente. Um metro, cabelos dourados, esbelta, nua. Tinha asas?

Estaria ela zombando de mim? Eu não era esperto o bastante para saber ao certo. De qualquer forma, não podia permanecer em dúvida. Minhas ideias se confundiram, enquanto tentava descobrir como Magda poderia ter descrito Ruthana. Seria ela vidente? Seriam todas as bruxas videntes? *Asas?* Será que tinha asas? Não me dei conta. Parecia improvável; mas o episódio todo fora improvável. Teria mesmo acontecido? Ou teria sido apenas um sonho hipnótico, uma alucinação inconsciente? Não! Meu cérebro se rebelou contra aquela explicação. Tinha *acontecido! Exatamente como me lembro, caramba!* Quem era Magda para me dizer que não? Eu sabia muito bem que era meu próprio estado de confusão mental procurando uma resposta, mas não aceitei.

— Não, não tinha asas — finalmente consegui dizer. — Eu as teria visto. — *Isso é irrelevante!*, gritou minha mente. *Estamos perdendo o foco aqui!* — Tudo bem, ela é uma fada — disse eu. — Estamos de acordo nesse ponto. Por que, então, não me fez mal? Por que me tirou da floresta? Por que enfrentou o irmão daquela maneira?

— Como pode ter tanta certeza de que era mesmo seu irmão? — perguntou. — Esse Gilly?

Era uma outra história.

— O que você quer dizer? — perguntei; foi tudo o que consegui falar.

— Você o viu? — sondou.

Achei que a coloquei numa sinuca de bico ali.

— E nós o vimos quando você... me salvou (tive dificuldade em dizer a palavra) naquele dia?

— Não, não o vi — respondeu Magda. — Nenhum de nós dois o viu.

Levei alguns segundos antes de perceber a importância de sua resposta. Mas aconteceu.

— Está dizendo...?

— Estou *dizendo*, meu garoto (*Não* me chame *assim!*, protestou minha mente), que, em ambas as ocasiões, você não viu Gilly. Apenas aceitou as palavras dessa... Ruthana, que afirmou que seu irmão estava a persegui-los dessa última vez.

— E quem seria então? — confrontei-a. — Ruthana? — Contorci o rosto por ter de usar seu nome de maneira tão insensível. — A *garota?* A *jovem mulher?*

— *Você pode negar que exista essa possibilidade?* — perguntou Magda, como, imaginava eu, uma advogada no tribunal desafiando seu oponente com uma pergunta irreplicável.

— Sim, posso e nego! — berrei, em alto volume, alto até demais. — Se você tivesse *conversado* com ela... — Mas eu sabia que aquele não era o ponto. Eu não vira Gilly, nem uma só vez. Aceitara as palavras de Ruthana. Não as questionei em nenhum momento, tão envolto que estava diante de sua presença. Um cinismo adolescente tomou conta de mim. Teria Ruthana mentido quanto a seu irmão? Será que esse *Gilly* existia *mesmo? Cristo!*, pensei. Magda tinha razão. Eu a odiava por estar certa, mas não tinha como argumentar contra suas palavras. Ela vivia naquela casa fazia muito tempo. Conhecia o Povo das Fadas havia muito tempo; moravam logo do outro lado da estrada! Como poderia contradizê-la (ou ousar contradizê-la)?

Meu Deus, seria Ruthana realmente uma "faderneira"? Teria ela me enganado?

Por quê?

❦ ❦ ❦

Os *porquês* me atormentaram durante toda a noite. Dormi (ou melhor, não dormi) na cama de Edward. Magda queria que eu dormisse com ela — sem dúvida, para acasalar. Declinei. Não fui muito gracioso ao recusar. Magda pareceu aceitar minha relutância. Ela pareceu (novamente essa palavra, "pareceu") compreender que eu queria um tempo. Apenas sorriu, beijou-me e sussurrou:

— Amanhã, então. Sabe o quanto senti falta do seu amor. — *Isso mesmo, faça-me sentir culpado quanto a isso também!*, pensei, tendo ao menos o bom senso de não verbalizar o que se passava em minha mente.

Assim, fui para o quarto de Edward e penei por algumas horas, tentando — em vão, obviamente — dormir. Fiquei surpreso ao ver como meu corpo doía. Teria o esforço da fuga me causado tanto dano?

Repetidamente, escavei as lembranças de meu encontro com Ruthana. Quanto mais recordava, menos conseguia concordar com as palavras de Magda, ainda que fizessem sentido. Simplesmente não conseguia me convencer de que Ruthana tinha algum objetivo obscuro em mente. Caso tivesse, certamente o teria colocado em prática quando estivemos juntos. Aquele era o momento de me "marcar", se o plano fosse esse. Por que tentar me enganar, dizendo que seu irmão estava a caminho e que detestava humanos? Seria possível tal cenário? O que ela ganharia com aquilo? Como ela poderia ter certeza de que eu retornaria ao bosque para que pudesse completar seus propósitos malignos? E, de qualquer jeito, quais seriam esses propósitos? Era tudo ridículo. O que importava era aquele último instante, aquele beijo apaixonado e suas palavras sussurradas: — Eu te amo, Alex. — Era *isso*. Caso encerrado. Tribunal dispensado. Ela *havia* mesmo "colocado sua marca" sobre mim.

Eu estava perdidamente apaixonado por ela.

— Eu te amo, Ruthana — retribuí o sussurro.

Então, fui subitamente surpreendido, me retorcendo. Algo caíra ao meu lado, sobre a cama.

Por um instante — tomado completamente pelo pânico — imaginei que fosse alguma terrível criatura, invocada magicamente por uma Magda ressentida, para me atacar.

Cheguei a visualizar, naquele momento de terror, a forma da criatura, uma espécie de neoplasma viscoso, irreconhecível pelos padrões humanos, com olhos amarelos brilhantes — seis, no total — e uma panóplia de tentáculos multicoloridos, além de numerosos dentes pontiagudos. (Não é de se admirar que eu tenha aceitado que o editor criasse a figura de Arthur Black. Ele já vivia parcialmente dentro do meu cérebro suscetível.)

Então Magda murmurou:

— Acordei você?

Durante outro instante, imaginei o monstro se endereçando a mim. Foi aí que percebi que era ela e entendi imediatamente por que estava ali.

— Não — respondi, depois de considerar, por um momento, fazer ruídos como se estivesse roncando.

Senti suas mãos em meus ombros. A manga de seu roupão pesado tocou minha pele e eu soube, instintivamente, que estava nua por baixo. Ficou parada por um segundo e, então, se livrou do roupão e entrou debaixo das cobertas, apertando-me. Seu corpo parecia quente; provavelmente estava. *Não faça isso*, pensei, sentindo-me culpado de imediato. Fizera praticamente uma farra em seu corpo devasso, encorajado por Magda a me esbaldar em qualquer desejo carnal que tivesse. Sempre respondera de maneira generosa a cada impulso erótico evocado por mim. Como poderia, então — apesar do rosto de Ruthana em minha consciência —, rejeitá-la? Porém, surpreendentemente, não desejava desfrutar do corpo servil de Magda naquele momento. Pior ainda, ela podia claramente perceber que eu não conseguira me excitar. Nem mesmo quando, movendo-se de repente, desapareceu debaixo da coberta e sugou meu órgão (o qual, como sempre, não tomou qualquer conhecimento de minha indecisão e logo se preparou para a ação) com sua boca fogosa e arrastou os dentes. Foi com muita sede ao pote. Gemi e resmunguei:

— Não!

Ela me libertou e se levantou, recolhendo o roupão.

— Deixa para lá — disse-me, soando esbaforida e irritada.

— Sinto muito — comecei. *Estou apenas um pouco cansado*, iria acrescentar. Não tive tempo. Ela partiu antes que eu pudesse abrir a boca. *Deus do céu, o que foi que fiz?*, pensei, totalmente desolado. Já alcançara a maldita ereção, por que não permitir que atingisse seu objetivo natural, ainda que minha mente estivesse em outro lugar? Não foi o que fiz, entretanto. Estraguei tudo. Diferentemente do que Magda estava para fazer. (Ou estaria ela, por impulso, preparando-se para arrancá-lo com uma mordida? Havia marcas visíveis de dentes no membro em questão.)

Na manhã seguinte, quando fui à cozinha, encontrei Magda sentada à mesa, com uma xícara intocada diante de si. Inclinando-me, beijei-lhe a bochecha.

— Bom-dia — disse eu, da maneira mais simpática possível.

— É melhor que você vá embora daqui — foi tudo o que ela respondeu.

Capítulo Dezessete

Olhei espantado para Magda. Meu coração batia acelerado.

— *Ir embora?* — perguntei. Minhas palavras soaram iguais às do garotinho admoestado pelo capitão. — Por quê? — consegui dizer.

— Acho que você sabe a resposta — afirmou.

— Por causa da noite passada? — perguntei, novamente com um fiapo de voz.

— Por causa do que ela significou — respondeu.

— *Significou?* — Eu realmente não sabia a resposta.

— Faça-me o favor, Alex — disse ela —, use a cabeça.

— *Sinto muito* — respondi, resistindo ao seu tom sarcástico. — Não sei do que você está falando.

— Quero *dizer*, meu garoto — *lá vamos nós outra vez*, pensei —, que o que quer que tenha acontecido na floresta fez com que você mudasse completamente sua atitude em relação a mim.

— *Como?* — indaguei, embora soubesse exatamente sobre o que estava falando. — Por causa da noite passada? Eu estava *cansado*, Magda. Tive um dia difícil.

Fiquei aliviado por ela não ter contestado o fato de que eu tinha poucos motivos para alegar exaustão. O que tinha feito? Cortado lenha o dia inteiro? Aparado a grama? Claro que não. Estive no bosque com Ruthana, seria essa a razão de meu cansaço? Se fosse, dificilmente poderia usá-la como explicação. Acima de tudo, não poderia revelar a Magda o que ocorrera durante meu encontro com Ruthana. Nada que me deixasse cansado, de qualquer jeito. Deixara-me em êxtase. Aquilo, valha-me Deus, Magda não poderia saber.

Enquanto toda essa confusa peregrinação tomava conta de minha mente, Magda apenas me fitava em silêncio. Tinha no rosto uma expressão que não conseguia decifrar. Suspeita? Tristeza? Irritação? Difícil dizer. Provavelmente, tratava-se de uma combinação de múltiplas reações à minha desculpa fajuta. Aguardei com um acanhamento angustiado, meu coração ainda pulsava a toda. Não importava o quanto passei a desconfiar de Magda depois de encontrar aquele horrendo manuscrito. Não importava que, aos meus olhos, seu corpo parecia fastidioso comparado ao de Ruthana. Nada daquilo importava. Eu não tinha qualquer interesse em ser colocado para fora de casa. Obrigado a me recolher ao ainda mais fastidioso Chalé do Conforto.

Em vão. Quando finalmente abriu a boca, as palavras foram acompanhadas por um balançar de cabeça.

— Não — disse ela. — Não acredito no que diz. Quero você fora da minha casa.

— Ah, pelo amor de Deus, Magda — protestei. — Tudo por causa de *uma noite?* — disse, sabendo que seus argumentos eram válidos e os meus, não.

— Tenho idade para ser sua mãe — disse ela. — Você foderia sua mãe?

Fiquei espantado com aquela pergunta despropositada. Não sabia como responder.

Ela estendeu a mão e, sorrindo, tomou a minha. Durante um instante de intenso conforto, pensei que tivesse mudado de ideia. Suas palavras logo frustraram qualquer esperança.

— Sinto muito, querido, mas terá de partir esta manhã.

Assim, parti. Não muito contente, mas parti. Levei minhas roupas comigo; Magda deu-me uma sacola para colocá-las, dizendo que pertencera a Edward. Arrastei-me pelo caminho, com a sacola pendurada no ombro direito. Se tivesse uma barba branca e duzentos quilos a mais, teria lembrado um Papai Noel taciturno, tão sombrio era meu humor. Passei por um homem e nem mesmo olhei para ele.

Uma vez mais, fixei residência naquela horrenda construção inatamente batizada de Chalé do Conforto.

Onde os pesadelos começaram.

❦ ❦ ❦

Talvez "pesadelos" seja a palavra errada, se vocês pensarem apenas em sonhos assustadores; não era isso. O que aconteceu comigo foi algo mais, muito mais. Consultem o dicionário. Pesadelos podem também ser uma referência a incidentes assustadores. Verifiquem o *Dicionário de Sinônimos* (muito melhor que o *Thesaurus*, segundo Arthur Black). Algumas palavras com significados semelhantes são *tortura, sofrimento, terror, pavor, horripilante, espantoso, petrificante* et cetera. Bastam essas. Vocês entenderam o ponto da questão. Tinha uma boa diferença (má diferença, na verdade) de sonhos ruins. Como vocês verão.

Tudo começou na segunda noite depois que voltei para casa — quero dizer, para o Chalé do "Conforto" (blagh!). Por que não na primeira noite? Não sei dizer. Talvez o Iniciador — como, acredito, seja chamado o Remetente (palavra minha) — tenha decidido me agraciar com uma noite de repouso antes de começar sua investida.

De início, a investida foi desordenadamente sutil. Estava em minha cama, pensando — meditando, na verdade — sobre o desenrolar lamentável dos acontecimentos. Meu encontro inebriante com Ruthana, questionado e esmiuçado furiosamente por Magda, seguido pela noite lastimável na cama de Edward e a expulsão da casa na manhã seguinte, provocando um doloroso afastamento entre nós. Era particularmente penoso considerar a perda de... perda de... como era seu nome? Como poderia ter já esquecido? Aquilo era enlouquecedor. Eu a vi — *ou pensei tê-la visto* — em meio ao bosque. Não, será? Estava equivocado. Não conseguia lembrar como era sua aparência. Não mesmo. Aquilo me deixava realmente furioso. Colérico. Como poderia esquecer o que... esquecer *o quê?*, perguntei-me. Teria esquecido alguma coisa? Não conseguia lembrar. Caramba! O que pensaria Mag... Mag... Como era *mesmo* o nome dela? Dela? Seria uma mulher o que tinha esquecido? Não, não se tratava daquilo. Não me lembrava de *nada*. Onde eu estava? Não recordava. Estava desorientado em meio a uma perda total de memória. Todas as lembranças foram varridas da minha mente.

Fiquei perplexo ao me dar conta daquilo. Não aterrorizado, apenas num estado de confusão absoluta. Tudo em que conseguia pensar era que não se lembrava de coisa alguma. *Nadica de nada!* E sabia disso. Naquele instante, tive o primeiro vislumbre do pesadelo que, de alguma forma, fora infligido sobre mim.

Em seguida veio a percepção (o raciocínio também estava mais lento) de me sentir como se, repentinamente, tivesse passado por uma semana de trabalho pesado: totalmente fatigado, completamente exausto. E, ainda por cima, sentia uma camada gélida cobrir meu corpo inteiro. Não acham digno de um pesadelo? Tentem passar por isso alguma vez. Melhor não, é uma experiência emocionalmente terrível. Enquanto estava ali deitado, imóvel, tremendo e sentindo convulsões, incapaz de sair da cama, algo diferente teve início.

Vozes.

Tentei identificar se eram masculinas ou femininas, mas fracassei. Se havia algum modo de diferenciá-las, estava além de minha compreensão. Para dizer a verdade, *tudo* estava além de minha compreensão. Tinha ciência apenas de um desconforto intenso — tanto por causa do revestimento gélido que paralisava meu corpo quanto pelo medo (inexplicável) do quarto onde estava. Que quarto era e onde estava não faço ideia; simplesmente não conseguia recordar. E... o que diziam? Não me saudavam com simpatia. *Au contraire*, eram carregadas de hostilidade. Na neblina mental em que me encontrava aprisionado, conseguia discernir apenas frases desconexas como "a escuridão o preenche", "o castiga" e "sofrerá tormentos". Havia outras, mas não consegui identificá-las diante de meu estado físico e mental miserável. (Sei que não é o momento apropriado, mas essa *é* uma combinação *blackiana* digna de nota.)

Tudo bem. Vejam só minha situação. Perda de memória e até mesmo de identidade. Já tinha mencionado isso? Fazia parte daquele ataque digno de um pesadelo. Por que me lembro de tudo agora? Bem, no presente instante, tenho controle sobre minhas faculdades mentais. Naquele tempo, não.

Onde parei? Perda de memória e identidade. Confere. Total fadiga e frigidez. Confere. *Frígida fadiga*. (Não, não direi coisa alguma.) A convicção de que *alguém* me observava. As vozes me assustando mais ainda do que já estava assustado. Esqueci de mencionar a pessoa que olhava para mim. Tudo bem, estou com 82 anos, não me recordo das coisas em perfeita ordem. *Lembro-me*, porém. Basicamente. E me sentia horrorizado, posso dizer a vocês. Vou acrescentar apenas um fato, e, juro por Deus, é da verdade.

Tudo isso realmente aconteceu. Era 1918 e eu tinha a mesma idade que o século, quero dizer, a parte do "18". Perdoem-me por tal frivolidade poética. Estou apenas tentando enfatizar que tudo isso *ocorreu* da maneira que estou descrevendo. Bem, foi ainda mais vívido que o retrato que consegui fazer do pesadelo pelo qual passei naquela noite inicial no Chalé do Conforto.

❦ ❦ ❦

Senti-me nauseado na manhã seguinte. Nada de específico. Apenas *nauseado*; em todo o corpo. A exaustão e a frigidez amainaram, mas aquilo era tudo. Tinha dor. Minha cabeça estava entupida, assim como o nariz. Os olhos ardiam.

Lá embaixo, a sala parecia opressivamente abafada. Eu precisava sair. Fui até a porta e a abri. Outra surpresa. *Meu bom Deus, uma aparição!* gritou minha mente. Não era. Tratava-se de Joe, segurando um saco enorme nos braços.

— Santo Cristo, Joe. Você está sempre me pregando sustos — disse-lhe, irritado.

Ele não respondeu. Em seguida, ele disse:

— Você não me parece bem.

— *Não* estou mesmo — rebati. — Estou doente.

— Pode-se ver — observou ele. *Obrigado por concordar comigo*, comentou minha mente, com rispidez.

— Obrigado — foi tudo o que disse. Soou igualmente ríspido.

— Qual o problema? — perguntou. Antes que pudesse responder, Joe acrescentou: — Posso colocar esse saco aí dentro? Trouxe alguns alimentos.

— Já *comi* — respondi, de maneira pouco gentil.

— Estava estragado — disse Joe. Passou por mim e levou o saco até a caixa de gelo. — Trouxe leite e pão — disse. — Presunto, maçãs.

— Permita-me que pague por tudo isso — resmunguei. *Está tentando fazer com que eu me sinta culpado*, acusou meu cérebro.

— Não se preocupe com isso agora — disse Joe. — Feche a porta e vamos conversar.

— Estava de saída — informei-o. — Preciso de ar fresco.

— Não me admiro — disse.

Estava pronto para agradecer-lhe, já que meu lado bom reconhecera sua generosidade, mas aquele comentário fechou as portas. *Não me admiro?* Que diabos ele queria dizer com aquilo?

Saímos e, como se para endossar minhas palavras, respirei fundo por um longo tempo.

— Bem, o que o traz aqui? — perguntei, não muito simpático. — Além de trazer comida. E, por falar nisso, como sabia que eu estava de volta?

Uma pergunta dura. Eu deveria me comportar melhor.

— Bill Bantry passou por você outro dia — contou-me Joe. — Disse que carregava uma sacola pesada. Por isso, presumi que tivesse voltado.

Respondeu às minhas perguntas com tanta paciência que senti uma pontada genuína de dor e esbocei um sorriso desanimado.

— Ah — disse eu.

— Diga-me, o que o deixou nesse estado? — perguntou. Do mesmo modo que um pai de verdade (ao contrário do capitão), preocupado, o faria, o que só multiplicou meu sentimento dc culpa.

— É o que eu gostaria de saber, Joe — respondi. — Sofri um ataque, acho que é essa a palavra, na noite passada, enquanto tentava dormir.

— O que aconteceu? — indagou. Percebia, por sua expressão, que estava de fato preocupado comigo; tal reação me comoveu. Não aliviou minha vertigem, mas colaborou de maneira imensurável para elevar meu estado de espírito. Tinha um aliado, veio-me o pensamento, e aquilo me confortou ainda mais.

Então lhe contei tudo, da perda de memória à enorme exaustão, passando pelas vozes e pela sensação de estar sendo observado.

— Não conseguia se lembrar das coisas — disse Joe, quando terminei meu relato.

— Não apenas isso, mas não conseguia *pensar*; minha mente estava vazia.

Joe estudou-me num silêncio sapiente (boa combinação; perdoem-me) e então disse, calmamente:

— Para mim, parece obra das fadas.

— Ah, me dá um tempo, Joe — disse. — Tudo aquilo?

— Sim — foi sua resposta simples.

— Mas ela não poderia... — comecei, interrompendo em seguida. Poderia lhe contar sobre Ruthana?

— *Ela?* — perguntou ele, lembrando-me da inquisição de Magda.

Hesitei, porém lembrei a mim mesmo que Joe era meu aliado e queria apenas ajudar.

Então relatei meu encontro com Ruthana.

— Ela me acompanhou até que saísse da floresta, Joe — semiprotestei —, e disse que me amava.

— Voltou lá depois disso? — perguntou.

— Não tive tempo — respondi.

— Ela esperava que retornasse?

— Joe, como *posso* saber? — respondi, deixando escapar uma ponta de irritação.

— Alex — disse ele (foi a primeira vez em que me chamou pelo nome) —, quem mais poderia saber?

Magda, respondeu minha mente. Mas não queria envolvê-la naquilo. Tinha já minhas suspeitas, as quais minha consciência evitava lembrar.

— Está certo, talvez eu *devesse* saber, mas não sei. Por que pergunta?

— Porque o fato de não ter retornado pode tê-la enfurecido — disse Joe.

— *E fez com que me atacasse daquele jeito?* — disparei.

— Ela é uma fada, Alex, não um ser humano. É impossível saber como pensam ou agem. E possuem *mesmo* capacidades mágicas. Que podem usar *a distância*. — Suas enfáticas palavras finais inibiram meu protesto.

— Mas ela era tão *doce*, Joe — disse eu, acrescentando rapidamente —, e salvou minha vida dos ataques de seu irmão.

— Que irmão? — questionou Joe.

— Chama-se Gilly — respondi.

— Você o viu? — perguntou ele. Agora estava dizendo o mesmo que Magda. E era verdade. Nunca cheguei a ver Gilly; sua existência era apenas baseada no que Ruthana descrevera. Fiquei, de fato, confuso. E profundamente perturbado (vocês sabem, A.B.). Ficava cada vez mais evidente que o ataque não partira de Magda (minha suspeita velada), mas daquela linda e etérea criatura que atendia pelo nome de Ruthana. Senti-me ainda mais enjoado ao admitir aquilo, mas não tinha escolha.

— As fadas não pensam como nós — disse-me Joe. — Não se pode saber o que estão pensando. Ou o que irão fazer.

— *Joe* — disse eu, advogando —, se ela tivesse a intenção de me fazer algum mal, por que não o fez quando estava *com* ela? Por que agir como agiu?

— Alex — chamou-me pelo nome outra vez; acolhedor, mas ao mesmo tempo me deixou ainda mais perturbado. — Ela pode ter cometido um equívoco ou encarado tudo como um jogo. Simplesmente não sabemos o que esperar do comportamento delas. É por isso que nos mantemos afastados. Por esse motivo evitamos o bosque. Não o avisei para não entrar lá? — Agora, sua preocupação paternal se transformara em bronca, fazendo-me horripilar. (Ah, *essa* é uma palavra retirada do *Dicionário de Sinônimos*, não do meu cérebro.)

— Sim, avisou — admiti, apesar de ter me deixado tenso (a palavra que deveria ter usado). Olhei para ele. — E agora? — perguntei.

Capítulo Dezoito

E agora? consistia em recomendações feitas por Joe Lightfoot sobre possíveis métodos para repelir os ataques noturnos das fadas.

Primeira sugestão: prepare uma tigela com um diâmetro entre dez e 12 centímetros, cobrindo o fundo com uma camada de areia. Sobre ela, coloque folhas de sálvia e queime suas pontas. Assim que a chama começar a arder, sopre-a e faça a fumaça (prosa ruim — A. Black) das folhas se espalhar. Essa fumaça, disse Joe, é o que chamam de *smudging*. Passe-a sobre a cabeça e o corpo algumas vezes, e depois pelo ambiente.

O único senão foi quando perguntei a Joe onde conseguir folhas de sálvia e ele não soube me responder.

— Poderia plantar — disse ele.

— Ótimo, Joe! — gritei. — Acha que crescerão até hoje à noite?

Ele estremeceu. Foi a única vez que o vi estremecer.

— Talvez... a mãe das essências — sugeriu — turmalina negra.

— Saio já para buscar — resmunguei. Estava perdendo a paciência. Aquilo era sério. Eu estava apavorado. Precisava de ajuda. Passou-me pela cabeça a ideia de que Magda seria de maior serventia naquele caso. Preferi não tomar esse caminho.

— Tudo bem, vamos ver o que mais pode ser feito — disse Joe. — Sinto muito pela sálvia; foi estupidez minha.

Parecia tão honesto em seu arrependimento que fui tomado imediatamente por uma sensação de culpa. Estava apenas tentando ajudar.

— Poderia tentar queimar erva-de-santiago, mas o cheiro o nocautearia.

— *Algo mais*, Joe? — perguntei, nervoso outra vez.

— Bem, sim. Elas podem ficar doentes se beberem leite coalhado. Adoram leite fresco, mas *coalhado*... e você tem bastante aqui.

— Agora estamos chegando a algum lugar — respondi. Achei que estávamos.

— Não — disse Joe, mudando o rumo. — Você precisará de algo melhor. Que tal considerar um feitiço?

— Do que se trata? — Parecia mais promissor que leite coalhado, de qualquer jeito.

— É um pouco complicado — explicou Joe. — Antes de tudo, você deve saber exatamente qual o seu objetivo. Bem, isso você sabe. Proteger-se contra ataques. Estou certo?

— Sim, é claro — concordei, mal-humorado. — De que mais estamos falando?

— *Certo* — disse Joe. — Já resolvemos essa questão, então. Depois, você precisará de velas, cristais e coisas do gênero. Posso ir até a cidade para consegui-las. Em seguida, escolha as palavras que deseja usar. Anote num papel as palavras-chave que irá repetir, você sabe quais são.

— Eu *sei?* — Minha mente refletiu. Bem, sim, é claro que sabia. *Ah, Magda*, pensei, *um pouco de magia wicca agora não me cairia mal. Não*, resistiu minha mente. Ainda não era o momento. Senti que minha relutância era menos firme, mas preferi seguir em frente. O ritual de cura realmente me impressionara. Não me saía da memória.

Tal raciocínio me fez desligar das instruções de Joe, que continuava falando. Quinto passo: se deseja a ajuda de uma divindade específica, deve decidir qual. Talvez fosse melhor anotar algumas orações especiais e memorizá-las. Sexto passo: certifique-se de visualizar claramente seu objetivo. Se quiser lançar mão de uma fada em particular, decida qual. *Ruthana?*, pensei. Mas aquilo seria um absurdo, caso fosse ela a organizar tais ataques. *Gilly?* Sim, ótima ideia. Sétimo passo: escolher o local onde o feitiço será lançado. *Quando* não seria um problema. Os ataques tinham de ser prevenidos a partir daquela noite.

Quando me dei conta, repentinamente, do que Joe estava me dizendo, levantei as mãos, num ato de submissão.

— Joe! Basta! — gritei. — Não consigo lembrar tudo isso!

Ele sucumbiu ao silêncio e suspirou. (Uma combinação tripla! Arthur Black ficaria louco.) Finalmente, com um sorriso submisso (*mais um*, bom Deus!), disse:

— Sim, entendo, é muita coisa em tão pouco tempo. Teremos de pensar num recurso rápido. — (*Recurso rápido*, o queixo de Arthur Black cairia.) — Pode tentar bater as mãos ou assoviar, as fadas odeiam barulhos estridentes.

— Sim. — disse eu. — O que mais?

— Pode colocar prímulas ao redor da cama — acrescentou.

— É *verdade* — animei-me. — Magda fez isso para deter Gilly.

— Você ainda acredita na existência desse Gilly — disse Joe.

— Sim, *acredito*. — Uma hora tinha de reafirmar minhas convicções. — Algo mais? — insisti.

— Você tem uma frigideira de ferro — recordou-me Joe. — Coloque-a perto da cama. Ou *sobre* a cama. E aqui... — Tateou o bolso direito e tirou algo, que colocou em minha mão. Um prego de ferro. — Permaneça vestido e mantenha isso em seu bolso *direito*, como fiz; apenas no direito. Forma uma barreira ao seu redor. Se tivesse uma foice, poderia pendurá-la sobre a porta. O ferro é o pior inimigo das fadas.

Agora estamos realmente chegando a algum lugar, comemorou minha mente. Por que não começou por aqui? Por que todas aquelas sofríveis sugestões de sálvia e feitiços? (Irei ignorar essa *tripla* [!] combinação.)

— Obrigado, Joe — disse eu. — Muito agradecido.

— Fico contente por poder ajudar — respondeu. — Ah, sim, você também pode colocar cinzas, você tem uma lareira (tinha, mas nunca a usava). Coloque as cinzas em garrafas ou sacolinhas e deixe-as nas janelas. As fadas não gostam do cheiro de cinzas. Se tiver um espelho, coloque-o próximo à cama. Elas detestam espelhos. Preferem ver seus reflexos em poças d'água. Pena que não tenha um gato. Eles perseguem as fadas.

Meu bom Deus, pensei. Joe Lightfoot era uma verdadeira fonte de conhecimento no que dizia respeito à proteção contra fadas. Que Deus o abençoe. O que eu teria feito sem ele?

Teria sido culpa minha não perceber que ele estava completamente equivocado?

❦ ❦ ❦

Passei a tarde toda me preparando.

Comecei pelas prímulas. Já tinha visto que funcionavam bem. Infelizmente, eu não possuía um só botão. Joguei fora o que Magda me dera. Ela possuía um jardim de prímulas, mas eu não bateria à sua porta para lhe pedir algumas. Encontrei uns pedaços no bolso da jaqueta e os distribuí ao redor do catre, o que me fez sentir como um completo idiota. Como poderiam aqueles patéticos pedaços de flor evitar um ataque? Olhando para eles, espalhados pelo chão, fiz uma carranca. Soturna.

Em seguida, tentei a frigideira. Queria pregá-la na parede, sobre meu catre; na prática, falo da parte de baixo do teto. Não tinha um martelo, porém. Joe não se ofereceu para deixar um. Não sei se pensou que eu não precisaria da ferramenta ou se nem considerou a questão. De qualquer forma, no que diz respeito a pregos, só tinha aquele que Joe me dera. Provavelmente não teria conseguido mesmo pendurar a maldita panela. A superfície do "teto" era formada mais por telhas do que madeira. Assim, coloquei a frigideira sobre o catre. Era uma visão ridícula. Como, em nome de Deus, eu poderia dormir ali? Não poderia. Coloquei-a no chão, próximo ao catre. Parecia uma coisa absurda, aquela frigideira no chão em meio a pedaços de prímula. Senti-me como um completo idiota mais uma vez.

Decidi dormir totalmente vestido, incluindo a jaqueta com o prego no bolso direito, como Joe sugerira. Seria muito mais prático hospedar-me num quarto na Gateford House. Por que não o fiz? Para economizar dinheiro? Não, aquilo seria uma atitude idiota. O motivo por que não dormi em outro lugar era um tanto forçado, mas me parecia mais forte. Se — e quando — o ataque começasse (como eu estava certo de que aconteceria), tentaria argumentar com Ruthana em voz alta. Àquela altura, eu acreditava praticamente em tudo o que Joe me dissera. Que, definitivamente, se tratava de um ataque organizado por fadas. Se fosse verdade, *quem* seria a provável responsável? Era difícil aceitar, claro, pois ela era inacreditavelmente meiga. Ainda assim... Alguém estava por trás daquilo. Gilly? Não seria uma surpresa. Magda? Novamente aquela possibilidade alarmante passou pela minha mente. Expulsara-me de casa. Amava-me e depois se sentiu traída quando soube de Ruthana. Tinha os meios para tais investidas. Assim como Ruthana. Lembro-me de ter pensado que, na verdade, eu não fazia ideia de quão poderosa ela era. E dissera que me amava. Teria também se sentido traída por eu não ter retornado imediatamente ao bosque? Havia um turbilhão em meu cérebro. Ruthana? Gilly? Magda? Deus do céu!

Eu não poderia saber, então continuei com minhas preparações — que me pareciam cada vez mais insanas. Afinal, eu era apenas um garoto do Brooklyn. Vivi as emoções das trincheiras. Fui bom aluno na escola — sendo esse o único motivo pelo qual o capitão-vocês-sabem-quem tolerou minha presença em sua casa. Onde quer que ela fosse, já que ele era constantemente transferido. O que estou tentando dizer é que eu tinha (creio) uma cabeça boa. Assim, toda aquela maluquice era um anátema para o meu cérebro, sempre baseado no bom senso. Não era realidade, mas insanidade. Ainda assim, não poderia negar que tudo aquilo estivesse acontecendo. *Estava*, e eu tinha de aceitar. Jogue tudo isso num cérebro lógico, e qual será o resultado? Total desorientação. Que era precisamente o estado em que eu me encontrava.

Mas, apesar disso — uma mistura de irritação, relutância em acreditar e, inegavelmente, medo —, continuei com as preparações. Coloquei as cinzas da lareira nos vasos que Joe deixara. Prossegui com a instalação dos vasos nas janelas e numa abertura do sótão. Pensei em procurar um gato, mas não havia tempo; já era quase o fim da tarde. Logo escureceria.

E então?

❦ ❦ ❦

Não era cansaço, mas uma interrupção repentina de energia; de alguma forma, eu conseguia fazer tal distinção. A sensação de cansaço da noite anterior não ocorreu de forma abrupta. Veio-me gradualmente. Dessa vez, foi rápida. Num segundo. Minhas forças foram drenadas. Fiquei quase anestesiado de fraqueza. Estaria alguém me tocando? Ou me dando esbarrões? Senti a presença de *alguém* por perto. Ou *algo*.

Observando-me.

Comecei a ver — ou pensei ter visto — vultos de formas horripilantes na parede. Monstros de todos os tipos. Criaturas disformes. Insetos gigantes.

Tentei bater as mãos ou assoviar, mas não conseguia juntar forças. Estava ali parado "como um dois de paus", como dizia minha mãe. Por que estava lembrando daquilo? *Ruthana!*, gritou minha mente, *por favor, pare!*

Não parou. Ficou pior. Agora não era mais um dois de paus. Era um pau. Inútil, incorrigível, pesando uma tonelada, apenas meus olhos e meu cérebro apavorado ainda se moviam. Sombras na parede. Sombras terríveis. Sombras ameaçadoras. Sombras pavorosas.

E, então, as vozes começaram outra vez.

Um coro. Vozes ásperas e ruidosas, *a cappella*.

— Morra agora! Sofra! Estraçalhem sua carne! Comam seus olhos! (Por um momento estúpido, imaginei uma reunião dos ratos que vi durante a guerra, vestindo batas de igreja e entoando cânticos religiosos sobre a alimentação nas trincheiras.) Então o bom senso — na verdade, estava perto de perder os sentidos — prevaleceu e eu soube outra vez que estava sob o efeito de um ataque psíquico. *Ruthana!*, supliquei. *Pare com isso!*

Em vez de parar, algo ainda mais medonho aconteceu. Um grito de gelar o sangue pareceu cortar o ar. Meus olhos arregalados se depararam com uma visão que ainda hoje permanece marcada em minha memória.

Uma senhora idosa — uma *bruxa*, eu descobriria mais tarde — vinha em minha direção do outro lado do quarto, com um olhar insano e jovial no rosto — que era metade osso, metade carne. Usava um vestido maltrapilho, revelando seus seios magros e flácidos, que se debatiam enquanto corria. O uivo penetrante que saía de sua boca — os lábios não eram perceptíveis — era interminável. Então pude ver que sua pele e — Deus do céu! — seus *dentes* eram verdes! Mas não verdes como as plantas ou as folhas das árvores. Eram mais como um verde-fungo — ou o verde-musgo de uma laguna. Apesar de minha paralisia, senti meu estômago revirar e um gosto de bílis subir à boca.

Então, a bruxa finalmente me alcançou e, com um salto sobrenatural, caiu em cima de mim, ainda gritando, com uma expressão delirante em seu rosto decrépito. Senti seus dedos ossudos rasgarem minhas calças. Começou a beijar-me de maneira tórrida e seu hálito atravessava minha boca (sua língua era fria e áspera) como uma descarga de vento saindo de um esgoto velho. Senti o estômago embrulhar outra vez e um traço de vômito descer pelo queixo.

Naquele ponto, a horrenda criatura agarrou meu membro — o qual, de alguma forma, por estupidez ou controle por parte de uma força psíquica (recuso-me veementemente a acreditar que tenha ficado excitado), estava ereto. Foi então que a bruxa, vangloriando-se, jogou seu quadril esquelético sobre o meu e (vamos lá, *diga a palavra*) me estuprou. Mais de uma vez. Até que comecei a chorar e suplicar incessantemente:

— *Por quê, Ruthana?!*

E então, num segundo, tudo tinha terminado. Recuperei os movimentos. Nada sentia além de náusea e um embrulho no estômago. Uma dor lancinante em minha genitália. Arranhões profundos no peito.

E, por alguma razão, uma raiva incontrolável. Joe Lightfoot era um idiota, estava completamente enganado! Suas proteções — nenhuma das quais funcionou — eram risíveis. Se é que dava para rir daquilo, o que não era possível.

Ruthana? Responsável por tudo aquilo? Nunca! Não tinha sido ela. Fora outra pessoa. Tinha de ser.

A bruxa Magda.

❦ ❦ ❦

Corri pelo extenso gramado até alcançar sua casa, sem pensar por um só instante na possibilidade de que algo pudesse bloquear minha passagem ou me deter; estava furioso demais para considerar tal ideia. Eu tinha de ver Magda. Nenhum outro pensamento ou dúvida passou por minha mente.

Chegando à porta da frente, girei a maçaneta e abri a porta de supetão.

— Magda — urrei.

Não houve resposta, então atravessei o saguão principal, gritando "Magda!" outra vez. Nada.

— Maldita seja, Magda! — vociferei. — Não tente se esconder de mim! — Por que pensei aquilo não sei lhes dizer. Acho que estava preparado para qualquer coisa. A raiva me cegava. Mal conseguia enxergar adiante. Continuei a procurá-la, gritando seu nome repetidas vezes, até mesmo de maneira (que estupidez a minha) ameaçadora.

Entrei em seu quarto. Ninguém ali. A cama gigantesca não parecia intimidadora e nem mesmo — por Deus — convidativa. Berrei seu nome outra vez, caso estivesse ocupada no banheiro. Nenhuma resposta.

— Maldita seja! — rosnei.

Aquilo estava levando tempo demais. Todo o meu discurso — o praticara balbuciando ao longo do caminho até sua casa — estava perdendo a força. Precisava desabafar logo.

— Magda! — Estava praticamente me esgoelando àquela altura.

Fui até a biblioteca. Nada. Durante um instante de rebeldia, considerei pegar seu manuscrito repugnante e rasgá-lo em pedaços. Não tinha tempo para aquilo, porém. Tinha minha raiva para liberar.

— Magda! — gritei outra vez. Minha voz fraquejou. Estava perdendo-a. *Não*, pensei, furioso. Tinha coisas para lhe dizer. *Dizer?* Aquilo seria simples demais. Esbravejar. Rugir. Explodir. Era assim que me sentia.

— Magda — resmunguei, rangendo os dentes.

Corri até a cozinha. Ninguém.

— Tudo bem, onde *diabos* você está? — chiei. Dei um empurrão na cadeira volumosa, contente — ainda que culpado — com o barulho da madeira sendo arrastada.

Minha última tentativa rendeu frutos (azedos). Magda estava em sua horta, trabalhando, com um guarda-pó sobre o vestido. Ao ouvir o ruído da porta dos fundos — eu a bati de propósito —, virou-se, surpresa.

— *Alex* — disse ela. O som de sua voz me enfureceu, libertando minha língua (um A.B. não muito ruim).

— Tudo bem! — comecei. (Não era um início notável, mas não estava raciocinando bem.) — Maldição! (Melhor.) — Você pode me expulsar de casa porque a ofendi! Pode fazer com que eu volte para aquele chalé horrendo! Pode fazer tudo isso! Mas tem mesmo que me *torturar*?! Me atacar daquele jeito? *Olhe para mim!* — Abri a camisa, mostrando-lhe os arranhões no peito. Baixei as calças. — Dá uma olhada no meu (não posso dizer a palavra, mas rima com "mau")! Foi isso que fez comigo! Estou todo coberto! De *mordidas*! Está *feliz*?! Estamos quites agora?

Magda não disse uma só palavra, seu rosto não demonstrava qualquer emoção. Aguardei, mas ela continuava em silêncio. Pensei em erguer as calças, mas decidi, irado, deixar que olhasse para meu membro machucado. Deixei a camisa aberta também.

Finalmente, seu longo silêncio me aborreceu. *Aborreceu?* Vamos lá, Black, pode encontrar um verbo melhor que esse. Tente... "me fez perder a cabeça". É algo que a raiva de fato pode provocar.

— Vamos lá! *Reaja!* — ordenei, ignorando a rouquidão em minha voz. — Converse comigo! — Deveria ter dito "fale", mas minha língua (e meu cérebro) não obedeciam à gramática. — Converse comigo! — repeti.

Ela não falou. Apenas chorou.

Aquilo me fez baixar a guarda. Era algo que eu não poderia esperar — ou imaginar. Porque seu choro foi tão repentino, tão descontrolado. Soluçava violentamente, e as bochechas logo ficaram encharcadas de lágrimas. Nunca a vira num estado emocional tão afetado, e aquilo me surpreendeu. Estava na metade do caminho entre me sentir aturdido e tentar, cada vez com menor sucesso, segurar minha raiva.

Ela não conseguia falar. Qualquer tentativa de fazê-lo era suprimida por fortes soluços, que afetavam seu corpo de maneira tão severa que tinha problemas para permanecer em pé. Pude perceber que estava tentando falar, mas fracassava constantemente. Tudo o que fiz foi ficar ali parado, com as calças arriadas, olhando perplexo para sua condição desoladora.

— Alex — conseguiu falar, finalmente. — Alex. — A voz fraca. Tremida. Quase inaudível.

Depois conseguiu articular mais algumas palavras, com muito esforço, incapaz de controlar o pranto.

— Como pôde? — foi tudo o que conseguiu dizer em meio ao choro convulsivo. (Ó céus. A. Black.) Outra vez. — Como pôde? — perguntou.

Perdeu-se novamente em suas lágrimas, lutando para respirar, quase sufocando com os soluços, gemendo — de dor, parecia. Com uma vergonha que abundava (e a bunda que brilhava, senti-me obrigado a rimar), comecei a erguer as calças. Magda, ainda chorando descontroladamente, balançou a cabeça e gesticulou com a mão direita como se me aconselhasse a deixar as calças para lá. Sem saber o que queria dizer, deixei-as arriadas, ciente do fato de que minha situação era absurda, quase cômica.

— Magda, não acho... — comecei. Ela balançou novamente a cabeça, dando a impressão de não querer que eu dissesse qualquer outra palavra.

Até que finalmente recuperou a voz, ainda que tomada de dor e — para minha estupefação — de remorso.

— Como pôde pensar isso de mim? — perguntou; *suplicou.* — Como achou que eu pudesse ser capaz de fazer isso? Logo com *você? O pai de nosso filho?*

Capítulo Dezenove

Meu Deus. Aquelas foram as duas primeiras palavras a emergir de minha cabeça confusa. Nosso *filho*? De alguma forma, aquilo parecia mudar tudo. Onde minha raiva tinha ido parar? O que eu poderia vociferar agora? Nada. Olhei fixamente para ela, completamente calado.

Depois, disse, ou melhor, balbuciei:

— Nosso *filho*?

— Alex — disse ela. Estaria sorrindo por entre as lágrimas? — Nós... copulamos uma série de vezes. Sem qualquer tipo de proteção. Surpreende-o tanto assim que eu tenha pegado criança? (Acho que a palavra "grávida" ainda não era muito usada na época.)

— Bem... — Meu cérebro, naquele ponto, estava completamente atabalhoado. — Você... — Não conseguia formar uma só palavra. E então, subitamente, dei início à retaliação: — Se sabia que estava... carregando um filho meu, por que me atacou daquele jeito?

— Alex — disse ela, novamente perdendo a voz. — O que o faz pensar que eu... o tenha *atacado*? — A palavra aparentemente a magoava.

— E quem mais poderia *fazê-lo*? — questionei. — Quem mais teria esse tipo de poder?

Ela se limitou a me olhar. Como se soubesse que eu já tinha a resposta.

Acho que me equivoquei. Deveria ter prosseguido com o interrogatório inflamado. Em vez disso, perguntei (ingenuamente, suponho):

— *Elas* têm todo esse poder?

— E mais — disse Magda.

Santo Cristo, pensei. Agora tudo estava sendo jogado na minha cara.

— Mas e o *cansaço* — disse eu, esboçando um protesto. — A *perda de memória*. O frio. As *vozes terríveis*. Fiz todo o possível para me proteger. Os pedaços de prímula ao redor da cama, do catre. A frigideira de ferro. As cinzas na janela. Tudo para detê-las. *Nada funcionou!* Como podem ter sido fadas, Magda?! Diga-me *como*?!

— Não *fadas*, Alex — disse Magda. — Apenas uma.

Ó Deus, pensei. Ela quase conseguiu me convencer.

Mas segui em frente. Tentando desesperadamente defender Ruthana.

— Por duas noites seguidas? — insisti. — *Veja* o que aquela mulher horrenda fez comigo! — Apontei vigorosamente para minha pélvis machucada.

Suas palavras seguintes me pegaram de surpresa.

— Tire a roupa — disse ela.

Não consegui responder. Estava de boca aberta. Depois, reclamei:

— Não estou em condições para isso!

— Alex — interrompeu-me —, não estou sugerindo fazer amor. Quero passar um unguento nas suas feridas.

— Ah — respondi, estupidamente. Como um adolescente. Não fazia ideia do que ela queria.

Assim, obediente, provavelmente acanhado, tirei toda a roupa, auxiliado por Magda, e deitei-me, nu como um bebê, sobre a mesa da cozinha, enquanto ela retirava um frasco do armário e o destampava.

—Vamos — disse ela. O modo como falou, tão metódico, fez-me pensar por um instante que besuntar o unguento seria como uma pavorosa sequência aos ataques.

Então, enquanto o creme esbranquiçado — mais que um unguento gelatinoso — era espalhado em meu peito pelos dedos suaves de Magda, senti a dor diminuir perceptivelmente. Quando o aplicou em meus genitais, meu membro insuspeito respondeu — como fazia de hábito — sem qualquer discernimento em relação ao que lhe havia acontecido. Magda prendeu o riso.

— Disse que não estava em condição de...? — questionou. Não estava com humor para ser provocado.

— É só um reflexo — resmunguei. Soou como absurdo.

— Mas é claro — disse ela. — Sei muito bem.

Seguiram-se longos segundos de silêncio, nos quais ela continuava esfregando, com cuidado, todos os arranhões e feridas profundas em meu corpo, tanto na frente quanto nas costas. Tenho de admitir que o creme funcionou de verdade.

No fim, ela disse:

— Aquela mulher pavorosa chama-se A Velha Bruxa, um espírito do folclore inglês.

— *Magda* — disse eu, irritado, apesar de saber que estava um tanto em desvantagem, deitado ali, nu em pelo, sobre a mesa da cozinha. — *Não* se tratava de um espírito. *Olhe* para mim! Foi um *espírito* que me causou *isso*?! — gesticulei debilmente na direção de meu maltratado órgão.

Com paciência, perguntou:

— Não acredita que espíritos possam assumir formas de carne e osso?

— *Carne e osso?* — duvidei. — Um *espírito?*

— Sim, Alex. Sim — disse ela. E então: — Gostaria de ver alguns livros com descrições? *Fotografias?*

— Bem... — Estava rabugento. Caí num silêncio desgostoso. Então, com uma réplica, contra-ataquei: — Está dizendo que Ruthana (e agora não hesitei em usar seu nome) fez tudo isso comigo?

Seus argumentos para explicar a questão não eram esperados. E tampouco foram bem-recebidos.

— Pense, Alex. Ela permitiu que... ou melhor, o *atraiu*, ainda que as pessoinhas sejam extremamente avessas a tais encontros. Conversou com você amigavelmente. E então, quando ficou convencido de que tudo estava bem... enquanto ela estava nua, imagine só.

Aquilo me surpreendeu. Teria eu lhe contado? Não conseguia recordar.

— Claro que estava nua — continuou Magda, me instigando. — Tinha de estar. Para seduzi-lo. Não consegue enxergar?

— Não — balbuciei, mantendo minhas convicções infundadas.

— Acho que consegue — disse Magda. — De qualquer jeito, bem, quando estavam à vontade, ela lhe disse que o irmão, o *terrível* irmão, estava a caminho. E encenou uma perseguição, ajudando-o a escapar.

— Isso mesmo — expliquei, não muito bem. — Se quisesse me machucar, por que me ajudaria a fugir do irmão?

— Irmão que você nunca viu — observou Magda. — Não tem como saber nem mesmo se existe de fato ou não.

— Bem... — Eu não podia rebater aquilo. Eu *não* sabia. Gilly podia de fato não existir.

— Ó Deus... — murmurei. — Ela parecia tão *meiga*, Magda. Disse que me *amava*. — Pronto, tinha contado. Magda poderia ter sido uma boa detetive, arrancando, ou sugerindo, confissões involuntárias dos criminosos.

— Claro que disse — foi sua resposta.

— Ainda não entendo por que me deixou ir embora — disse eu.

— Isso, sim, *é* peculiar — acrescentou Magda. — Nunca ouvi história igual. Outra amostra da astúcia das fadas, suponho. Ou talvez seja muito jovem e não tenha ainda refinado suas técnicas. Talvez contasse com seu retorno. Quando não *voltou*... — Deixou a frase no ar.

— E acha que ela tem o poder para... — comecei.

— Eu *sei* que ela tem o poder — disse Magda, convicta. — Não se pode subestimar suas capacidades. Fazer com que "coisas" aconteçam a distância é a menor delas. Estou certa de que ela tem idade o bastante para isso.

— Eu tinha certeza... não, não certeza, mas *suspeitava* que fosse *você*, Magda — disse eu.

Sua cara caiu. Não poderia descrever de outra forma.

— Se realmente acredita nisso, Alex — começou.

— Magda, não tenho mais certeza de em que acreditar. — Era a mais pura verdade. Meu cérebro fora tomado por ideias... e confusões.

— Se você acredita mesmo que fiz essas coisas terríveis, terá de ir embora outra vez — disse ela.

— E ser atacado de novo? — perguntei. Estava certo de que ela sabia que eu estava brincando.

Ela sorriu.

— Terminamos, saia já da mesa — disse.

Sentei-me.

— Para falar a verdade, aquela bruxa velha não era assim tão feia — provoquei.

— Ah, cale a boca. — Prendendo o riso outra vez, deu-me uma palmada no traseiro.

E assim foi. Resolvido. De certo modo, era uma forma de resolução. Ainda achava, do fundo do coração, difícil de acreditar que Ruthana fosse responsável por aquelas investidas aterrorizantes, mas, por outro lado (não é de se espantar por que Peixes seja considerado a lixeira do zodíaco; meu cérebro certamente era como uma lixeira de dúvidas), Magda (quase) me convenceu de que não fora obra sua. Era bem verdade que eu não tinha a menor noção de quão poderosas eram as fadas. Se de fato houvesse um Gilly, executara suas duas perseguições de maneira brilhante, arrepiando-me os cabelos em ambas as ocasiões. Ainda tinha lembranças vívidas da manada de elefantes (não poderiam ser elefantes de verdade, poderiam?) debandando pela floresta de bambu atrás de mim. E foi Magda quem me *salvou* daquilo! Outra estrelinha de ouro para ela. Meu Deus. Estava *perplexo*. Em todos os sentidos. Minha mente não funcionava. "Determinação", dê o ar de sua graça.

Não deu.

❦ ❦ ❦

Para finalizar a fábula (brega! A. Black), permaneci com Magda. A bruxa. Não deveria dizer isso. Era uma *wicce*. Aquilo era diferente. Pelo menos sempre supus que fosse. *Deveria* dizer Magda, a mãe de meu vindouro filho. Aquilo tinha de fato me confundido as ideias. Eu, pai? Aos 18 anos? O que viria depois? Uma família de 12 filhos? Tal perspectiva me assustou. Se Magda engravidava *tão facilmente...!* Quantos anos *teria*? Não menos que minha mãe, certamente. Poderia minha mãe ter um filho com aquela idade? Aquilo era apavorante. Pensar que ela pudesse copular com o capitão era o suficiente para me embrulhar o estômago. O que ele teria feito? Atribuído a ela um certo período de tempo para conceder a seus espermas-marinheiros uma licença em terra? Jesus Cristo, aquela imagem era repugnante! Já tinha problemas suficientes na cabeça.

Então, fiquei com Magda. Sob uma mistura de confiança e desconfiança. Acreditava nela, ao mesmo tempo que não acreditava. Tudo o que dizia parecia (essa palavra outra vez) incontestável. Ainda assim, pairando eternamente em minha psique, estava a lembrança daquela fada de rosto meigo chamada Ruthana. Eu sabia que ela parecia possuir poderes (uma combinação à la A. Black; aceitável) desconhecidos para mim.

Onde estava? Sim, minha incapacidade em negar as palavras de Magda e minha igual incapacidade em negar a doçura de Ruthana. Como aquilo me deixava? Numa gangorra. Numa corda bamba, equilibrando-me entre a certeza e o seu oposto. A verdade é que amava as duas.

Não, era um amor dividido entre Magda e minha encantadora fada. Um era o amor de um filho por uma mãe, por mais que fosse complicado pelo fato de também serem amantes.

Meu amor por Ruthana era — chamemos assim — completamente romântico. Com todas as falhas que tal palavra implica. Cegueira. Raciocínio ilógico. Felicidade ignorante; essa expressão é bastante adequada. Sabia, ao considerar o que ainda sentia por Ruthana, que estava sendo totalmente — provavelmente absurdamente — irrealista (quantos mentes!). Mas o que um garoto de 18 anos sabe sobre a realidade?

Eu teria, ainda, de aprender.

Tudo bem, então, o amor de um filho pela mãe. Sua linda, voluptuosa e apaixonada mãe. Era fácil para um adolescente obtuso cair de amores por uma bela mãe. Tratava-me, também, com todo o cuidado de uma progenitora afetuosa. Tanto era que, devo confessar, com o passar das semanas, eu pensava cada vez menos em Ruthana.

Por enquanto.

Magda cozinhava para mim. Refeições absolutamente formidáveis. Bolos deliciosos. Biscoitos irresistíveis. Estou sendo claro?

Manteve-me em roupas limpas. Levou-me a Gatford para comprar novos trajes. Uma vez, pelo menos. A experiência foi tão desagradável que nos magoou e aborreceu. Os olhares. Os sorrisos de deboche mal-reprimidos. Os cochichos. Caipiras estúpidos. Tudo aquilo foi bastante perturbador e irritante. Especialmente para mim. Percebi que Magda não era estranha a recepções insultantes como aquelas. Se fora no passado uma cidadã bem acolhida em Gatford, já não o era mais. Agora, decididamente, não era bem-vinda. Pobre Magda. Digo isso a seu respeito em relação àquele período de tempo. Agora...

Daquele momento em diante, ela manteve minhas roupas tão limpas e arrumadas quanto possível. Quando começaram a parecer velhas e desgastadas, recorreu aos trajes de Edward. Felizmente, nós dois tínhamos o mesmo porte físico, então quaisquer alterações necessárias eram mínimas.

E conversávamos. As semanas viraram um mês, depois dois. Conversávamos mais a cada dia que passava. Magda "se abriu", como dizem — tanto mental quanto fisicamente. (Desculpem-me.) Contou-me que não era uma "filha legítima", como também dizem aqueles patetas. Era a "filha do coração" de Tollef Nielsen — norueguês-inglês. Crescera na Inglaterra Central. Seu pai era bondoso com ela; a mãe, não. Exatamente o contrário do que ocorria na minha casa, expliquei-lhe. Seu interesse pela wicca despertou nos últimos anos de escola. Não frequentara uma universidade. Expulsa de casa (figurativamente falando), seguiu sua própria estrada até chegar a Gatford, onde encontrou Jerry Variel. Os dois se casaram e tiveram Edward. Já lhes contei o resto. O interesse pela wicca refloresceu, acalentando seu desejo de conforto, o que nos traz ao presente. O presente de *então*, não o de *agora*. Faz sentido? Esperemos que sim.

❦ ❦ ❦

Mais sobre nossas conversas diárias.

Descrevi — da melhor maneira que pude — os ataques noturnos que sofri. O cansaço físico. A confusão mental. A incapacidade de me mover. As sombras. As vozes. A investida da bruxa.

— E preparei todas as proteções aconselhadas por Joe — insisti. — O botão de prímula; ou o que sobrara dele. A frigideira de ferro. O prego no bolso. As cinzas envasilhadas nas janelas e na abertura de ar do segundo andar. Mas nada funcionou. Foi por isso que... — não fui adiante, incapaz de dizer as palavras.

— Por isso que pensou que fosse eu a responsável — Magda completou a frase para mim.

— Sim — admiti.

— Alex — disse ela —, *querido*. O que você não compreende é o seguinte: tudo bem, reconheço que é estranho que suas proteções não tenham surtido efeito. Isso é um problema isolado. Mas a descrição do que sofreu é muito pouco (*pouco?*, pensei, reagindo com raiva) comparado ao que aconteceria diante do ataque genuíno de uma bruxa. Está me ouvindo?

— Sim — respondi, não muito convincente.

— Parece que sua mente está em outro lugar — disse ela.

Touché, pensei. Fui descoberto. Minha mente *estava* em outro lugar. Presa num limbo entre a atenção e a incerteza. O que ela estava dizendo, exatamente?

— Sinto muito — murmurei.

— O que estou *dizendo* — prosseguiu (estaria ela absorvendo meus pensamentos?) — é que, se *tivesse sido* eu a responsável... e você sabe agora por que isso não pode ter ocorrido — Eu *sei?*, veio-me a questão. Bem, sim. Sabia. O bebê —, o resultado do ataque teria sido muito mais severo. Você não ficaria apenas imóvel e ouviria vozes. Isso é coisa de fadas. (Coisa de *fadas*?, questionei.) Suas dores abdominais, supus que as tivesse, seriam tão intensas que o fariam gritar de agonia. Seu pescoço sofreria terríveis e dolorosos espasmos. Seus rins sofreriam. Você teria um ataque epiléptico, pernas e braços se agitariam impotentemente. Teria sentido uma força invisível pressionar o peito e ficaria convencido de que iria morrer. Seu quarto, ou seja lá como o chame, seria tomado por um cheiro fétido, tão horrível que, combinado ao peso no peito, sentiria que era impossível respirar. Por todo o tempo você teria ouvido passos pesados pelo quarto, ainda que nada pudesse ver, por mais que tivesse certeza de que havia algo ali com você. Então, perceberia a presença de uma entidade invisível se inclinando sobre você, sussurrando horríveis obscenidades em seu ouvido. Suas proteçõezinhas contra fadas seriam inúteis.

— Mesmo que eu tivesse um gato? — perguntei. Por que resolvi gracejar, não faço ideia.

Magda sorriu. Um sorriso de compaixão. Acho que ela entendia as coisas melhor do que eu. Meu gracejo não era uma tentativa de amenizar o clima, mas sim uma reação nervosa.

— Mesmo com um gato. — Permitiu que minhas palavras tivessem algo de aceitável em seu conteúdo. — Entendeu o que acabei de lhe dizer? — perguntou, então.

Teria eu uma réplica razoável?

— Sim — disse —, exceto por duas coisas: as fadas podem fazer tudo isso? E, caso tenham tanto poder, todas as proteções sobre as quais Joe me falou seriam ineficazes?

— Acho que as pessoinhas, ou algumas delas, pelo menos, possuem mais magia negra do que julguei possível — disse Magda. — Essa garota... como se chama? (*Você* sabe o *nome*!, minha cabeça explodiu.) Ah, sim, Ruthana. Ela deve ter se sentido bastante atraída por você. Não é de se espantar. As fadas são conhecidas por seu encantamento com os seres humanos. Adoram saber mais sobre nós. Assim, quando você não retornou à floresta...

— *Mas ela me acompanhou até que eu saísse do bosque* — contestei, ainda incerto quanto àquilo.

— Ela deveria ter tanta segurança de que o controlava que achou que poderia se conceder tal luxo — disse Magda.

— *Luxo?* — rebati, irritado. — E o que eu sou, uma mobília? — Aquela era a lógica de um garoto de 18 anos.

— Não, é um jovem muito bonito — disse ela.

— *Bonito?* — zombei. — *Não me venha com essa.*

Mas sabia que era verdade. Deixem-me assumir tal crédito. Será que mencionei algo a respeito? Não, nunca "lancei mão" de minha aparência. Bem, seria tolo tentar fazê-lo agora. Mas naquele momento? Apesar de minha resposta ríspida, eu sabia que Magda tinha razão. E esperava de todo o coração que ela aprofundasse sua explicação. O que ela fez.

— Você sabe que é — disse ela. Seria aquilo um sorriso endiabrado? Sim. — Acha que eu o levaria para a cama caso se parecesse com um monstro?

Tive de rir. Mas, naquela idade, eu não sabia quando fechar a boca, e disse:

— Pensei que quisesse fazer um filho.

Errado. Pano, rápido! Magda pareceu incomodada.

— Pensa mesmo isso? — perguntou.

Eu soube (instantaneamente; pelo menos tinha sensibilidade o bastante para isso) que tinha me expressado mal. Embora soubesse que o que disse era, basicamente, verdade, sabia também que fora equivocadamente ofensivo. Então, uma vez mais, me desculpei. (Fazia aquilo com bastante frequência naquela época.)

— Sinto muito, Magda — lamentei. — Não deveria ter dito isso.

Não aguardei seu perdão. Talvez eu tenha suposto que logo o faria.

— Mais uma coisa — prossegui —, você mencionou magia negra. Está me dizendo que Ruthana usou *magia negra* contra mim?

De início, ela não respondeu. Estaria ainda chateada com meu comentário? Provavelmente sim.

— Acha mesmo que eu o trouxe à minha casa porque queria um filho?

Sim, acho, respondeu meu cérebro, sem qualquer sinal de hesitação. Ou de graciosidade. *Acho que você queria um novo Edward.*

— Não — menti. Pedindo a Deus que ela acreditasse. Meu cérebro se saiu com uma observação para amenizar o clima: — Sei o quanto sente a falta de Edward. Queria eu apenas *poder* tomar seu lugar.

Funcionou. Ainda bem. Suas feições se suavizaram e ela disse:

— Sinto *mesmo* a falta dele. Tanto... Mas nunca pensei em você como um filho substituto. — Mais um sorriso diabólico. Se ela fosse um homem, eu o teria descrito como um sorriso maldoso. — Eu não tinha qualquer intenção de levar meu filho para a cama — disse ela. Seguiram-se alguns instantes de silêncio antes que prosseguisse. — Magia negra? Ela deve conhecê-la. Obviamente, ela a pratica. O que mais explicaria aqueles ataques?

— E de que se *trata*? — perguntei. Tive dificuldade em tentar visualizar aquela criatura de rosto angelical envolvida na manipulação de forças ocultas. Mas Magda tinha razão: o que mais explicaria os ataques?

Naquele instante, vieram-me à mente — contradizendo duramente sua alegação de que não tinha qualquer intenção de dormir com Edward — suas ordens profanas enquanto copulávamos. Não tinha interesse uma ova! Mais inconsistências para confundir minha cabeça. Como eu poderia lidar com elas? Simplesmente não fazia ideia.

Capítulo Vinte

Naquele ponto da conversa, Magda — que parecia ter recuperado a estabilidade que lhe era peculiar — começou a explicar a natureza da magia negra. Conforme eu conjeturava (palavra pretensiosa, essa; bem, provavelmente me tornei ao menos semipretensioso com o avançar da idade), a magia negra era, fundamentalmente, a manipulação de forças obscuras sobrenaturais para, na maioria dos casos, alcançar objetivos tortuosos. A crença wicca (que *utiliza* magia negra, contou-me Magda) era a de não usar tais poderes para fins nocivos, mas para coisas boas, positivas. Fora isso, os preparativos eram basicamente os mesmos: rituais arcanos marcados pelo uso de símbolos místicos — nos trajes e no ambiente — e cânticos que evocavam a presença de quaisquer forças julgadas necessárias para a execução do bom (ou mau) propósito.

Por exemplo, na magia negra negativa, um sentimento de ódio (provocado por qualquer motivo: ciúme, inveja etc.) resultava numa maldade elementar (o que quer que fosse) sendo despachada para voar lentamente até atacar a vítima em qualquer ponto fraco que ela possuísse. Durante o ataque — e o Remetente deve ser cauteloso quanto a isso — a vítima sofre um longo tormento da pior sorte, se não a morte (sorte — morte; um A.B. não muito ruim). Chama-se o Caminho da Mão Esquerda.

A desvantagem é que o ataque não surte o efeito desejado na vítima caso essa pessoa (homem ou mulher) não possua um tipo de personalidade vulnerável, de modo a proporcionar falhas para que a maldade elementar possa entrar e se sentir em casa.

A existência dessas maldades elementares, observou Magda, engendrava a possibilidade de que — mesmo sem a assistência da magia negra — atacassem as vítimas por suas próprias razões malévolas. Tais ataques poderiam consistir em pesadelos (variação dos sonhos), alucinações, paralisia, manifestações macabras (sangue, visco e coisas do gênero), frio extremo et cetera.

— E você acha que Ruthana tem poder para tudo isso? — perguntei, sentindo uma dor genuína.

— Estou convicta de que sim — respondeu Magda.

— Meu bom Deus. — Meus olhos estavam umedecidos. Fiquei bastante chateado.

Considerar que um anjo de rosto meigo como ela pudesse se aliar propositalmente a maldades elementares e me fazer todas aquelas coisas terríveis era um suplício.

Magda me tomou nos braços; tinha *perdoado* meu comentário, presumi. Deu-me um beijo na bochecha.

— Eu sei — disse, carinhosamente —, as fadas podem se mostrar criaturas muito perigosas. Sou uma bruxa (dizia aquilo de maneira tão casual agora) e preciso ter o mesmo cuidado com elas do que qualquer outra pessoa. Posso invocar os mesmos poderes que elas, sei como evitar que invadam minha casa e até mesmo como destruí-las, se necessário. Ainda assim...

— Você destruiria Ruthana? — Eu não poderia aceitar isso.

— Se necessário — respondeu. Ao ver minha expressão enquanto me afastava dela, Magda acrescentou: — Mas não o farei, é claro.

A não ser para protegê-lo. E você estará seguro enquanto permanecer comigo.

Abracei-a. Senti-me protegido em seus braços. A ideia de que, apesar do jeito encantador, Ruthana fosse um ser poderoso — e ameaçador — me deixava assustado. Magda me ensinou a deitar e relaxar fisicamente. A respirar lenta e uniformemente, visualizando cada inalação como a aspiração de um fluxo de energia que partia dos pés até chegar à cabeça. A imaginar aquela energia ganhando força ao atravessar meu corpo. E, finalmente, a visualizar uma esfera de luz branca flutuando sobre mim e acreditar que o amor divino estava me protegendo.

Enquanto conversávamos, para minha surpresa, Magda disse que meu comentário a perturbara porque ainda sentia profundamente a perda de Edward. Na realidade, confessou, chegara a tentar "trazê-lo de volta" por meio da magia negra.

Talvez devido à sua motivação confusa, uma mistura de sentimentos positivos e negativos, o resultado tenha sido horripilante: viu uma imagem de Edward, um cadáver de rosto pálido, sem metade do corpo, e o que restava coberto de sangue.

— Foi o pior momento de toda a minha vida — contou-me Magda. — Um exemplo perfeito dos perigos de se usar mal a magia negra. Nunca tente fazer isso, Alex. Pelo amor de Deus, *nunca pense em tentar.*

— Não tentarei — disse eu. Embora eu já tivesse pensado nisso.

— E por favor... *por favor* — disse ela —, não pense nem por um instante que minha intenção era substituir Edward por você. *Simplesmente não é verdade.*

Eu tinha de acreditar em suas palavras. Poderia uma emoção assim tão sentida ser forjada?

Ainda não sabia ao certo.

❦ ❦ ❦

Magda consolidou seu lugar em minha vida ao introduzir-me à clarividência.

Depois de eu ter mencionado o nome de Veronica inúmeras vezes, perguntou-me se gostaria de vê-la.

— Ela está *viva?* — perguntei. Ingenuamente, é claro.

— Em algum lugar — respondeu Magda. — *Algum lugar.* No mundo espiritual.

— Então... — Não conseguia entender. — Vamos fazer uma... sessão espírita? — Acho que já conhecia o termo na época. Talvez tenha me expressado de outra maneira. Não me lembro.

— Não — disse Magda, com um sorriso —, vamos usar a clarividência.

A clarividência é um método pelo qual imagens evocadas podem ser vistas num espelho. Qualquer tipo de espelho pode ser utilizado, mas espelhos de mão redondos funcionam melhor. Já espelhos de maior dimensão, informou-me Magda, eram usados apenas como portais para o mundo astral. (Não era aquela a minha intenção.)

Os espelhos, explicou Magda, geralmente são vinculados à lua. Por trás deles há uma superfície de prata, o chamado metal lunar. O vidro à sua frente é uma "substância lunar", e as melhores molduras são as prateadas. Os de forma arredondada lembram a lua cheia. Nada daquilo me interessava. Ouvi pacientemente o que ela dizia, esperando que voltasse a falar de Veronica.

— Você amava *mesmo* sua irmã — testou-me Magda.

— Amávamos muito um ao outro — respondi, lembrando como Veronica era meiga e carinhosa.

— Ótimo — disse Magda. — Isso é muito importante.

Magda comprara seu espelho numa loja de antiquários em Gatford. Era um velho espelho de maquiagem, com algumas manchas e moldura prateada. Estava num gabinete em sua biblioteca. Na primeira noite do experimento, colocou-o do lado de fora da casa, de modo a refletir a luz da lua. Depois o envolveu em veludo negro; o preto era uma cor lunar, explicou-me. Será que mencionei (não, esqueci; outra vez culpa da idade avançada) que a superfície por trás do espelho era pintada de preto? Isso para que não formasse reflexos que pudessem distrair os olhos. Daquela forma, era como se contemplássemos uma lagoa negra, tornando mais fácil que "víssemos coisas", como colocou Magda. Eram as regras da clarividência, imaginei. Tinha certeza de que "não veria" coisa alguma, mas concordei em participar assim mesmo. Meu desejo de entrar em contato com Veronica era maior do que qualquer incredulidade.

A noite de experimentar a clarividência chegara. Apesar de minhas dúvidas constantes, sentia-me inquieto, sem saber o que exatamente poderia acontecer.

Antes de começar, Magda passou-me o espelho de mão e disse-me para segurá-lo com cuidado, prestando atenção caso despertasse respostas intuitivas sobre mim. Para resumir, queria saber se o espelho "falava" comigo. Quando disse aquilo, tive vontade de rir. Segurei o espelho próximo ao ouvido direito e fingi escutar.

— Nem uma só palavra — disse eu.

Magda franziu as sobrancelhas.

— Vai levar isso a sério? — perguntou. — Se não, será apenas perda de tempo.

Fiz uma careta diante do comentário.

— Sinto muito — disse. — Mas quero muito ver minha irmã.

— Tudo bem, então — disse ela. — Coloque o espelho sobre a mesa. (Estávamos na cozinha.) Mantenha-o plano e olhe fixamente para ele, imaginando observar *através* de sua superfície, penetrando em meio à escuridão. Concentre sua mente na escuridão, focalizando seus pensamentos no mundo astral onde está Veronica. Contemple fixamente a escuridão e seus pensamentos.

Fiz o que Magda me disse. Esqueci de todo o resto e me fixei na escuridão do espelho, a escuridão absoluta. Nada mais. Minutos se passaram.

— Continue olhando — disse Magda, em voz baixa. — Contemple a escuridão. Veja apenas a escuridão e seus pensamentos sobre Veronica, nada mais. — Senti, no fundo de minha mente, que ela estava me hipnotizando e fiquei curioso para saber se a hipnose me faria ver Veronica. E então tudo se perdeu em meio à escuridão: meu desejo de ver minha irmã e o sussurro relaxante de Magda.

Não sei quanto tempo se passou antes que algo acontecesse. Talvez uma hora. Talvez duas. Não havia modo de registrar o tempo.

Então, de repente (e quero dizer *de repente* mesmo), o espelho adquiriu um tom claro de cinza, e cores começaram a cintilar por sua superfície. A transição abrupta me fez recuperar o fôlego.

— O que é isso? — perguntou a voz; já esquecera a quem pertencia.

— Cores — murmurei.

— Nas nuvens?

— São mais como sombras que se movem.

— Águas que se movem?

— *Sombras* — repeti, ficando irritado.

— Que cores?

— Azul. Roxo. Verde. Rosa.

— Em que sentido estão se movendo?

— Da esquerda para a direita — respondi.

— Pode ver se alguma delas está persistindo?

Persistindo?, pensei. *Ah, sim. Retornando uma vez após a outra.* Retorci-me, inquieto, na cadeira.

— Não se sente confortável? — indagou a voz.

Percebi, então, que se tratava de Magda.

— Não — respondi. — Estou nervoso.

— Visualize uma luz branca ao seu redor — disse-me.

Tentei. Não funcionou.

— Alguma cor? — insistiu Magda.

— *Vermelho* — disse eu.

— É raiva — respondeu. Com tanta paciência que me aborreceu.

— Agora basta — declarei.

O espelho voltou ao normal no mesmo instante. Magda soltou um ruído de decepção.

— Tinha chegado tão longe — disse ela.

Endireitei-me na cadeira. Sem perceber, inclinara o corpo e meu rosto ficou a centímetros do espelho. Olhei para Magda de maneira acusadora, temo dizer.

— Sinto muito — desculpei-me. Mas não sentia.

Nuvens, sombras que se moviam, águas ou o que quer que fossem, viajando da esquerda para a direita significava a aproximação de espíritos, disse-me ela. Se ao menos eu tivesse conseguido resistir um pouco mais...

Aquilo, especialmente, era algo que eu não queria ter ouvido. Nem que o movimento das sombras no sentido oposto — o que começavam a fazer quando desisti — significava a retirada dos espíritos.

Em relação às cores (mal a ouvi enquanto explicava seus significados), o amarelo queria dizer obstinação; o laranja, indignação; o roxo, aflição e obsessão; e o vermelho, raiva. Fiquei surpreso por não ter visto um arco-íris com aquelas cores. Sentia-me cada vez mais abalado e irritadiço.

Já quanto às nuvens — no meu caso, as sombras —, formações à esquerda significavam manifestações; à direita, iluminações espirituais; ascendendo, revelações; descendendo; negação; já lhes contei sobre o sentido da esquerda para a direita e vice-versa.

Embora devesse ter feito perguntas enquanto observava as sombras que se moviam, posso ter recolhido informações úteis antes de alcançar o estágio da visão. Durante o questionamento, as nuvens (ou sombras) provavelmente teriam mudado de sentido. No meu caso, despencariam como balões de chumbo.

Desisti da clarividência depois de outra noite de tentativas. Nunca veria Veronica outra vez, era óbvio. Tal concepção (bastante dolorosa para mim) deixou minha personalidade mais amarga em relação a Magda por mais de uma semana. Para seu crédito eterno, ela não se valeu de retaliações. Sabia que poderia fazê-lo. E com facilidade.

Para dizer a verdade, pensei ter visto Veronica em minha segunda tentativa de clarividência. Não ela, em si, mas sim uma foto sua, velha e amarelada. A qual, enquanto tentava distinguir melhor, parecia se transformar numa imagem de (fiquei estupefato diante da visão) Ruthana. Quando aquilo aconteceu, engasguei com o ar e ajeitei-me na cadeira num solavanco, afastando-me do espelho. Furioso, tomei, então, a abrupta decisão de não mais experimentar a clarividência. Nunca disse a Magda o que pensei ter visto.

Ela fez com que eu me afastasse ainda mais ao explicar informações adicionais sobre a clarividência. Os espíritos podem tentar entrar em contato direto com o clarividente. Nunca tente conversar com eles. Não em voz alta, de qualquer jeito. Os pensamentos são tão "audíveis" para eles quanto palavras ditas.

A ideia de poder não só ter visto Veronica, mas também me comunicado com ela — em qualquer submundo que habitasse então — quase me fez perder a cabeça. Eu não estava zangado comigo mesmo, é claro (lembrem-se, eu tinha 18 anos), mas com Magda. Mais do que isso, com a vida de maneira geral. Com a sociedade. Com a cultura. Com o mundo e seus cidadãos detestáveis. (Já lhes disse mais de uma vez: eu não estava mesmo raciocinando bem.) Magda ajudou a afundar o punhal em meu coração ao dizer que eu claramente tinha alcançado o *primeiro degrau*: ver sombras (vulgo nuvens). Só aqueles no *quarto degrau* eram capazes de ter visões detalhadas dos espíritos e, ainda assim, de maneira irregular. Era necessário chegar ao quinto degrau para evocar as visões deliberadamente; o sexto degrau permitia que o clarividente participasse das visões como figura ativa. Senti-me ótimo diante de tal sarcasmo.

❦ ❦ ❦

Como prova complementar de meu raciocínio confuso, durante a noite, ao deitar-me na cama ao lado daquela que poderia-também-ser-chamada-de minha noiva, fiquei remoendo minhas lamentações cerebrais sobre o mundo em geral. O mundo "lá fora", em toda a sua podre glória.

Qual era o mundo real? O mundo em que me encontrava então, deitado nu ao lado de uma bruxa? Ou o mundo em que estive desde meu nascimento até o tempo que servi nas trincheiras francesas? *Aquilo* sim era a realidade, uma terrível realidade. Os meses nas trincheiras. Aquilo definitivamente era real o bastante — a lama, as explosões, o sangue derramado, os ratos, o fedor interminável. Não se tratava da realidade?

Certamente parecia fazer contraste com uma pepita de ouro que se transformava em poeira cinzenta. Minhas duas experiências no bosque. Ruthana. Magda. A cura milagrosa. O manuscrito repugnante. Os horrendos ataques noturnos. Seria tudo aquilo uma *louca* realidade? Definitivamente era o que aparentava ser então.

Aqueles pensamentos mal-ajambrados não me ajudavam a dormir. Em vez disso, comecei a pensar no mundo de maneira geral. Ainda tomado por guerras. Agradeço a quaisquer que fossem os anjos a meu favor (muito poucos, imagino) por não ter, à época, conhecimento da Segunda Guerra Mundial, como agora tenho. Se tivesse me passado pela mente que os malditos chucrutes — transformados em malditos nazistas — se ergueriam novamente após a Primeira Guerra Mundial — e ameaçariam o mundo mais uma vez — isso para não mencionar o sinistro holocausto —, eu teria levantado da cama e me enforcado. Ou, no mínimo, cortado algumas veias e sangrado tranquilamente até a morte.

Mas eu não tinha conhecimento disso, graças a Deus. Então me sentia apenas infeliz, abalado pelas experiências que vivi nas trincheiras. Tentei afastar tais lembranças, alcançando limitado (nenhum) sucesso. Talvez Magda pudesse evocar algumas forças extraterrenas e curar minha angústia. Tive vergonha de pedir isso a ela. A ferida na perna e no quadril — aquilo era visivelmente aceitável. Angústia? Sinto muito. Não dá.

Por um tempo, me diverti — talvez "me aturdi" fosse um termo mais preciso — com as memórias dos ratos de guerra que curtíamos (e *realmente* os curtíamos, que Deus nos perdoe). Fazíamos incursões a outras trincheiras conectadas quando nossos suprimentos imediatos esgotavam. Arremessávamos ratos uns nos outros (sim!), rindo como loucos o tempo todo (e *éramos* loucos), ou, quando conseguíamos colocar as mãos numa pistola, roubando-a ou confiscando-a do corpo de um soldado morto, atirávamos nos ratos. Já lhes contei sobre isso? Talvez sim. E que os ratos explodiam "para todos os lados" quando os acertávamos? É provável que tenha contado.

Apesar das horas de meditação insone, devo ter caído numa espécie de estado REM, já que imediatamente comecei a sonhar.

Com Ruthana.

Não parecia um sonho. Era como se ela estivesse diante de mim, enaltecida por uma luz branca deslumbrante. Estava chorando. Seus lábios se moviam. Nenhum som. Tentei entender o que ela estava dizendo. Finalmente identifiquei as palavras.

— *Por favor. Volte para mim. Por favor. Volte para mim.* — Outra vez e mais uma. Sem fazer qualquer som. Como se não pudesse falar alto. Ou tivesse sido impedida de se expressar em voz alta por alguma barreira invisível.

Erguida por Magda, cheguei à conclusão.

Capítulo Vinte e Um

Por quanto tempo durou a luz (o sonho), não sei dizer. Tudo de que eu me lembrava era o rosto delicado de Ruthana, banhado em lágrimas que não paravam de rolar. Seus olhos úmidos brilhavam em minha direção. Os lábios tremiam enquanto ela repetia, incessantemente:

— *Por favor, volte* para mim. *Por favor.* Volte para mim.

Acordei assustado.

Ouvi o ruído do movimento que Magda fez ao ser acordada.

— Está tudo bem? — perguntou, com a voz profunda de sono.

— Sim — respondi.

Ela comprimiu sua pele quente contra o meu corpo.

— Que bom — murmurou. Estremeci quando pousou seu braço (parecia pesado) acolhedor sobre mim. Em outra época, eu teria me sentido sob proteção diante daquele gesto. Agora, apenas me perturbava. Saberia algo sobre meu sonho? Não vejo como poderia fazê-lo. Mas ela possuía tantos poderes. Sobre a maioria dos quais eu não tinha qualquer conhecimento. Esperei para ver se mencionava algo. Se o fizesse, meu nível de angústia teria dobrado.

Mas nada disse.

Toquei no assunto na manhã seguinte, durante o café. Não em relação a Ruthana, é claro. Tinha mais a ver com a proteção de Magda sobre mim — um enfoque que funcionaria, eu tinha certeza.

— Magda — comecei, abordando a questão de maneira inteligente (assim acreditava, com todo o egoísmo de um adolescente normal) —, tendo em vista que sua casa fica tão próxima ao bosque, como faz para se proteger delas? Ou simplesmente não a incomodam porque... — interrompi, percebendo, com uma súbita convicção egoísta, que tinha ido longe demais.

— Porque sou uma bruxa? — disse Magda. Não de maneira gentil, mas tampouco em tom de acusação. Apenas constatara um fato. Que eu dificilmente poderia negar.

Ela me disse que as fadas não gostavam — ficavam incomodadas e chegavam a sentir dor — de ruídos repentinos. Por isso, estendera fios (microscópicos) por toda a sua propriedade. Respondeu à minha pergunta por mim. A questão óbvia era: como eu não tropeçara nos tais fios? Porque, explicou-me, tratava-se de fios astrais, invisíveis para a carne mortal, mas não para as fadas. Assim, quando elas entravam em contato com os fios — *bing, bang, boom!* —, sinos eram "ativados" e, portanto, as pessoinhas eram repelidas sem demora. Teria alguma delas testado os fios? Anos atrás. Foram repelidas. Sem demora. Aquilo queria dizer "imediatamente"? Espero que sim.

Além disso, a água corrente em frente à entrada funcionava como meio de restrição, difundindo seus poderes. Eu não saberia dizer-lhes por quê, já que as fadas — em especial Ruthana — pareciam adorar água corrente. Talvez apenas no bosque.

É claro que, se a água não cumprisse sua função, as fadas poderiam escolher entrar *através* (da porta?, não) das *paredes*. Tinham tal poder, devido à sua natureza em grande parte astral. (Tive que dedicar vários momentos de reflexão àquilo.) O uso de seus poderes era inibido por meio da instalação de bolsas de ervas maléficas em cada janela. Eu não as tinha visto antes, ainda que sentisse um odor permanente na casa — nada muito intrusivo às minhas narinas, mas definitivamente presente.

Por meio de uma espécie de ritual, Magda criara também o que batizara de vértice de energia defensiva sobre a casa. Este chamado cone de energia, explicou-me, quando criado sobre a cabeça do defensor (provavelmente a da bruxa), dera origem ao mito do chapéu em forma de cone das feiticeiras. Interessante.

Com todas essas proteções, não era de se admirar que a estranha imagem de Ruthana fosse incapaz de falar em voz alta. Era um milagre até mesmo que pudesse aparecer. Também deveria possuir poderes incomuns, pensei.

Nenhum dos quais mitigava (lá vou eu de novo) meu desconforto diante de toda aquela experiência. Tentei manter meu interesse e envolvimento "gerais" no que tocava o tema da proteção contra fadas, mas não era fácil. Quando Magda encerrou seu discurso, tentei até fazer uma piada.

— Agora sei — disse eu — por que não há insetos no jardim.

Ela riu da minha lamentável tentativa de fazer humor, e aquele momento se foi. Deixando-me desanimadoramente homiziado (procurem no dicionário) em meu enregelado (essa palavra também) abatimento. Como poderia seguir daquele jeito? Dividido entre minha aceitação restrita a Magda e meu eterno encanto em relação a Ruthana. Agora voltei às rimas! Perdoem-me. Essa é *de fato* uma parte delicada do relato no qual estou imerso.

❦ ❦ ❦

Minha barafunda emocional terminou — de modo explosivo — alguns dias mais tarde.

Eu estava passeando pela trilha; agora com a permissão de Magda, aparentemente tranquila com o modo como me comportava em relação a ela. O que me surpreendera, já que eu sentia que meu comportamento era, no mínimo, questionável. Obviamente, subestimei sua atividade. Acho, agora (e Deus sabe que eu não tinha a mesma astúcia na época), que ela sabia o tempo todo o que se passava em meu cérebro adolescente e reagia de acordo. O que significava, creio hoje, esticar a coleira e ver o que o cãozinho faria. Um tanto cruel, penso. Ela não me via como um animalzinho de estimação (acho que não), mas tinha conhecimento de Ruthana e de como esta me afetara. Então... esticou a coleira para ver o que aconteceria.

O que fez com que me encontrasse agora passeando pela trilha. Estava inquieto — não por ter pensado, por um instante, que Magda estava de olho em mim. Talvez não estivesse. Talvez eu superestimasse sua capacidade de detectar o significado de meu comportamento. Ainda assim, estava em meio à floresta. Ruthana estava ali e, até aquele instante, eu não tinha ideia de (1) quão poderosas eram suas habilidades psíquicas e (2) se ainda me amava como declarara, e, por tê-la traído sem saber, passara a me odiar. Podem perceber que meu turbilhão emocional continuava praticamente intacto.

Em que ponto de minha pensativa caminhada tudo começou, eu não saberia precisar. Provavelmente foi algo que me veio gradualmente, passo a passo. Uma sensação de estar sendo *atraído* para o bosque.

De início, dei pouca importância, pensando — se é que era capaz de pensar — que aquele leve impulso físico era um efeito psicológico, não algo real.

Estava errado. Tentei uma vez mais evitar o impulso, mas era algo forte demais para ser ignorado. Impossível de resistir. Meu corpo estava sendo inexoravelmente atraído rumo à floresta. Quanto mais lutava, mais forte era. Por um momento, conjeturei (atordoado) que aquilo fosse obra de Magda. Mas *por quê?*, argumentei em pensamento. Por que me forçar a encontrar Ruthana? Por outro lado, não se tratava daquilo. Encontrar Ruthana? Por que fazer aquilo? O mais provável seria encontrar uma fada maligna que...

Não! Repeli a ideia com toda a minha energia, a qual, devo lhes dizer, não era muita àquela altura. Tendo em vista que, enquanto conjeturava inutilmente, a atração ainda agia sobre mim, inabalada. Juro que era como se uma forma de entidade invisível mantivesse um cerco estrito sobre mim, puxando-me na direção da floresta. Para a qual estava agora sendo arrastado (ainda que de maneira suave), passando em meio a grama, arbustos e troncos de árvores.

A partir daquele ponto, não resisti mais. A força que me atraía era bastante delicada. Seria assim se Magda estivesse por trás dela? Achava que não. Tinha de ser Ruthana. Mas por quê? Para me castigar? Ou para reafirmar seu amor? Não conseguia tirar da memória sua imagem sob a luz branca, aos prantos, suplicando para que eu voltasse.

A resposta veio em pouco tempo. Parada numa clareira bem à minha frente estava Ruthana, esperando, de braços abertos para mim.

Logo estávamos nos abraçando: ela com um ardor apaixonado; eu, metade cauteloso e incerto.

A outra metade era de felicidade e gratidão.

— Desculpe-me fazer isso com você — murmurou. — Mas tinha de vê-lo.

— Desculpe-*me* por não ter voltado — murmurei também. — Não pude. — Era uma mentira, eu sabia. Mas não podia lhe contar a verdade. Que retornar não era uma opção devido aos ataques que sofri.

— Tudo bem — disse ela. — Está de volta agora, e isso é tudo o que importa.

Eu tinha de saber. A questão estava supurando em minha mente

A oportunidade de fazer a pergunta foi adiada quando Ruthana encerrou o abraço e me tomou pela mão. Conduziu-me floresta adentro até chegarmos à cachoeira onde a vi pela primeira vez. Percebi então — e como era estranho não mais parecer relevante perceber aquilo de imediato — que estava nua. Como estivera desde o princípio. Nunca em minha vida a nudez parecera tão inocente.

Chegamos à pedra onde nos sentáramos previamente. Fez com que me acomodasse e imediatamente empoleirou seu calor em meu colo; sem dizer palavra, beijou-me. Tão intensamente que minha masculinidade (o único aspecto dela que possuía naquela idade) ergueu-se diante da ocasião.

Será que aquilo teria incomodado Ruthana? Ela riu levemente. (Ousaria dizer que deu uma risadinha? Foi bem perto disso.)

— Está pronto para amar — disse, com um sorriso de criança. Então, lançou-me um olhar decidido. — Alex — continuou ela. — Eu te amo tanto. Se tiver vontade de amar, não irei impedi-lo.

Fisicamente, era o que eu desejava — muitíssimo. Mas meu cérebro interveio.

— Ruthana — disse eu.

— Sim, meu querido — respondeu. *Ó Deus*, pensei. Como poderia perguntar algo depois daquilo?

Mas eu tinha de fazê-lo.

— Você me... atacou?

Ela pareceu confusa de verdade.

— Atacar você? — perguntou.

Vesti minhas armaduras mentais e contei-lhe sobre o que acontecera. Sem deixar qualquer detalhe de fora. Enquanto o fazia, vi sua expressão mudar de confusão para terror — e, finalmente, para uma mágoa defensiva.

— Acha mesmo que fiz isso a você? — perguntou, num leve tom de protesto. — Realmente acredita que eu poderia fazer algo do gênero contra você?

Ela começou a chorar, então. Soluçando, como se eu tivesse partido seu coração. Naquele momento, convenci-me de que Magda *iniciara* os ataques. E mentira para mim, quase me convencendo que Ruthana, e não ela, fora a responsável.

Tentei enxugar as lágrimas ininterruptas de Ruthana com meus beijos.

— Não chore — disse eu. (Meu amor por ela voltara com toda a força.) — Nunca quis acreditar nessa possibilidade. Tentei fazê-lo, mas não consegui. Magda...

— *Magda* — interrompeu ela. Era a primeira vez que ouvia em sua voz um tom que não fosse de suavidade. Agora parecia desdenhosa e irada. — Aquela bruxa horrível. Como ela pôde fazer aquelas coisas tenebrosas contra você? E depois tentar convencê-lo de que *eu* era a culpada? Você ainda acredita nisso?

— Não, minha querida — assegurei-a. Surpreendia-me como era simples expressar meus sentimentos para ela. — Eu te amo demais.

Ela parou de chorar. Puxei um lenço do bolso da camisa (estremecendo ao lembrar que Magda o lavara e passara) e o encostei, com o máximo de cuidado, nos olhos brilhantes de Ruthana. Estava sorrindo outra vez, minhas palavras a haviam tranquilizado. Magda nunca se acalmava tão rapidamente.

— Obrigada, Alex — sussurrou Ruthana. — Obrigada. Eu também te amo. Mas você sabe disso.

Disse então que não conseguia entender como Magda poderia ter agido (reagido, pensei) daquela maneira. Será que ela não percebia que tais investidas eram injustificáveis? (Palavra minha, não de Ruthana.) Respondi que também não entendia. Havia muitas coisas que eu não compreendia em relação a Magda.

— Porque ela é uma bruxa — disse Ruthana. — E ninguém entende como pensam as bruxas.

— Com certeza — disse eu. Não tinha certeza alguma.

Movi os braços. Era difícil abraçá-la devido ao seu tamanho. Ela percebeu imediatamente.

— O que foi? — perguntou.

— Nada — menti. Não queria machucar seus sentimentos.

— Já sei — disse ela. — Espere.

Ela saltou (literalmente *saltou*) do meu colo. Disparou (isso mesmo, *disparou*) para trás de uma árvore. Perguntei a mim mesmo o que ela estaria fazendo. Talvez precisasse ir ao banheiro, pensei, indelicadamente.

Mas não era aquilo. Em poucos instantes — menos de meio minuto, acho —, ela reapareceu.

Em tamanho real.

Fiquei boquiaberto. Minha mente não compreendia. Como acontecera tal milagre?

Correu (*correu*, e não disparou) de volta para mim e se jogou em meu colo. Acho que deixei escapar um "uff!" ao sentir o peso extra. Ruthana gargalhou, extasiada. Respirei fundo. O que a divertiu ainda mais. Deu-me um beijo na face. Se existe um beijo alegre, aquele era um exemplo perfeito.

— Como *fez* isso? — perguntei. Ainda um tanto sem fôlego.

— Somos todos capazes — disse ela.

— Por quanto tempo? — perguntei, com a voz um pouquinho sem ar.

— Pelo tempo que quisermos — disse, como se a resposta fosse perfeitamente clara. — Foi o que fez meu irmão... ou melhor, meio-irmão.

— Foi o que fez — repeti, confirmando a informação para mim mesmo.

— Sim — respondeu ela.

— Por quanto tempo? — perguntei. Queria saber. Não me agradava a ideia de que ela pudesse mudar de tamanho sem ter controle.

Sua expressão então endureceu. Teria perguntado a coisa errada?

— Até a morte — respondeu, com a voz baixa.

— Oh, sinto muito — disse. Porém, ainda mais curioso, acrescentei: — Por que ele decidiu fazer isso? Mudar de tamanho, quero dizer?

Ruthana deu um suspiro profundo.

— Para poder ir à guerra — disse-me.

Uma centelha de luz em meio à sombra da ignorância que ocupava meu cérebro.

— Queria defender nosso país — disse ela. — Dissemos a ele que o Reino Médio era nosso país, mas não nos deu ouvidos.

Outra centelha sobre a primeira. Como Gilly, parecia que ela tinha o mesmo desgosto (não posso dizer o mesmo ódio) pela raça humana.

Fui direto ao ponto, como dizem.

— E ele se chamava Harold? — perguntei.

— Não — respondeu. — Haral.

— Ah — disse eu. Curiosidade não satisfeita.

— Mudou o nome para Harold — disse ela. — Por que a pergunta?

— Eu o conheci — disse. — Estive nas trincheiras com ele.

Quando ouviu tais palavras, seus olhos se iluminaram. Juro por Deus que foi o que aconteceu. Para dizer a verdade, todo o seu rosto se iluminou. Não há maneira melhor para descrever.

— Esteve *mesmo*!? — perguntou, exultante. Também não haveria modo melhor de descrever sua reação.

Contei-lhe tudo o que conseguia lembrar. Como Harold fora simpático. Como era instruído nas questões militares. Como me ensinara as gírias britânicas.

— E o que seriam? — perguntou Ruthana, bastante curiosa.

"Cerveja e boliche" — nada fácil. "Bob é seu tio" — é isso.* "Porcos podem voar!" — sim, claro, dito de modo sarcástico. Essa expressão provocou um ataque de riso em Ruthana. Depois, porém, ela voltou ao assunto.

— Ele devia estar brincando com você, e consigo mesmo, já que nunca dizemos essas coisas. É engraçado, entretanto. Harold sempre foi engraçado. — Sua feição enrijeceu outra vez. — Exceto quando desertou nossa pátria para servir à Inglaterra.

— Sim. — Sem mais informações, fui obrigado a concordar com ela.

Aquele suspiro de novo. Incrivelmente profundo.

— Você estava... — hesitou, para então prosseguir — ... com ele quando... morreu?

Evitei entrar em detalhes sanguinolentos, descrevendo apenas o encanto de seu sorriso e suas últimas palavras para mim: "*Quando for a Gatford...*"

— Fico feliz que ele tenha dito isso — contei a ela (do fundo de meu coração). — Fico muito contente por ter vindo a Gatford. E tê-la encontrado.

— Ó *Alex* — murmurou ela, beijando-me os lábios suavemente. — Também fico feliz que tenha vindo. Para mim. — Pareceu preocupada. — Não pensa ainda que fiz aquelas coisas horrorosas a você,

---

* "Cerveja e boliche" (no original, Beer and Skittles) significa algo como "Um mar de rosas"; "Bob é seu tio" (no original, "Bob is your uncle") significa algo como "Tudo bem" ou "Entendido?". (N. T.)

pensa? Juro pela minha vida que nunca o prejudicaria. — Outro beijo. Abracei-a fortemente. Tanto que ela murmurou: — *Ooh.*

— Sinto muito — desculpei-me. — Queria apenas mantê-la perto de mim.

— Alex, Alex. — Uma chuva de beijos. Nos lábios, queixo, faces, olhos, testa. Bem, em todos os lugares disponíveis para beijos. Apreciei cada um deles.

Perguntei, então, sobre a pepita de ouro. Contei-lhe como virara um monte de poeira cinzenta.

— Não a colocou nos olhos, certo? — perguntou. Parecia uma dúvida estranha.

— Não — respondi. — Por quê?

— Você poderia ficar cego — disse-me. — Ou até morrer, caso a inspirasse.

Lembrei-me da morte súbita do sr. Brean e me perguntei se fora aquela a causa. Nenhuma resposta. Teria de acreditar nas palavras de Ruthana.

— O ouro... de onde veio?

— De nós — respondeu, com simplicidade. — Somos capazes de produzi-lo. Meu padrasto o fez e enviou para Haral; Harold, como você o chamava.

— E se transformou em pó?

— Acontecia quando passava a pertencer a um humano — disse ela.

— Sou um humano — disse. — Mas a pepita não se transformou em pó enquanto esteve comigo.

Seguiu-se uma estranha resposta.

— Não é completamente humano, então — disse ela. Novamente, com simplicidade. Nada de solene.

Seu modo simples de responder me deixou atordoado.

— Foi Haral... Harold... quem lhe deu o ouro? — perguntou.

— De certa forma — respondi, descrevendo em seguida a mágica circunstância que fez com que a pepita aparecesse em minha sacola. Meu Deus, como a vida era cheia de magia naqueles tempos!

— Bem. Isso explica tudo então — disse Ruthana. — Ele queria que você a guardasse. Isso a protegeria da... — Não conseguiu formular a palavra.

— Dissolução? — sugeri.

Ela sorriu.

— Se eu soubesse o que isso significa — disse.

— Outra palavra para dizer que virou pó — disse-lhe.

— Oh. — Sorriu. — Você é tão inteligente, Alex.

— Não sou, não — respondi. — Apenas li (usando o verbo no passado) bastante.

— Tem de ver nossos livros — disse ela.

— Estou morrendo de vontade — respondi.

— *Morrendo?* — perguntou. Bastante preocupada.

— É apenas uma expressão — disse eu. Percebendo que ela manteve o olhar preocupado, acrescentei: — Um modo de dizer. — Suas feições permaneceram inabaladas, até que aos poucos foram esmaecendo quando assimilou o tom reconfortante em minha voz.

— Oh — disse ela. — Fiquei preocupada. Disse que estava "morrendo". Não gosto nem de pensar. Você morrendo? Acabaria com minha vida.

— *Ó Ruthana.* — Mal consegui falar, de tanto que estava apaixonado por ela. Pensava antes que Veronica era uma pessoa meiga. Comparada a Ruthana, era como uma das esposas do Drácula. Só fiz tal comparação mais tarde; não li o romance até que Arthur Black estivesse para surgir.

Nós nos beijamos e beijamos. Estou soando absurdamente romântico? Não posso fazer nada. Foi assim que aconteceu. Ouvia-se apenas o som de nossa osculação infinita. Além dos pássaros e da brisa sobre as folhas das árvores. Mais o ruído da cachoeira a distância. Uma pena que não pudesse dizer "as aves e abelhas nas árvores".* A. Black teria se divertido com aquilo. Mas Alexander White era desprovido de perspicácia crítica. Dezoito anos de idade, criminosamente (talvez um adjetivo um tanto acusativo) ingênuo, A. White perdido num mundo de fantasia e amor. Apenas seu membro demonstrava sinal de reconhecimento da realidade. (Boa combinação ali.) Um reconhecimento exagerado depois que Ruthana ajudou-me a tirar a roupa.

Ruthana, acostumada a viver 24 horas por dia nesse mundo de fantasia, sabia o que estava se passando em minhas partes baixas. Sorriu para mim com um prazer inocente.

— Está com vontade de amar — observou. Não era uma observação lá muito difícil, tendo em vista que meu membro estava a meio caminho da lua.

— Estou — disse, de modo gutural.

— Sou toda sua para amar — murmurou. E então, com um beijo rápido nos lábios, disse: — Mas primeiro...

Primeiro?, pensei. *Primeiro o quê?* Teria de me lavar? Não tinha qualquer tipo de proteção emborrachada comigo. A última ficara na França. O que, então?

Ruthana permaneceu ali, sorrindo com malícia diante do estado túrgido de meu órgão. E então, para minha surpresa, disse:

— Quero que conheça Gilly.

Ó Deus, pensei. Meu membro, até então duro como uma vara, logo perdeu sua rigidez, divertindo Ruthana.

---

* No original, "The birds and the bees in the trees", conhecida rima britânica. (N.T.)

— Lamento — disse ela, sorrindo outra vez. — Podemos restaurá-lo quando necessário. — Não percebi antes que tinha um senso de humor bobo.

— Tudo bem — respondi, agora pesaroso. — Mas por que tenho de conhecer Gilly?

— Se quiser ficar aqui — disse ela.

— Ficar? — reagi. Sem pensar.

— Não é o que deseja? — perguntou-me, novamente preocupada. — Não quer viver comigo?

Tal pensamento me deixou ao mesmo tempo animado e alarmado.

— Sim, é claro que sim — respondi. E dizia a verdade. — Mas não sou...

— Um dos nossos? — disse. Não era uma pergunta, mas uma afirmação.

— Sim — disse eu. (Meu pênis estava completamente flácido àquela altura.) — Antes, pensei que pudesse. Quando disse que eu não era completamente humano.

— Não é — disse-me ela.

— Mas você falou que, quando Harold... Haral... me deu a pepita de ouro, foi por esse motivo que não se transformou em pó.

— Isso mesmo — disse ela.

— Tudo bem, então. — Não compreendia, mas tampouco queria discutir com ela.

— Não fique preocupado — disse.

— Mas estou — prossegui. — Quero ficar com você, de verdade. Mas não vejo como.

— Podemos mudá-lo — disse ela.

Agora ela me deixara na ponta de meus cascos mentais. *Mudar-me?* O que diabos queria dizer?

— Conversaremos sobre isso depois — disse. Outra beijoca. Então, falou: —Vou chamar Gilly.

Chamá-lo?

— Sabe onde ele está? — perguntei.

—Vou *chamá-lo* — reafirmou, como se para encerrar o caso. Não era importante saber onde se encontrava. Ela o *chamaria*. Mais uma prova. Ruthana tinha poderes. Mudaria-me. Chamaria Gilly. Ponto final. Uau.

Virou-se e olhou para o bosque distante. Não vi qualquer alteração particular em suas feições. Não mudou o olhar, cerrou os lábios ou franziu as sobrancelhas. Apenas... olhou para o bosque. Sem que eu percebesse qualquer nervosismo físico, "chamava" seu irmão. Uma correção. Meio-irmão. Perguntei-me, por alguns instantes, se ela teria ainda alguma família.

Não levou muito tempo. Eu estava preparado para uma debandada de elefantes numa floresta de bambus. Mas não ouvi nem um só ruído. Nem mesmo o vi se aproximar a distância. Abruptamente, ele surgiu ali. Teria se materializado no ar? Não saberia dizer. Foi tudo muito rápido. Poderia ter — como fez Ruthana — disparado em nossa direção vindo da floresta. Por outro lado, poderia ter simplesmente se materializado diante de nós. A magia estava se tornando algo corriqueiro para mim. Àquela altura, era capaz de acreditar em — e aceitar — qualquer tipo de coisa.

Como era Gilly? Bem, era sólido, e não, como sugerira Magda, imaginário. Vestido de verde, da altura de Ruthana. Nem perto de ser atraente como Ruthana. Ela era de uma beleza esplêndida. Já ele — como poderia dizer — era razoavelmente masculino. Cabelos negros (e bastante grossos), olhos negros, feições regulares, porém comuns. Era sua expressão que o diferenciava.

Mau.

Claramente, não tinha qualquer consideração pela minha pessoa — a não ser que fosse ódio. (Sua expressão me assustava.) Parecia pronto para investir contra mim sem qualquer aviso, disposto a me estrangular fatalmente.

Mas, em vez disso, olhou fixamente para Ruthana. De cima a baixo. *Incestuosamente?*, pensei, ficando tenso. Não conseguia muito bem decifrá-lo, pelado daquele jeito. Mas não, tratava-se de desgosto, menosprezo. Porque eu estava nu? Sem dúvida. Por que Ruthana não deixou que me vestisse antes?

As primeiras palavras de Gilly foram:

— Mudou sua forma por *isso*?

— Quero que o deixe em paz — disse ela. Não era um pedido. Era uma ordem.

Seria aquele o jeito como o povo das fadas suprimia o riso? Soava mais como um bufo.

— *Deixá-lo em paz?* — perguntou ele. Completamente desdenhoso, até mesmo arrogante.

— *Deixe-o em paz* — disse ela. Seu tom de voz era firme e destemido.

Seguiu-se um duelo de olhares. Se seus olhos trocassem rajadas de fogo, eu não ficaria surpreso. Era uma disputa entre rivais equivalentes, mas seria mesmo assim? Não. Uma vez que Gilly se afastou, abaixando o olhar carrancudo. Não havia dúvidas. Ele era, no mínimo, incapaz de confrontar Ruthana. Ou, no máximo, ele a temia. E ela *me* amava? Aquela fada poderosíssima? Inacreditável. Mas, ainda assim, eu tinha de acreditar.

— Agora quero que aperte a mão dele — disse Ruthana. Uma ordem serena, porém decidida.

— *Isso não* — disse Gilly. Ou melhor, rosnou. Caso se transmutasse num lobo, eu não teria me surpreendido. Ficaria apavorado, mas não surpreso.

— Então, *vá* — disse Ruthana —, e que os deuses o protejam se um dia você machucá-lo.

Gilly lançou-lhe um olhar de ódio.

— Fique fora do meu caminho — disse a ela. — Ou será você a *morrer*.

Com aquelas palavras, ele foi embora. Desmaterializou-se. Sei disso agora. Poderia Ruthana fazer o mesmo? Tinha certeza de que sim. E a perspectiva de ter seu meio-irmão me espreitando da escuridão, devo dizer, me enervava.

Ruthana percebeu minha angústia evidente e se aproximou, colocando seus braços ao redor de mim. E, num instante, a poderosa Ruthana renasceu como meu anjo afetuoso. Só por um momento cheguei a questionar minha sanidade ao confiar nela assim de maneira tão integral. Em seguia, o sr. Masculinidade reafirmou sua (incontrolável) presença aprumada.

Antes que o óbvio ocorresse, entretanto, um ínfimo resquício de racionalidade se acendeu em mim, e perguntei a Ruthana:

— Poderia me dizer uma coisa?

— Claro, meu amor — respondeu. Fiquei feliz por não ter me chamado de "querido", como fazia Magda.

— Você mencionou que poderia... me mudar — disse eu. — Como?

— Apenas no tamanho — foi sua resposta. — Tenho de fazê-lo, Alex. Não gosto de me transformar em humana. Não estou acostumada. É algo que me deixa infeliz.

— Então, vai me deixar menor — disse eu.

Sim, é possível — disse ela. — Mas só se estiver disposto.

— Sim, estou — respondi. E, então, cautelosamente perguntei: — Vai doer?

Ela sorriu.

— Um pouquinho — disse.

Acho que tive um calafrio.

— E como iria me sentir? — perguntei.

Outra risada infantil.

— *Menor* — disse ela.

Ó céus, pensei. *Menor*. Para continuar com Ruthana, eu teria de me assemelhar a uma das pessoinhas.

Resumindo: tornar-me fada.

Capítulo Vinte e Dois

E, então, aconteceu. O inevitável. Ruthana sentou-se em meu colo. Escorreguei com facilidade para dentro dela. Por um breve instante, perguntei-me se aquilo significava que não era virgem. Não me importava. Sabia que sua mente, em relação a mim, era virginal. Desconheço os motivos que me levavam a pensar assim. Mas o fazia. Era a primeira vez que ela fazia sexo daquela maneira. Com amor integral. Contou-me depois.

Seus movimentos eram sutis. Sua respiração acelerou, mas de maneira tão leve que mal pude perceber. Igualmente mínimos, seus ruídos de amor eram quase inaudíveis. Havia uma grande diferença entre os suspiros, gritos e gemidos de Magda e a excitação delicada de Ruthana. Minha inclinação inicial foi de empurrar e afastar meu corpo, como fazia com Magda. O jeito sereno de Ruthana me conquistou, e entendi que aquela movimentação selvagem era desnecessária. Estávamos fazendo amor, não nos entregando à luxúria.

Acabou rápido. Praticamente imóveis, alcançamos o clímax juntos — o único momento em que puder escutar um *Oh!* audível vindo dela. Isso para não mencionar meus gemidos patéticos. Ruthana, sorrindo, beijou-me carinhosamente. Nunca senti um estado de êxtase simples como aquele. Não se tratava de algo carnal. Ou de libertinagem.

Era o paraíso.

* * *

Em algumas horas, meu paraíso se tornaria um inferno.

Aconteceu da seguinte maneira.

— Tenho de voltar — disse a Ruthana.

Sua expressão, até então alegre e confiante, se transformou numa máscara de medo e decepção.

— *Por quê*, Alex? — perguntou.

— Tenho que dizer adeus para ela — respondi.

O desapontamento foi suprimido por uma sensação de puro terror.

— Mas não é *seguro* — argumentou ela.

— E aqui estou seguro? — perguntei.

— Sim, está — respondeu. — Podemos protegê-lo.

— Gilly também? — Minha pergunta trazia consigo um rótulo: *Desconfiança*.

— Não — disse. — Mas o deixará em paz. *Eu* irei protegê-lo. Assim como Garal — acrescentou rapidamente. (Garal, Haral... teria alguma conexão?) Um olhar suplicante retesou sua expressão. — Por favor, Alex. Não vá. Não é *seguro*.

Coloquei meus braços ao seu redor.

— Pensou que eu quis dizer que a deixaria — disse. E a beijei carinhosamente.

— Pensei — admitiu. — Mas agora estou assustada. Trata-se de uma mulher terrível, Alex. Uma bruxa perigosíssima.

— Bem, antes de tudo: nunca a deixarei. *Nunca* — disse a ela.

— Obrigada, meu amor — disse. — Eu morreria se isso acontecesse. Mas agora...

Interrompi-a com outro beijo.

— Tenho que me despedir dela, Ruthana. Não estou certo de que ela tenha me atacado. — Coloquei o dedo em seus lábios para cessar seu protesto. — Não estou dizendo que acho que tenha sido você. Sei que não foi. Talvez (a ideia me passou pela cabeça) tenha sido Gilly. Ele não tem o mesmo poder que você?

— Não — respondeu. — Não tanto quanto eu. Se tivesse, já teria atacado todos em Gatford, do jeito que os odeia. Mas nenhum de nós é capaz de tais investidas. Nem mesmo saberíamos como fazê-las. Então, não pode ter sido Gilly. Alex, estou dizendo que foi a bruxa. Eram ataques de bruxaria.

Aquilo me afetou duplamente. Por um lado, fiquei devidamente impressionado com Ruthana. Ela nunca me dissera tanto. Por outro lado, fiquei decepcionado porque minha "descoberta" sobre Gilly se mostrara nula e vazia. Então, *devia* ter sido Magda. E ali estava eu, planejando voltar para ela. Por um instante, a imagem de uma mosca retornando à teia de uma aranha passou por minha mente de maneira desconcertante. Resisti. Tinha que voltar para Magda e me despedir de modo a lhe mostrar minha gratidão. Perigosa ou não, eu teria de deixá-la da maneira correta. Estava carregando um filho meu, afinal. Senti-me mal por abandoná-la com o bebê, mas como poderia continuar com alguém que usara magia negra para me atacar? Precisava terminar tudo com Magda. Ruthana não entendia. Eu tinha de explicar.

— Ruthana, deixe-me contar por que tenho de ir — disse. — *Para dizer adeus* — acrescentei prontamente, vendo uma expressão de alarme surgir novamente em seu rosto. — Ela foi muito boa para mim. Ela me *curou*, pelo amor de Deus! Tinha uma ferida terrível no quadril e perna direitos; aconteceu nas trincheiras, na França, depois de uma explosão. Parte de mim foi estraçalhada; você nunca viu, graças a Deus! E ela a *curou*! Talvez tenha usado um ritual de bruxaria para isso, mas me *curou*. Fiquei completamente curado. Sempre vou dever isso a ela.

— Mas — começou Ruthana.

— Deixe-me terminar — disse eu. — Magda foi muito boa para mim nos últimos meses. Cuidou de mim como se fosse minha mãe. (*Não me pergunte se dormi com ela!*, implorou meu cérebro.) Cozinhou para mim, lavou minhas roupas. Conversamos. Fizemos longos passeios juntos. Foi tudo muito prazeroso. Nunca me senti em perigo. Nem por um só instante. — Evitei mencionar o manuscrito. — Estou fazendo parecer que tenha planos de ficar com ela, mas não é nada disso. É só que, muito provavelmente, ela não tem ideia do que aconteceu comigo. Saí para passear e desapareci. Deve estar chateada. Então, *por favor*. Não pense, nem por um segundo, que quero deixá-la. Não é verdade. Quero passar o resto da vida com você. — Esforcei-me para abrir um sorriso. — Vou até encolher por você.

Minha tentativa foi em vão. Sabia que tinha de lhe contar. Seria errado esconder. Completamente errado.

— Ruthana — comecei. Lançou-me um olhar preocupado, como se soubesse que eu estava para lhe revelar algo terrível.

O que era verdade.

— Magda está... — não consegui dizer a palavra — ... com bebê.

Olhou-me fixamente. Emudecida.

— Sei que deveria ter contado antes — disse. — Mas tinha medo.

— Por quê? — questionou. Tão inocentemente que me perguntei se teria ouvido a entonação certa.

— *Por quê?* — repeti. Parecia mais como uma reclamação, embora não fosse aquela a ideia.

— Acha que todos nós não tínhamos já suposto que você e ela estavam...? — Agora foi ela quem não conseguiu dizer a palavra.

— *Não era algo que envolvia amor* — disse eu. — Não, isso não é verdade — consertei, determinado a agir com transparência. — Não vou retirar tudo o que disse em relação a Magda. No início, *havia* amor. Magda me deu amor. Eu *confiava* nela. — Aquilo também era verdade. — Depois... foi *diferente*. Passei a ter medo.

Segurei sua mão.

— Ela tinha um filho, que morreu na guerra. Queria que eu o substituísse. — Rangi os dentes. — Em *todos os aspectos* — disse. — E foi o que fiz, que Deus tenha misericórdia. Foi o que fiz. — Aspirei o ar com dificuldade, debilmente... Se não puder me perdoar, irei compreender. De verdade. Juro.

Ela não respondeu. Em vez disso, deu-me as costas e foi embora! Fiquei estupefato! Teria eu fracassado em minhas explicações? Fiquei imóvel, aterrorizado. Seria agora minha volta para Magda algo permanente? Todos os tipos de possibilidades lúgubres passaram pela minha cabeça. Magda nunca me perdoaria. Saberia exatamente o que acontecera. Eu lamentaria para sempre aquele dia. De verdade.

Não foi bem assim. Para minha surpresa, ali estava Ruthana outra vez diante de mim. Segurava um pequeno frasco nas mãos. Estendeu-o em minha direção.

— O que é? — perguntei.

— Proteção — disse. — Se tem mesmo de ir...

Ela me explicou que o frasco continha uma espécie de pó. Descobri, de maneira chocante, que se tratava do pó que provavelmente cegara e matara o sr. Brean.

— *Não quero matá-la, Ruthana.* — Tudo tinha um limite. — Quero apenas me despedir.

— Não *quero* que ela acabe com sua vida — disse Ruthana. — Não gosto de matar. Mas você tem de se proteger. Caso ela... — Hesitou. — ... se volte contra você.

— Ruthana, não acho que ela se "voltará" contra mim — disse. — Ela me ama. — Vendo aquela expressão novamente, acrescentei: — Bem, pelo menos foi o que ela disse. Não sei.

Silêncio, então. Ela continuava a segurar o frasco. Relutantemente, peguei-o e o coloquei no bolso do casaco. (Esqueci-me de mencionar que já estávamos vestidos então. Permanecemos confortavelmente nus por — segundo minhas estimativas — mais de uma hora.)

— Vou acompanhá-lo até sair do bosque — disse ela.

Estremeci. Estaria aceitando minha partida assim tão fácil?

Deveria saber que não era aquilo. Aproximando-se, colocou os braços ao meu redor e me abraçou forte.

— Lembre-se do que eu disse — sussurrou. — Se você não voltar, morrerei. — Sabia que estava falando a verdade. Era uma advertência assustadora. Não um aviso ou uma ameaça. Uma declaração de seu amor. Era preciso respeitá-la.

Outro beijo ardente, e então começamos nosso percurso em meio à floresta, de mãos dadas. Em pouco tempo, sem enfrentarmos qualquer tipo de oposição, chegamos à trilha. Estava longe do local por onde tinha entrado no bosque. Meu Deus, teria tudo aquilo acontecido *hoje*? Parecia muito mais tempo.

Ficamos abraçados por pelo menos um minuto. Beijamo-nos.

— Tenha cuidado, meu amor — disse Ruthana, com a voz perceptivelmente abalada. — Use o pó, se for necessário. — Parecia querer dizer *quando* fosse necessário. Evitei pensar naquela possibilidade e a beijei uma última vez. — Eu *vou* voltar — assegurei. — Tudo vai ficar bem.

Mal sabia.

Deixei-a e fui em direção à trilha. Ao partir rumo à casa de Magda, virei-me para a floresta. Ruthana sumira. Teria ido a pé ou desaparecido, como fizera Gilly? De qualquer forma, tal visão era enervante. Será que pensava — ou tinha certeza — de que eu nunca voltaria? Não havia como saber. Mas a possibilidade em si era algo angustiante para mim. Acabei de notar que a palavra "angustiante" contém a palavra "angústia". E é por esse motivo — que descoberta! — que a palavra implica a presença de angústia. Parabéns, A. Black! Candidato ao Prêmio Nobel de Literatura! Só que não.

Onde estava? De volta à trilha, retornando à casa de minha bruxa. João e Maria numa só pessoa. Por que não consigo levar as coisas mais a sério? Sentia-me bem sério percorrendo a trilha de volta. Não fazia a menor ideia de como Magda me trataria quando lhe dissesse que a deixaria. Tinha sido tão — sim, era aquela a palavra — *carinhosa* comigo nos últimos meses.

Mas *agora? Isso?*

Estava quase no caminho que levava à sua casa quando ouvi o grito.

— *Alex!* — Estridente. Alto.

Magda correu em minha direção, com o rosto vermelho e tomado de lágrimas. Soube naquele exato instante que partir não seria a coisa mais fácil do mundo.

— Por Deus, querido, aonde você foi? — perguntou, soando esbaforida. — Estava desesperada!

Ó *céus*, pensei. Uma reação simplista. Mas não poderia deixar que o terror ocupasse minha mente. Se o fizesse, nunca conseguiria voltar para Ruthana.

— Sinto muito — disse eu. Era difícil falar de maneira coerente. Então, como fazia habitualmente, menti. — Estava passeando — afirmei.

Uma mentira estúpida.

— Por *horas?* — perguntou. Não parecia desconfiada, apenas surpresa.

— É uma longa trilha — continuei mentindo. Esperava que fosse longo.

— Eu sei — concordou. Abraçou-me torridamente e percebi, de maneira inútil, é claro, como seus imensos seios eram diferentes dos de Ruthana. — Meu Deus, você me deixou assustada — disse. — Pensei que as fadas o tivessem capturado. — Aquilo me deixou ainda mais desanimado. As fadas *tinham* me capturado. Uma delas, pelo menos. Como eu voltaria para aquela fada agora?

— Não — menti pela terceira vez. Estava me afundando cada vez mais na areia movediça da prevaricação. (Aconselho a vocês que a evitem; permaneçam sobre a terra firme e plana da verdade.) Qual seria a saída? Por um momento, considerei recorrer ao pó logo de imediato, cegando Magda e batendo em retirada rumo ao bosque.

Não podia fazer aquilo. Renunciei ao impulso. Aquilo malograria minhas intenções, destruiria meu propósito. Que era honesto. Mesmo agora, fico satisfeito com minha atitude. Arremessar o pó no rosto de Magda àquela altura — quando fora tão boa para mim — seria, na melhor das hipóteses, algo desprezível. Tal covardia nunca sairia de minha mente. Devia muito a ela para agir de tal forma.

Então, em vez disso, tentei reconfortá-la enquanto percorríamos o caminho que cortava o gramado rumo à sua casa. Entramos e sentamos no sofá. Abracei-a e seu ardor voluptuoso mexeu com vocês-sabem-quem. (Continuo a lhes dizer que tinha apenas 18 anos, não era nem um pouco maduro!) Apenas quando consegui fazer com que meu distraído cérebro tomasse conta da situação foi que minha estrovenga (acredito que a chamem assim hoje em dia — não tenho a menor ideia de por quê), enfim, aliviou sua tendência automática à inflexibilidade.

Depois, despencou como uma rocha quando Magda disse, com a voz tranquila:

— Está mentindo para mim.

— O quê? — balbuciei, idiota que era.

— Você ouviu — disse ela.

— Não estou mentindo — menti. Pobre e patético Alex. Como conseguiria voltar para Ruthana?

— Está, sim — disse Magda. Com firmeza. — Esteve na floresta outra vez. Com aquela garota-fada.

É isto mesmo, estava lá, pensei. Mas não poderia dizê-lo. Estava realmente me comportando como um covarde. Fiquei envergonhado.

— Não — menti outra vez. *Por que está mentindo?*, culpei minha língua, tentando não pensar que era meu cérebro o responsável. *Tinha* de mudar de direção. — Sim — obriguei-me a dizer. — Tem razão. Estive lá. Foi por isso que...

Fui interrompido no meio da frase quando Magda se afastou de mim — deveria ter dito "me empurrou" — e lançou-me um olhar decidido — deveria ter dito "penetrante".

— Seu mentiroso do caralho — chamou-me.

Sua mudança de comportamento e o emprego do palavrão me chocaram.

— Magda, me desculpe — comecei —, por...

De novo, parei no meio. Dessa vez, provocado por seu discurso repentino. (Deveria ter dito "discurso enfurecido".)

— Tinha de voltar para aquela putinha da floresta, *não é mesmo?* — acusou. — Tinha que foder como fazem as fadas! Foi bom?! Gozou dentro dcla?!

Aquilo já era demais; meu gênio subjugou minha vergonha.

— Magda, agora basta! — gritei. — Ela é completamente inocente.

— Inocente, é mesmo?! — retribuiu o grito. — Fazendo com que entrasse na floresta para trepar com ela!

— Pare com isto! — berrei. — Não foi isso que fez!! Ela me *ama!* — Foi quando fiz a declaração incriminadora derradeira: — E eu *a amo!*

Magda ficou em silêncio absoluto. Seu rosto empalideceu e ela me fitou com um olhar assassino. Com a voz carregada, disse:

— Vai se arrepender por ter dito isso.

— *Por quê?* — perguntei, sem saber a extensão de sua raiva. — Eu também te amo. É que...

— Não diga isso, seu mentiroso de merda — disse Magda, novamente me surpreendendo com seu linguajar. — Sei que não me ama. Sou apenas Magda para você. Sua *quenga bruxa.*

De alguma forma, senti que estava certa. Era *assim* que me sentia em relação a ela.

— Fui sua mãe — disse Magda. — E você adorava foder sua mãe.

— Não — foi tudo o que consegui dizer, engasgado, antes que ela continuasse.

— Você se pergunta se Edward me fodia! Sim, é claro que fodia! Foi por isso que se alistou! Não foi por isso que você se alistou, seu merdinha?! Porque adorava foder sua mãe?! E se sentia culpado por fazê-lo?

— Não — protestei. — Está *enganada!*

Ela me ignorou. Continuou falando; a torpeza de sua mente me deixou repugnado.

— Sua mãe era uma puta! — gritou. — Ela adorava chupar seu pau, não é verdade?! *Não é verdade?! Filhinho?!*

— Você é uma pessoa horrível — disse eu. — Está doente. Sinto pela criança.

— Ah, você *sente?!* — perguntou. — Não se preocupe, não há criança alguma.

Não me lembro bem, mas acho que fiquei boquiaberto.

— O *quê?* — disse eu, com a voz quase inaudível.

Ela me ouviu, entretanto.

— *Não há criança alguma*, Alex. Eu me livrei dela.

Deus do céu. Era tudo em que conseguia pensar. Meu cérebro subitamente foi invadido pela lembrança pavorosa do autoaborto de quimeras indesejadas. Tentei me livrar daquele pensamento, mas a imagem sanguinolenta obscureceu minha consciência.

— Você fez *aquilo?* — perguntei; com a voz *bem* baixa.

— *Sim, querido, eu fiz* — disse, com um sorriso perverso. — Enterrei nossa filha, ou o que havia dela, no jardim. Quer que desenterre seu corpo?

— Como pôde fazer algo assim? — balbuciei.

— Quer que eu *descreva?* — perguntou. Com aquele sorriso perverso outra vez.

— *Não* — respondi.

— Você pensava que eu queria um filho seu — continuou. — Mas *não*. Eu queria um filho de Edward. Como ele estava morto, recorri a você. Mas queria um filho que pudesse ser meu amante. O bebê era uma menina, e eu não queria uma menina. Então a arranquei de mim e enterrei os pedaços! *Quer que eu continue?!*

Senti como se meu cérebro fosse apertada por um gélido torno. Mal conseguia respirar. O que dissera me congelara o sangue. Tudo o que conseguia fazer era balançar a cabeça. Pelo menos acho que balancei a cabeça. Talvez não.

Magda mostrou os dentes.

— Ainda quer que eu seja sua mamãe, não quer? — Com um puxão, abriu o vestido e colocou para fora os seios, agora inchados, empurrando-os em minha direção. — Isso, chupe as tetas da mamãe — disse, cinicamente. — Mame outra vez nas tetas da mamãe.

Tive de lutar contra minha pélvis incontrolável. Não foi assim tão difícil, entretanto, tão horrorizado ficara com seu comportamento insano.

— *Fique longe de mim* — disse a ela.

Mas ela não cedia. Empurrando-me, tentou colocar os seios em meu rosto.

— Beba o leite da mamãe! — ordenou. Para minha estupefação, um líquido leitoso começou a vazar de seus mamilos rígidos. Não poderia ser algo natural! Tinha de ser um de seus truques. Confesso que quase sucumbi.

Aquilo era demais para um adolescente suscetível a erros. O modo como consegui lidar com aquilo foi um tributo ao meu amor por Ruthana e, secundariamente, muito secundariamente, ao meu senso de retidão.

Foi quando a ideia me veio repentinamente. Poderia dizer que me inspirou, mas dificilmente se tratava de uma inspiração. Era mais como um método audacioso de defesa.

— Isso é um tipo de *bruxaria?* — perguntei com rispidez, tentando empurrá-la para longe. —Tirou daquele seu manuscrito?

Magda enrijeceu, e o fluxo que jorrava dos seios cessou abruptamente. Olhou para mim do jeito como Medeia deve ter olhado para os filhos — com amor e ódio combinados.

— *Você foi à minha biblioteca* — disse. A maneira como falou me fez gelar os ossos. Agora eu estava realmente assustado. Enfurecera uma bruxa que me odiava e provavelmente desejava me ver morto.

— Sinto muito — tentei dizer —, não era minha intenção...

Não tinha uma conclusão para minha desculpa esfarrapada. Simplesmente não existia. E eu sabia daquilo. E Deus lá sabia que Magda também sabia. Perguntei a mim mesmo (agora apenas semi-alerta) o que ela estaria fazendo quando se afastou e se apoiou. Não fechou o vestido. Tirou-o por cima da cabeça e o jogou de lado. Agora estava nua. Fiz um esforço para levantar e movi-me com uma rigidez penosa rumo à porta da frente.

— *Nada disso* — proclamou Magda. — Mamãe não quer que você vá embora. — Mal conseguia falar (era mais como um rosnado), mas sua intenção era clara. Colocou-se de pé e cambaleou até o fim da estante. Tateando a lateral, puxou dali uma espada; parecia mais um facão. Veio em minha direção. — *Sua cabeça será minha* — resmungou, com a voz grossa; sua garganta parecia entupida. Continuei a me mover desajeitadamente rumo à porta.

Com um grito surpreendente e aterrorizante, Magda começou a correr. Lancei um olhar rápido para trás. Ela manejava a espada com a clara intenção de me decapitar. Pude ver seus seios, que balançavam para cima e para baixo. Não fiquei excitado. Estava apavorado demais. Meu Deus, como estava com medo!

— *Você não pode fugir!* — gritou Magda, com a voz assustadoramente alta.

O pó!

Girei e afundei a mão o máximo que pude dentro do casaco. Para meu horror, quase deixei o frasco cair, fazendo malabarismos antes de conseguir agarrá-lo. Magda estava quase em cima de mim. Lutei com o frasco na tentativa de abri-lo. Magda me alcançou, desferindo um golpe feroz com a espada. Não sei que tipo de instinto me salvou. Abaixei-me para escapar do movimento da lâmina. Magda tropeçou, depois de perder o equilíbrio diante de sua enlouquecida tentativa de me degolar. Abri o frasco e lancei o pó cinzento em seu rosto.

Ela gritou de dor e vi que boa parte do pó acertara seus olhos. Magda cambaleou para o lado, soltando a espada e levando a mão, mal-orientada, para os olhos repentinamente cegados.

— Seu cretino! — gritou. — *Seu cretino de merda!*

Não perdi tempo. Enfraquecido, continuei a caminho da porta e a deixei debatendo-se pela sala, incapaz de enxergar, com lágrimas incontroláveis escorrendo pelo rosto; seu corpo trôpego colidia contra a mobília, e Magda rosnava ao acertar os móveis menores.

Abri a porta da frente e parti, correndo sem parar até alcançar a trilha.

Ruthana estava à minha espera.

Agarrei-me a ela com um desejo violento.

— Graças a Deus — disse eu.

Repeti aquilo tantas vezes — não conseguia pensar, estava apenas tomado de gratidão — que perdi a conta. Estava a salvo. Era tudo o que sabia. *Estava a salvo.*

Outro engano.

III

Capítulo Vinte e Três

A primeira coisa que minhas amigas fadas fizeram foi me encolher.

Sei que soa forçado. Na verdade, parece algo inventado por Arthur Black. Mas posso garantir que aconteceu de fato. De qualquer jeito, se vocês acreditaram em meu relato até agora — com bruxaria e fadas do Reino Médio —, não terão problemas em aceitar que eu tenha perdido um pouco em estatura.

Só Deus sabe como foi difícil engolir a bebida que me deram para encolher. Vomitei metade dela. Perder *um pouco* em estatura: foi o que eu disse? De 1,90 metro para 95 centímetros? *Uau*. É isso que chamo de diminuir!

Mas consegui. Tinha de fazê-lo. Não poderia viver com Ruthana de outra forma. Sei que ela assumira estatura humana anteriormente, mas era algo temporário; ela não poderia ficar daquele jeito para sempre. Fez aquilo só para — bem, vocês se lembram. (Estou enrubescendo por dentro.) Além disso, eu não poderia manter minha altura humana. Não era aceitável, nem permitido. Tinha de encolher. Sei que parece ridículo, mas era um fato. Permanecer no tamanho real? Impossível. Seria expulso do Reino Médio. E aquilo era inaceitável para mim. Amava Ruthana demais. Demais até demais.

Assim, suportei três semanas de — como posso chamar? — encolhimento. Não era muito agradável. Não mesmo. Lembram-se de como lhes disse que uma bruxa poderia ficar invisível? A carne se contrai lentamente, os ossos vão perdendo densidade aos poucos e os órgãos se dissolvem. Passei por uma experiência equivalente. Podia *sentir* meu corpo encolher. Quanto mais bebia aquele líquido horroroso, mais rápido tudo acontecia; principalmente na terceira semana. Passei uma noite inteira de pura agonia. Ruthana tentou me confortar. Foi em vão; ela subestimara o processo. Acho que sabia o quanto seria doloroso, mas não quis me deixar assustado.

Não havia nada que ela pudesse fazer. O encolhimento estava em curso e não existia maneira de revertê-lo enquanto acontecia. Como era *simples* o processo para eles: Bum! Estava mudado o tamanho. Fácil assim. Mas não para mim. Se não amasse tanto Ruthana, teria pedido (implorado!) para que dessem cabo ao meu sofrimento: o esqueleto encolhendo enfadonhamente (boa trinca!), a carne retrocedendo aos poucos, até mesmo meus olhos (por Deus, meus olhos!) diminuindo de tamanho. Tudo aquilo num quarto solitário sabe-se lá onde. Numa simples choupana. Que suplício.

Finalmente (se demorasse outra semana, não teria... suportado, digamos assim) estava tudo terminado: eu tinha agora o tamanho de uma fada. Eu sei, soa simplório (outra trinca!). Mas — apesar de tudo — *aconteceu* de fato. Ruthana e eu tínhamos a mesma altura; daquele momento em diante, meu nome mudou para Alexi. Comemoramos o sucesso da empreitada com bastante "amor". Enquanto "celebrávamos", pensei que o processo poderia ter — em minha mente desequilibrada — continuado ininterruptamente até que eu ficasse do tamanho de um vaga-lume, dimensões que eles alegavam poder assumir. De 1,90 metro a um inseto! Uma imagem perturbadora. Aquilo retardou meu clímax.

Não por muito tempo, porém.

❦ ❦ ❦

Nosso casamento foi modesto. Nada de hordas de convidados aplaudindo. Nada de orquestra tocando Mendelssohn. Nada de baile. Nada de jantar com lugares marcados e opção de peixe ou frango.

Apenas Ruthana e eu.

Juntos numa clareira paradísica (se essa palavra não existe, deveria) em meio à floresta. Próximos a um encantador (essa, *sim*, a palavra apropriada) riacho borbulhante, cercados de bétulas (árvores sagradas para o povo das fadas) e flores de tonalidades tão vívidas que hesito em descrevê-las. (A. Black tem suas limitações.) Digamos apenas que eram flores celestiais e deixemos por isso mesmo.

A cerimônia foi igualmente modesta. Não quero dizer modesta; nenhum de seus elementos era "modesto". Quero dizer que não durou horas; estava tudo terminado depois de alguns minutos.

Ruthana usava um vestido de tecido azul bem fino, quase transparente. Nunca, em toda a minha vida — e talvez na próxima — vira tamanha beleza. Cabelos dourados, rosto angelical, corpo delicado — entendem agora por que usei as palavras "paradísica" (quer exista ou não) e "celestial". Não poderia empregar outros termos.

Havia, obviamente, algumas diretrizes para nosso casamento. Eu não poderia perguntar a Ruthana sobre sua vida antes de me conhecer. Não poderia levantar a mão para ela. Jamais. Não poderia olhar para ela em certos períodos (acho que sabem do que estou falando; até mesmo as fadas estão sujeitas aos caprichos da lua).

Uma vez que não vi qualquer dificuldade em seguir aquelas normas, nossa união foi permitida. No nosso caso, sem o bafafá típico do Reino Médio, mas ainda assim foi permitido.

Não poderia ter sido melhor. Ruthana e eu naquele cenário maravilhoso, bebendo uma poção deliciosa, enquanto ela sussurrava um antigo feitiço de amor.

Você por mim
E eu por você

E ninguém mais
Seu rosto para o meu
e sua cabeça do lado oposto
de todas as outras

Gostaram? Eu, sim. Bastante.

Foi uma noite repleta de "amor". Ininterrupta. Éramos o sr. e a sra. Alexander (Alexi) "Ninguém" (exceto em termos relativos, é claro).

Sentia como se estivesse em meu lar. Doce lar. Um lindo lar: as florestas de Gatford. Um lar seguro.

❦ ❦ ❦

Bem, não exatamente. Ainda tínhamos de lidar com Gilly. Da primeira vez que ele me viu com minhas novas dimensões, disse (de maneira antipática, como sempre):

— Acha que é um de nós agora, não é mesmo? Mas *não é*. Ainda é um Ser Humano. (Foi assim que ele se expressou, como se as palavras tivessem letras maiúsculas. E fossem imundas.)

Foi aquilo que aconteceu na primeira vez que me atacou. Um ataque classe A com um saque de mestre; aquele era Gilly. O bom e velho Gilly.

Ruthana e eu caminhávamos de mãos dadas. Ela nunca saía de perto de mim. À noite, enquanto eu dormia, invocava uma espécie de energia para me manter protegido. Ou então fazia algo para Gilly adormecer, o que o deixava furioso. Como se ele precisasse acrescentar mais fúria à sua inesgotável reserva. Ruthana até mesmo aguardava por mim — paciente e discretamente (até demais) enquanto esvaziava minha bexiga e/ou meu intestino. Meu Deus, como tinha paciência! Não me agradava a ideia de que ela tivesse de estar sempre alerta por causa de seu meio-irmão insano, mas era assim. Aquele era o preço que eu tinha de pagar para viver com Ruthana. E estava feliz (parcialmente) em fazê-lo.

Como disse antes, caminhávamos pela floresta de mãos dadas. O verão ainda imperava, a folhagem das árvores era de tirar o fôlego, com diversos tons de verde, e o solo estava coberto por plantas das mesmas cores. Crepitavam sob nossos pés, enquanto andávamos. Ruthana estava descalça; eu usava um par de sapatos tirado da volumosa coleção de Gilly. (Aquilo também não o deixou muito contente, posso lhes dizer.)

Durante o passeio, fiz a Ruthana uma pergunta que não me saíra da cabeça desde que nos conhecemos, se não me engano, em junho. Se era capaz de manter Gilly sob controle, por que me fez fugir dele naquela ocasião?

Sua resposta foi imediata — e encantadora. Disse-me que sabia que se apaixonara por mim, mas ficara confusa diante daquele sentimento (algo que nunca lhe acontecera antes — e não fiz qualquer pergunta sobre isso) e só conseguiu, agindo por impulso, fazer com que eu escapasse de Gilly e saísse da floresta. Antes de nos separarmos, tudo o que veio à sua mente foi dizer que me amava. Aceitei tal explicação sem qualquer vestígio de dúvida.

Tanto que pedi outra. Dizia respeito à festa barulhenta que ouvi aquela noite em meu chalé. Fora real ou apenas fruto de minha imaginação? Provavelmente acontecera de verdade, respondeu, de modo simples. As festas no Reino Médio geralmente são espalhafatosas e as pessoas fazem pouco esforço para suprimir sua alegria.

— Aquilo o impediu de dormir? — perguntou, preocupada. Beijei sua mão e disse que não fora tão ruim assim, que eu queria apenas saber o que era.

Uma vez que o aumento de tamanho era uma capacidade apenas temporária para o povo das fadas, contei a Ruthana que me divertia a ideia de como os "rapazes das trincheiras" deveriam ter reagido à visão de Harold encolhendo a seu tamanho natural quando morreu.

Ruthana sorriu, mas explicou que ele não poderia — sozinho e longe de sua verdadeira casa — ter mantido sua estatura humana. Precisou de ajuda.

— Como fez, então? — perguntei.

— Da mesma maneira que você — respondeu ela.

— *Passou por toda aquela dor?* — continuei, perplexo.

— Fazendo o caminho inverso, obviamente — disse.

— Era assim...? — hesitei em perguntar. Mas o fiz. — Juntar-se ao Exército era assim tão importante para ele?

— A Inglaterra era importante para ele — foi sua resposta.

— E Gilly...? — comecei, mas não consegui terminar.

— Como sabe, Gilly destesta os seres humanos — disse ela. — A Inglaterra são os seres humanos.

— Entendo — disse eu, lembrando que me alistei no Exército não por amor à América, mas sim por ódio a vocês-sabem-quem. Deveria parar de chamá-lo assim. Era o capitão Bradford Smith White, da Marinha dos Estados Unidos. Ainda é, acredito. Não, não poderia (que Deus me livre) ainda estar vivo. A Marinha dos Estados Unidos e o mundo deveriam ter se livrado dele a essa altura. Caso contrário, teria — deixem-me ver — pelo menos 109 anos agora, seria mais uma ameixa enrugada do que um homem, ainda cruel como o diabo, reclamando de tudo numa casa de retiro naval em algum lugar da Costa Leste. Uma imagem medonha. Será que nunca irei me livrar do seu ego deletério?

Tendo eu sido involuntariamente reinserido num núcleo familiar, perguntei — sem pensar — sobre a família de Ruthana. Sua família de verdade, de sangue.

Sua resposta foi hesitante, até mesmo reservada. Disse-me que no Reino Médio não existem famílias como as conhecemos. Todos formam uma só família. O senso de unidade vem de uma relação de ambiente e afinidade, não de sangue. Ruthana *tivera* um pai de verdade, morto num acidente, então a família (em certo sentido) de Garal a "adotara" e a criara. Assim, na verdade, chamar Garal de padrasto e Gilly de meio-irmão não era muito preciso. Mais que isso não posso dizer. Jamais entendi. Era tudo muito confuso para mim. Preferi acreditar que Ruthana morava num recinto na floresta com Garal, Eana (sua madrasta?) e Gilly. E outro irmão que não conheci, pois deixara o grupo. E Harold, é claro, não posso me esquecer de Harold (Haral).

Dei início a isso tudo dizendo que se tratava do primeiro ataque de Gilly à minha pessoa. *Mea culpa*, galera. É a velhice outra vez. Ou algo assim. Por outro lado, como poderia ter escrito todo esse relato se meu cérebro estivesse imerso num mar de senilidade? Não poderia. Taí.

Enquanto caminhávamos, sentia que nos observavam. Não era a primeira vez que experimentava aquela sensação inquietante. Quando a mencionei a Ruthana, ela me disse — com tranquilidade, como sempre — que poderia ser Gilly, embora provavelmente fosse só minha imaginação, já que, exceto por uma coruja voando de galho em galho, obviamente nos seguindo, nunca chegara a sentir que Gilly estivesse atrás de mim.

— Olha ali aquela maldita coruja outra vez — disse eu, vendo-a empoleirada numa árvore à minha esquerda. — Não é mesmo Gilly?

— Pode até ser — respondeu Ruthana. — Mas não representa perigo.

— Estou ficando cheio de me preocupar se ele está me seguindo — disse eu. Lamentando-me, é claro. É claro, é claro. Venho usando demais essa expressão. Estou ficando cheio dela. Mas não tão cheio quanto estava da hostilidade de Gilly; A. Black, no entanto, estava cheio, o autor estava cheio. Odeio usar uma expressão tão banalizada, ainda que adequada.

Seus dedos apertaram os meus.

— Não tenha medo, meu amor — tranquilizou-me. — Estarei sempre ao seu lado.

— Eu sei — respondi. — Eu sei. Mas às vezes me pergunto se eu deveria mesmo estar aqui.

— *Alexi, não diga isso.* — As lágrimas lhe vieram imediatamente aos olhos, descendo por suas bochechas.

— Não chore — pedi. — Não a deixaria por nada no mundo.

— Por que diz essas coisas então? — questionou. — Acha que não deveria estar comigo?

— Não *você* — disse eu. — Sempre estarei com você. Mesmo se tiver de raptá-la e levá-la...

— Para o *Mundo Humano?* — perguntou. Parecia horrorizada.

— Não, não — afirmei. — Nunca faria isso. — Meu raciocínio ilógico se tornara uma armadilha. Como poderia me desvencilhar agora?

O que aconteceu em seguida me pegou completamente de surpresa.

— Olhe! — disse ela, apontando para um riacho, ao lado do qual caminhávamos.

Virei-me para ela, sem saber por que estava apontando.

— Eu disse *olhe!* — ordenou, segurando minha nuca (Deus, como seus dedos eram fortes!) e girando minha cabeça na direção de... quê?

O que quer que fosse, começava a tomar forma — uma criatura que lembrava um dragão, com a cabeça de uma naja e braços magricelos que usava para se manter na vertical. Tinha uma crista de galo e, ao respirar, emergiam da boca duas pequenas chamas.

— Meu Deus! O que é isso? — perguntei. Fiquei completamente sem ar.

— É um *basilisco* — disse Ruthana, com a voz baixa. Tão baixa que meu sangue congelou. A. Black muitas vezes fora criticado, ou elogiado, por escrever sobre aquilo. Mas A. Black jamais vira um basilisco de verdade.

Eu, sim. E tratava-se de uma visão pavorosa. Sua pele — se é que se tratava mesmo de sua pele — era cinzenta e sarapintada, parecendo mais a casca de uma árvore. Os olhos — eis onde surge o obstáculo, como dissera Hamlet.

— *Evite seus olhos* — alertou Ruthana. Novamente em voz baixa, me deixando aterrorizado.

— *Por quê?* — perguntei, como um menino tolo.

— *Apenas faça o que digo* — respondeu. Cada palavra soando como se fosse grifada em itálico.

Não olhei. Ruthana disse algo mais. Sobre o veneno mortal do basilisco. Ouvi tudo, paralisado de medo.

— Não está olhando em seus olhos, está? — perguntou. Suplicou.

— Não, não estou — disse. — Ele não vai nos atacar, vai?

— Não, pode deixar comigo — afirmou.

Então, ergueu ambas as mãos e gritou algumas palavras, que não consigo recordar, parte em latim, parte em francês e parte... bem, parecia uma linguagem sem nexo para mim.

O que quer que fosse, o dragão com cabeça de serpente foi sumindo pouco a pouco. Todo o incidente (pesadelo) não durara mais do que alguns minutos, talvez dez, no máximo.

— Graças a Deus — balbuciei.

— Ou a *mim* — disse ela. Por um instante, pude vislumbrar seu (como posso descrever?) ego de fada.

— Você me disse para evitar seus olhos — comecei.

— Sim — respondeu ela.

— *Por quê?*

— São fatais — explicou. — Um só olhar pode acabar com voce.

Abri a boca para responder, mas ela prosseguiu.

— Mas o que é mais importante é que você olhou para ele antes.

— *Antes?* — perguntei, agora totalmente confuso.

— Enquanto estava se *formando* — disse ela.

— Foi por isso que você agarrou minha nuca? — perguntei.

— Sim — disse ela. — Tinha que fazer com que você o visse antes que ele visse você.

— E se não o fizesse? — indaguei.

— *Você estaria morto* — respondeu. Mais uma vez, com a voz baixa. Senti um calafrio.

— Ó *Alexi* — disse ela. — Eu o assustei. Perdoe-me.

Tentei sorrir. Ou esboçar um sorriso, na verdade — mas estava fora de meu alcance.

— Você tem mãos fortes — disse eu. Queria que soasse como uma brincadeira. Não consegui. De repente, Ruthana foi tomada de culpa e dor, caindo no pranto, de maneira incontrolável, parecia. Abracei-a, pensando por um instante como nossos corpos se encaixavam bem agora que eu tinha 95 centímetros de altura, não 1,90 metro como antes. — Não chore — disse a ela. —Você salvou minha vida. Outra vez.

— É tudo tão ruim assim? — perguntou, entre soluços.

— Não, minha senhora — respondi, pronto para fazer outra piada ruim. —Vivo para o perigo. Sou Alexandre, o Grande. Quero dizer, Alexi.

Ela sabia que não tinha qualquer graça, mas foi simpatica mesmo assim.

— Obrigada, Alexandre — disse. — Quero dizer, Alexi.

Depois, tudo ficou sério de novo.

— Não há perigos no *seu* mundo? — perguntou, claramente em busca de uma resposta que a tranquilizasse.

Mais uma vez, recorri a um humor de péssima qualidade, ainda que bem-intencionado.

— Claro que sim. Apenas guerras, entretanto. Nada de basilicos. — Até errei a palavra. Tinha 18 anos (quase 19), o que posso lhes dizer?

— Estar aqui lhe faz tanto mal assim? — perguntou ela. Do fundo da alma (a palavra perfeita).

— Não, absolutamente — respondi. — Contanto que esteja a seu lado, para mim é como estar no paraíso. — *Você está exagerando um pouco, Alexi*, disse a mim mesmo. Mas era verdade.

Meio verdade, pensei.

Capítulo Vinte e Quatro

Então era isso. Ruthana parecia convencida de minha sinceridade. Eu esperava que realmente estivesse. Não podia saber ao certo, depois do que lhe dissera.

Minha — como posso chamá-la? — aventura seguinte aconteceu uma semana depois. Devem lembrar que mencionei três regras com as quais um homem deve concordar antes de se casar. Eu jamais (cheguei a *pensar* em tal coisa; não, estaria mentindo) lhe perguntei sobre sua vida antes de me conhecer. Deus sabe que nunca levantei a mão para ela. Preferiria perder um braço a bater naquela figura angelical. O que nos traz à terceira condição: não olhar para ela durante determinados períodos. De onde tiraram aquilo? Da bíblia?

De qualquer jeito, aquele "determinado período" chegou. Deveria evitá-la. Mas e quanto a Gilly? Ruthana também pensara naquilo, abençoada seja. Pediu a Garal que ficasse de olho em mim enquanto estivesse isolada, com seu "problema". Apesar de relutante — afinal, Gilly era seu *filho* —, ele concordou.

E vivi um dos dias mais inspiradores de minha vida. Eu disse um dos dias? Foi *o* dia mais inspirador da minha vida.

Começou aos poucos. Depois de encontrar Garal (irei descrevê-lo mais à frente), fomos pescar. De início, perguntei-me por que ele observava o lago com tanta atenção, como se procurasse por algo.

O que seria? Um peixe? Não saberia dizer. Mais tarde, descobri — de maneira sinistra — a resposta.

Mas, até aquele instante, tudo indicava apenas uma boa pescaria — e um jantar delicioso. Assim, nos sentamos na beira do reservatório (um lago), com nossas varas de bambu inclinadas sobre a água, os fios (não sei de que outro modo chamá-los, ou de que ou como eram feitos — sou bastante sabido, não acham?) imóveis, imersos sob a superfície (imóveis, imersos, nada mau) daquelas águas plácidas, esperando pacientemente até que algum peixe oferecesse sua vida ao sustento das fadas. Como a vida, em todos os seus aspectos, era algo real para as fadas, fiquei imaginando se aquilo incluía também peixes sensitivos. Estou divagando. Perdoem-me.

Resumindo a história, perguntei a Garal de onde vinha o nome "fada". Descobri (posteriormente) que Garal era professor — um estudioso bastante reconhecido no Reino Médio. E *não apenas ali*. (Chegarei lá.)

A palavra "fada"? Derivava de fontes homéricas (quaisquer que fossem), de como eram chamados os centauros. Depois, cavaleiros das Cruzadas encontraram os guerreiros Paynim, cuja linguagem não incluía a letra P. Consequentemente, a palavra que usavam, *peri*, ("pessoas pequenas", presume-se) era pronunciada como *feri*.

Depois daquele ponto, diante da falta (diria eu) de outras recordações, a palavra assumiu a forma de *faee* ou *fee*, na França; *fata*, na Itália; a raiz, em latim, era *fatum*. Entenderam? Eu, não.

Mais adiante, a palavra foi pluralizada e, na França, o verbo *faer* (que significa "encantar") se tornou o substantivo *faerie*. A forma ganhou o mundo, chegando ao norte da Inglaterra. Lembrem-se de que a derivação da palavra se deu por um fenômeno real, não imaginário. Os seres do Reino Médio *existem*. Não me canso de enfatizar esse ponto. Eles existem. Estive lá.

E *ainda* existem.

❦ ❦ ❦

Pensei que Garal tivesse terminado. Estava errado. Mal havia começado. Recordo, com deleite, seu sorriso amigável e sua voz melíflua (boa palavra; significa "eufônica", "musical") enquanto prosseguia com a explicação. Viu que eu ficara fascinado. Caso contrário, estou certo de que teria recorrido a um silêncio amigável. Para dizer a verdade, durante uma pausa, perguntou:

— Estou falando muito? — E depois: — Estou enchendo sua paciência, Alexi? — E em cada uma daquelas ocasiões eu lhe assegurava que estava bastante intrigado com tudo aquilo. E estava mesmo.

Começou então a falar sobre os tipos de fadas. Não vou repetir tudo aqui: existe uma gama imensa. Veremos apenas as principais. Garal e sua família, por exemplo, eram Fadas Elementais. Aquilo significava que se assemelhavam aos seres humanos e procriavam da mesma maneira. Eram (são) capazes de muitos truques. Eu os chamo de truques, mas não são "truques" no sentido literal da palavra; são mais como habilidades. Como aparecer e sumir quando querem. Podem também assumir a forma de animais, plantas, árvores. (Para mim, é difícil engolir essas duas últimas, embora haja registros detalhados das fadas de tal fenômeno.) Podem ficar com a estatura de um ser humano (temporariamente) e mover-se com velocidade assustadora; vi Ruthana fazer aquilo. Invisibilidade? Já mencionei que podem aparecer e sumir quando quiserem. Não basta? Além do mais, isso me lembra muito da porcaria do manual de Magda. Ugh!

Garal continuou seu discurso: a História do Reino das Fadas; ou melhor, do Reino Médio. Perdoem-me ainda por escrever "História" com letra maiúscula. Levei pau em História no colégio. Talvez vocês também. Bem, deixem para lá.

Havia quatro categorias de Fadas Elementais: Terra, Ar, Água e Fogo. Esqueçam essa parte também, é muito complicada. São quase vinte tipos diferentes em cada categoria! Melhor ir em frente.

O Reino Médio — ou Terra das Fadas —, prosseguiu Garal, é uma localidade dentro de nosso mundo, ao mesmo tempo que não o é. Quer explicação mais enigmática que essa? A dimensão tem diversos nomes. Direi apenas alguns: Planície Interior. Mundo Etéreo. Universo Paralelo. Basta? Tudo bem, então: que tal Terra dos Mortos? Morada dos Fantasmas? Isso já é demais. Apaguem.

Os habitantes desses mundos são conhecidos como Anjos (o que posso aceitar), Demônios (aí não tanto), Seres Imaginários (de forma alguma!), Fantasmas (também não) e Fadas.

Nenhuma cultura do mundo se recusa a aceitar a existência dessas criaturas evasivas, que vivem em algum lugar entre o nosso mundo e um alternativo. As fadas são um fenômeno universal. Estão em todos os países. As mais populares são aquelas chamadas de Pessoinhas. Ou, então, Povo Pequenino, Povo Bondoso ou Abençoados. (*Daoine Maithe*.) Como consigo lembrar isso tudo?

As fadas existem desde o surgimento do ser humano e fazem parte do folclore desde o início dos tempos.

São seres sencientes, com sentimentos iguais aos nossos. Possuem personalidades individuais. Alguns são prestativos, outros perniciosos ou até perigosos. (Pode anotar.) Fundamentalmente, porém, são criaturas sensíveis e merecem respeito. (Não que um dia eu vá respeitar minhas lembranças do detestável Gilly.) Eles têm um ódio profundo pela injustiça humana. (E quem não tem?)

Sua capacidade de mudar de forma tem um limite de tempo. (Disse a vocês, estava pensando em Gilly e no basilisco. Era um sinal de que ele escolhera se transmutar naquela terrível criatura.)

Um presente dado por uma fada — ouro, prata, joias — é algo ilusório, que se reverterá uma vez terminado o encanto. O sr. Brean descobriu da pior maneira.

Mais? Por que não? Vamos a algumas curiosidades sobre os residentes do Reino Médio.

Em primeiro lugar, caso visitem um dia a Terra das Fadas, encontrarão dificuldades para deixá-la. Especialmente se saírem do caminho "orientado" — que presumo seja o caminho pelo qual as fadas os guiaram. E elas os *instigarão* a voltar. Posso dizer por mim mesmo.

As fadas podem se manifestar no mundo mortal, mas precisam assumir dimensões reduzidas para compensar a perda de energia. Assim, tomem cuidado com aquela formiguinha passeando pelo bosque! (Estou brincando.)

Ruídos agudos incomodam seus ouvidos: o tilintar de sinos, o som de palmas e coisas do gênero. Magda já não havia me falado sobre isso? E também Joe?

Sentem-se fascinadas (e também repelidas) pelos seres humanos e aparecem com diferentes formas diante de nós, geralmente como animais domésticos. *Por isso, sejam legais com seus amigos com membranas nos pés.* (Não era o que dizia a velha canção?) *Pois aquela pata pode ser a mãe de alguém.**

Algumas pessoas acreditam que as fadas sejam andróginas e não possuam um gênero discernível. Posso descartar com veemência tal alegação. Ruthana, andrógina? *Faça-me o favor!*

Acredito, porém, que sejam criaturas únicas. Podem ser boas ou más. Educadas ou grosseiras. Sentem raiva, alegria e tristeza. Comportam-se como elementos na natureza, mas pensam por si próprias.

Acima de tudo, merecem respeito. Detestam ser diminuídas, ridicularizadas ou difamadas. A humanidade, obviamente, não é capaz de tolerar aqueles que são diferentes, seja por sua aparência ou por suas crenças. Verdadeiro ou falso? Já sabem minha resposta.

---

* "So be kind to your web-footed friends. For that duck may be somebody's mother." Versos de uma canção infantil britânica extremamente popular. (N.T.)

Impressionados com meus conhecimentos? Não fiquem. Esta seção foi toda baseada em pesquisas feitas pelo escritor Edain McCoy. Da minha parte, posso apenas comprovar suas alegações. A grande maioria, pelo menos.

O jeito como tratamos a natureza — a qual elas reverenciam e de que tomam conta — as deixa enfurecidas. O que faz com que nos preguem peças. Posso entender. E aprecio o que fazem. Eu mesmo sou louco pela natureza.

Algumas fadas odeiam todos os seres vivos, até os de sua própria espécie. (Adivinhem de *quem* estamos falando.)

Há fadas que devem ser evitadas, assim como existem pessoas que devem ser evitadas. Ainda assim, não se rejeita toda a raça humana por causa de apenas alguns indivíduos detestáveis. Da mesma maneira, não se deve dar as costas para aquelas poucas fadas que são como laranjas podres. Entenderam? Eu, sim.

— Eu o estou entediando, Alexi? — perguntou Garal.

Respondi que não, mas ele decidiu me dar um tempo, propondo-me uma bela experiência.

— Já tentou a clarividência?

Disse-lhe que sim, na casa de Magda, mas fora inútil.

— Ah, sim, a bruxa — respondeu. De maneira tão casual que deixei para trás qualquer dúvida que tivesse em relação a Magda. Não dava para desacreditar de Garal.

❦ ❦ ❦

Descobri que não era necessário contemplar um espelho durante a sessão de clarividência. Qualquer corpo d'água era suficiente — fosse um lago, uma laguna, um tanque, uma *poça*. Uma vez que as fadas não conseguem se enxergar em espelhos (nunca descobri o porquê), preferem, então, fixar o olhar sobre a água parada. De qualquer forma, funcionava melhor. Pelo menos para mim. Mais tarde, descobriria que, embora inconscientemente, Ruthana vinha fazendo aumentar minha capacidade psíquica. Que não existia até que ela a instilasse.

Garal ergueu nossas linhas de pesca do lago e as colocou de lado. Não pegamos peixe algum. Não acho que Garal tivesse qualquer intenção de fazê-lo. (Descobri depois que ele não gostava muito do gosto de peixe, de qualquer forma.) Fez com que fingíssemos pescar (eu estava levando a sério) para que pudéssemos conversar sossegados. Acabou se tornando uma troca entre professor e aluno: o mestre ensinava, o aluno escutava.

Ele fez com que eu me deitasse de bruços e fitasse a água intensamente. Fiquei impressionado em ver como as nuvens (cor-de-rosa) surgiram numa velocidade impressionante e como se moviam da esquerda para a direita.

— É incrível — disse eu. Ele fez um ruído para que me calasse. — Sim, senhor — murmurei. Era um aluno obediente.

Depois, em pouco tempo, pareceu-me (e era verdade) que, em vez de nuvens cor-de-rosa carregadas pelo vento, eu estava olhando para uma paisagem bem parecida com aquela onde estávamos. Comprei uma televisão em 1970, e as imagens eram semelhantes, ambas claríssimas. (Tinha até uma trilha sonora!)

Saindo de um bosque distante — pela aparência das árvores, parecia verão; nada de folhas com tons outonais —, uma figura caminhava em minha direção. Era familiar. Acenou. *Meu Deus!*

Harold.

Nada de ferida. Nada de uniforme. Estava vestido como Garal: calça bege e jaqueta verde. Parecia feliz.

— Olá, camarada! — saudou-me. — Eu apertaria sua mão, mas estamos em lugares diferentes.

— *Você está vivo* — foi tudo o que consegui pensar em dizer.

— Se é o que você diz — respondeu, com aquele sorriso familiar e encantador. — Mas num lugar diferente. É como se eu estivesse na Terra dos Sonhos. Você... — Ele olhou ao redor. — Bom Deus, o que você está fazendo aí? Ó céus, é Garal quem estou vendo? Ei, pai! *O que está acontecendo?*

Expliquei, da melhor maneira que pude, minha presença no Reino Médio. Ele parecia perplexo, com o queixo caído.

— *Você e Ruthana?* — perguntou, completamente surpreso. — E quanto a Gilly? Ele não está incomodando?

— Claro que está — respondi. — Tentou me matar outro dia.

— *Caramba* — disse ele. E depois: — Bem, não me surpreende. Nós dois nunca fomos exatamente bons companheiros.

Por algum motivo, achei aquilo engraçado. Jamais poderia, sob qualquer circunstância, ver Harold e Gilly como camaradas. Um era gentil, o outro perverso. Irmãos? Difícil de imaginar.

Perguntei a Harold como se juntara ao Exército — depois de assumir estatura humana, é claro.

— Tudo bem, vou lhe contar — explicou. — Por alguma razão, achei que seria uma atitude nobre lutar pela velha Grã-Bretanha. Mal sabia eu como seriam as coisas. Ah, a propósito, passei a usar um sotaque londrino para me encaixar melhor. Se convivêssemos por muito tempo, teria lhe contado quem, ou o quê, eu realmente era. Bem, talvez não. Nós, pequeninos, gostamos de guardar segredos, como tenho certeza que já descobriu. Ruthana *é* fantástica, não é mesmo?

— Eu a adoro — respondi.

— Que bom — disse ele. — Aquela garota merece ser adorada. Se eu não fosse seu irmão... — Interrompeu a frase no meio.

Mudando de assunto, fiz-lhe uma pergunta ou outra. Teria ele encolhido quando... morrera? Tive dificuldades em dizer aquela palavra. E quanto à pepita de ouro?

Não, mantivera sua estatura até alcançar o que chamava de Terra dos Sonhos. (Terra do Verão?) E fora Garal quem lhe enviara o ouro.

— De início, ficou fulo comigo, quando contei que decidira me alistar. Mas depois me perdoou, pois tem uma alma bondosa. — Quando ele disse aquilo, ouvi um grunhido de satisfação atrás de mim e percebi que Garal estava vendo tudo por sobre meu ombro. Não me virei, temendo perder a imagem, mas sorri e vi que Harold sabia por que eu estava sorrindo.

Quando lhe contei sobre o sr. Brean, Harold não se mostrou surpreso.

— Aquele calhorda ganancioso — disse. — Deveria ter usado a cabeça. Bem, mas *é* de Gatford. — Não entendi suas últimas palavras.

— Mas continuou sendo ouro para mim — disse eu.

— É claro — respondeu Harry (Haral). — Você era meu camarada. Ainda é. Mas nem pense em me encontrar tão cedo. Você ainda tem uma longa estrada pela frente. — Foi bom ouvir aquilo. Não sei por que o dissera, mas tinha razão. Presumindo-se que 82 anos seja uma longa estrada. Não exatamente em termos bíblicos, mas o bastante para mim.

Não havia muito mais a ser dito. Tentei conversar sobre nossos dias nas trincheiras, mas dava para ver que ele não estava mais interessado naquilo. Hoje, entendo por quê. A vida após a morte é muito mais interessante. Um dia, poderei confirmar isso. Fiquem ligados. Talvez escreva um livro do lado de lá. Por meio de um médium, provavelmente. Duvido que espíritos usem papel e caneta, como faço. Talvez recorra à possessão. Está aí uma ideia.

Bem, vamos em frente. Harold e eu conversamos por mais um tempo; era como se estivéssemos frente a frente. Basicamente, ele queria saber minhas impressões quanto à Terra das Fadas. Qual a minha opinião de fato sobre o lugar?

— É fantástico — respondi. — *Lindo.* — Ele sorriu ao ouvir aquela palavra.

Lamentou a dor pela qual passei ao mudar de tamanho. Rimos juntos de nossa experiência em comum: a ruptura do esqueleto, a sensação de que a carne murchava. Não era muito agradável, concordamos. Ele sentira tudo ao contrário, obviamente.

E, então, para meu desânimo imediato — depois consegui aceitar —, ele se despediu.

— A gente se vê um dia desses, camarada. — E a imagem foi desaparecendo; novamente me vi fitando o espelho d'água.

Um dia, Harold. Está marcado.

Capítulo Vinte e Cinco

O segundo e o terceiro ataques à minha pessoa ocorreram da seguinte maneira. Soa um tanto formal, não é mesmo? Usarei o vernáculo de A. Black. *Logo depois, o irmão insano de Ruthana se lançou numa nova tentativa de trucidar o jovem Alex.* Vejam só os excessos que Black tendia a usar — maculando para sempre o mundo da literatura com seus exageros.

Vamos aos ataques, então.

Não. Em primeiro lugar, queria lhes contar que aquela tarde com Garal foi o dia mais inspirador de minha vida. Esqueci-me de dizer. Melhor fazê-lo agora. Como posso ter sido tão (e lá vem outra combinação) idiotamente indolente em minha função de escritor? Mais uma vez, peço perdão.

Já lhes falei sobre como era Garal? Com *quem* se parecia, quero dizer.

Não riam. A não ser que sintam mesmo vontade.

Era como o juiz Hardy.

Isso mesmo. O pai de Andy Hardy na série de filmes estrelada por Mickey Rooney. Belo, cabelos grisalhos, sábio e paciente. Lewis Stone era o nome do ator. A única diferença entre o sr. Stone e Garal era a altura. Garal tinha um metro. Tenho certeza de que Lewis Stone era mais alto que aquilo. E não vestia trajes de Munchkin, como fazia Garal.

Enquanto caminhávamos pela floresta — já mencionei como o tempo estava perfeito naquele dia? Quente, mas com uma brisa refrescante? Aqui estou eu novamente, fugindo do tema. Bem, tenho 82 anos, quase 83! *Descuuuulpa!*

Onde estava? Ah, sim, Garal e eu caminhávamos pela floresta. (Já mencionei o tempo? Ha-ha. Estou brincando.) Perguntei a ele sobre a relação entre as fadas e os cidadãos de Gatford. Ele me contou que, séculos antes, a relação era extremamente cordial. Bem, talvez estivesse exagerando. Ainda assim, muito boa. Os habitantes de Gatford tratavam a Terra das Fadas com respeito. Faziam favores uns aos outros. O povo de Gatford deixava leite (sempre fresco) e pão para as fadas. A reciprocidade consistia em atitudes como ajudar árvores e plantas a crescerem fortes e localizar os animais de estimação e o gado que fugiam (as fadas *adoram* os animais; bem, pelo menos a maioria os ama), entre outras demonstrações de amizade. Gatford, naquela época, chamava-se Gateford e era um portal entre os mundos.

Então, por algum motivo — as causas foram obscurecidas com o passar do tempo —, "irrompeu" a guerra entre os dois mundos. Coloquei a palavra "irrompeu" entre aspas, pois o início de qualquer guerra sempre envolve algum tipo de ruptura. De inteligência. De consciência. De humanidade. Todas se rompem simultaneamente.

A guerra durou quase cem anos e produziu algumas cenas repugnantes — e brutais — entre seres humanos e fadas. Durante o período, a ponte horrenda que mencionei anteriormente foi construída para causar mal a qualquer pessoinha que tentasse atravessá-la. A estrutura medonha, parecida com a de uma catedral, do outro lado do rio, fora erguida para abrigar rituais de magia contra as fadas. Meu bom Deus, no que são capazes de pensar os seres "humanos" para poder atingir seus "inimigos"?

A guerra jamais chegou a um fim. Gateford virou Gatford e as hostilidades submergiram. Os humanos deixaram de respeitar o Reino Médio. Temiam-no e agiam com cautela em relação a seus habitantes. Caçavam pela floresta, ocasionalmente "acertando" uma fada; o pai verdadeiro de Gilly. Jamais pude acreditar que ele tivesse uma relação de sangue com Garal.

Agora vamos à parte inspiradora.

— Você sabe, Alexi — disse Garal —, estamos conversando sobre seres humanos e fadas. Ainda assim, ambas as raças, se é que podemos chamá-las dessa maneira, são feitas de carne e osso. Na realidade, digo, verdadeiramente, não somos nem um nem outro. Somos formados de mente, alma e espírito.

Esperei para ouvir mais. Tinha de haver algo mais.

E havia.

— Sabe, Alexi — prosseguiu —, o corpo é envolto por uma série invisível de camadas, que se adapta à nossa forma. Trata-se de campos de energia, cada um mais vital que seu predecessor. A camada mais interna é a que chamam de *aura*. Essas camadas continuam a existir após a morte corpórea. O corpo é apenas um mecanismo, um órgão que a mente usa durante a vida física. Está seguindo meu raciocínio?

— Sim, estou — disse a ele. — Um pouco incrédulo, mas estou seguindo.

Ele sorriu.

— É isso aí — respondeu. — *Então*.

Foi em frente. Dizendo que, assim como a Terra possui uma atmosfera na qual humanos — e fadas — podem viver, a aura também provê uma atmosfera que dá vida ao corpo. Durante a vida física, essa aura interage com o mundo espiritual.

— Em outras palavras — disse Garal —, o espírito de nosso eu elevado, ou seja, as camadas externas, interage com o mundo terreno.

— Está me dizendo — perguntei — que essas camadas, esses campos de energia, estão *em contato* com o mundo espiritual?

— Exatamente — disse ele —, utilizando o corpo material como base.

— O corpo enquanto mecanismo.

— Sim, o corpo como um órgão.

— Tudo bem — disse eu. — Até agora, entendi.

Sorriu outra vez.

— Que bom — disse. — Vamos em frente, então.

— Essa outra existência, nossa existência espiritual, é a alma. Que continua após o que chamamos de morte. Esse é nosso verdadeiro eu. É essa a Realidade.

Segundo Garal, o sono nada mais é que um reflexo da morte. Não dou mais crédito a essa palavra. A gente não *morre*. Apenas *segue adiante*. O sono é — adequadamente — chamado de "irmão gêmeo da morte". Enquanto nosso corpo físico dorme, o espiritual permanece acordado. É o corpo que usamos depois que seguimos adiante.

Sei que isso é um tanto pesado. Mal consegui assimilar tudo enquanto Garal me explicava. Espero que vocês consigam.

— Obviamente, algumas pessoas morrem sem morrer — disse ele. — Seguem adiante, mas retornam. Os humanos chamam isso de "quase morte". Uma descrição bastante adequada. Essas pessoas conseguem ver uma parte da vida após a morte, a que damos o nome de "Prosseguimento da Existência", e depois retornam, ou são trazidas, contra sua vontade, à vida física. Jamais esquecem tal experiência. Aquilo afeta o resto de suas vidas. — O grande psiquiatra humano Carl Jung (fiquei surpreso, embora não devesse, ao descobrir que Garal o conhecia) disse que sua experiência de quase morte representara uma "grande" virada em seu trabalho.

— Lembre-se disso — continuou Garal. — Quando morremos (aquela palavra agora inaceitável), simplesmente passamos de um mundo a outro. — Era uma citação de Emanuel Swedenborg, famoso teólogo terráqueo. Ao ver que Garal o conhecia, fiquei novamente perplexo. Não deveria.

Sua descrição da vida após a morte — uma visão pessoal de Garal — era notoriamente semelhante ao ambiente admirável (boa combinação) da Terra das Fadas. Espero que, a essa altura, a palavra "fada" não mais os faça sorrir ou franzir as sobrancelhas. Acreditem em mim. Elas *existem*. Assim como seu admirável mundo.

Eu disse a vocês que tinha passado uma tarde inspiradora. Se fracassei em transmitir a excitação e o estupor que as palavras de Garal me causaram, peço que me perdoem. A floresta. O tempo. A brisa. A presença de Garal a meu lado. Suas palavras. Tudo aquilo, para mim, era hipnótico. Se não foi assim para vocês, a culpa é de Arthur Black. Eu lhes avisei que ele era um autor incompleto. Não avisei? Bem, ele é.

Capítulo Vinte e Seis

O ataque seguinte foi inesperado. Igualmente ruim. E assustador.

Ruthana e eu caminhávamos. Passado um tempo, ela se sentiu cansada. Por causa do "peso extra", entendem? Esqueci de lhes dizer que, pouco depois de me tornar oficialmente um cara pequeno — embora, segundo Gilly, isso nunca tenha acontecido —, nosso "amor" deu origem aos primórdios de um filho em seu corpo adorável. Acho que as fadas podem diminuir ou aumentar o período de gestação à sua própria vontade. A escolha de Ruthana foi entre seis e sete meses. Por isso, durante nossa caminhada naquela tarde, ela sentiu necessidade de repousar.

Perceberam a maneira relaxada — até mesmo casual — como mencionei sua gravidez? (Ainda não gosto dessa palavra.) Exatamente o contrário de minha reação quando Magda anunciou que estava carregando "nosso filho". Quando ela me contou aquilo, fiquei com os cabelos em pé. Não tinha vontade alguma de ter um filho. Contra mim, pesa o fato de que deveria ter tomado medidas preventivas. Mesmo assim, poderia ter acontecido. Era algo que Magda desejava. Levo fé nisso. Ela não fez coisa alguma para evitar.

E quase me tornei um pai substituto — no lugar de Edward. De qualquer jeito, fiquei surpreso com seu anúncio. Ou deveria dizer "pronunciamento"? Sob todos os ângulos, seu corpo não estava carregando o fruto de um ato de amor. Só Deus sabe como ela se sentia de verdade em relação àquele bebê. Perto do fim, não muito bem — aquilo era certo. A lembrança de seu "parto" forçado (imaginário) ficará para sempre em minha mente. Aquele maldito manuscrito.

Com Ruthana, a experiência da paternidade era celestial. Ela parecia desfrutar a gestação mais e mais a cada dia. Acariciava suavemente a barriga e falava com o bebê de maneira cativante, como se não tivesse qualquer dúvida de que ele pudesse ouvir suas palavras carinhosas. O que, na minha opinião, era verdade: ele podia ouvir e apreciar as doces carícias verbais, como qualquer outro bebê.

A questão é a seguinte, caso eu tenha fracassado (provavelmente sim) em explicitá-lo. Magda planejara tudo; Ruthana carregava uma criança concebida com amor. Havia uma diferença e tanto.

De qualquer forma, Ruthana precisava descansar.

Mais um adendo. Dois. O primeiro: estávamos repousando no campo. Era início de novembro, mas o dia, deixando a data (grande trinca, esta, perdoem-me) de lado, não estava nem um pouco frio. O verão persistira através do outono, resistindo ao inverno. Que inverno? Um falso outono? Um verão tardio? Existe outra expressão para descrevê-lo, mas não me recordo. De qualquer forma, eu viria a descobrir posteriormente que não existem quatro estações na Terra das Fadas, apenas primavera e verão.

Lembro, porém, que Ruthana parecia um pouco triste aquele dia. Não sabia por quê. Geralmente era tão plena de jovialidade que seu desalento desorientava (não direi coisa alguma) minhas ideias. Enquanto repousávamos — Ruthana estava deitada, com sua cabeça dourada em meu colo —, perguntei o que a afligia.

— É o décimo primeiro dia do décimo primeiro mês — respondeu.

Mas era mesmo uma resposta? Duas questões me vieram à mente. Estaria o bebê com onze meses? O que acontecera à escolha de seis a sete meses? E, depois, seriam os dois onzes parte de algum ritual das fadas sobre o qual eu nada sabia?

Ambas as questões eram redundantes, como se viu mais tarde.

— A guerra acabou — disse ela. — A Alemanha se rendeu.

— E... isso não é bom? — perguntei, feliz com o que tinha ouvido.

De início, ela não respondeu.

— Ruthana?

Sua voz soou trêmula ao dizer:

— Não para Haral.

Oh. Senti-me culpado. E envergonhado. Deveria saber.

— Sinto muito — disse eu. — Deveria ter mais sensibilidade.

Ela sorriu (com coragem, pensei), segurou minha mão e a beijou.

— Entendo. — Fez uma pausa. — Você o conheceu, entretanto. Estava lá quando... morreu.

— Estive ao seu lado enquanto esteve vivo também — disse, tentando animá-la. — Era meu amigo. — Esperava que fosse.

— Sei disso — disse ela. — E é algo reconfortante. Sinto tanto sua falta...

Ainda com a intenção de melhorar seu ânimo, contei-lhe tudo o que lembrava sobre Harold. Como nos conhecemos, o banho de lama, como ficamos juntos durante os bombardeios, como me dera a direção rumo a Gatford, chegando a me ajudar com os recursos para viver ali.

— Provavelmente, ele sabia que nos conheceríamos — disse eu. — Ele foi nosso cupido.

Ela sorriu novamente, agora aparentemente tranquila, e fechou os olhos.

Fiquei observando-a dormir. Meu bom Deus, como era linda. Presumindo que exista um deus e que ele seja também o deus do Reino Médio, criara uma obra-prima de elegância e graça quando fez Ruthana. Tudo nela era perfeito, sem qualquer sombra de dúvida. Eu estava completa e loucamente apaixonado por um anjo sem defeitos. É elogio demais para um só livro.

Não, nunca é demais. Ainda não completei a pintura de minha bela fada. Seus olhos. Um azul-esverdeado misterioso; sim, era uma combinação inegável. O azul das águas correntes, o verde das plácidas. Olhos vívidos, penetrantes. Sempre achei que ela podia ver mais do que eu. Que, ao olhar para mim, conseguia enxergar minha alma. Como eram maravilhosos — e, como disse antes, misteriosos.

Sua pele. Da cor de um fino creme, com um revestimento róseo translúcido. Seu nariz. Desenhado pelos maiores artistas renascentistas, era impecável sob todos os aspectos. Seus lábios. Meu Deus, como eram perfeitos. Como imploravam para serem beijados — pedido esse a que eu obedecia, sem me cansar. Eram macios, quentes e receptivos. (Bom Deus, até o velho Arthur Black treme diante dessas recordações!) Seu corpo. Bem, melhor pular essa parte. Não sou tão antigo quanto o mar Vermelho; a maré poderia subir.

Mas vamos aos ataques.

Começou de modo tão sutil que, de início, não lhes dei atenção. Ouvi o que parecia ser um leve vento sobre mim. Parecia-me nada mais que uma brisa outonal. Que estupidez a minha. Uma brisa outonal, sem dúvida. Teve de "soprar" duas ou três vezes antes que me desse conta de que havia algo mais ali. Era uma brisa recorrente. Que se tornou, com o passar do tempo, um vento recorrente. Um ruído apressado. Como, possivelmente, o bater...

... de asas.

Apenas depois de inúmeras repetições foi que suspeitei do barulho. Ainda não estava alarmado. Apenas envolto por aquele som persistente — e, agora admito, *assustador*. Gradualmente, fui — de maneira muito lenta — tomando consciência de uma sensação de ansiedade. De que se tratava? Claramente, de um pássaro. Mas qual seria seu tamanho? E por que, perguntava a mim mesmo, passava constantemente sobre nós? Passando. Passando. Uma vez. Após a outra. Como se — fiquei apavorado em pensar — estivesse *em busca* de algo.

— Ruthana? — murmurei. Não queria acordá-la. Estava dormindo tão tranquila. Mas senti, de alguma forma, que provavelmente era necessário.

Ela tremeu, fazendo um sonzinho sutil que, em outras circunstâncias, teria (como se diz?) "me excitado". Como se não estivesse sempre assim em sua presença.

Cutuquei-a novamente.

— Ruthana. — O som, aquele ruído apressado, de (agora não tinha dúvidas) asas batendo, estava cada vez mais próximo. — *Ruthana* — disse eu, com mais urgência.

Ela abriu os olhos. Aqueles maravilhosos olhos azul-esverdeados. Fitando intensamente os meus.

— O que é esse barulho? — comecei a perguntar.

Antes que pudesse dizer as palavras, ela sentou e levantou com incrível rapidez (considerando o tamanho de sua barriga expandida) e um olhar de apreensão no rosto.

— Levante-se! — gritou, ou melhor, ordenou. Segurou-me pelos braços e me pôs de pé. — Corra! — arfou. E bateu em retirada comigo rumo à floresta distante.

— O que é isso? — perguntei, entre um respiro e outro.

— *Um grifo* — respondeu.

Então, um guincho de gelar o sangue foi ouvido, descendo lá do alto. Uma figura enorme se lançou sobre nós — sobre mim, em particular. Dei um grito, ao sentir o que pareciam ser garras rasgando minhas costas. Caí na hora. O que apareceu diante de mim foi algo que poderia ter me matado por sua simples visão. Hoje, teria mesmo dado cabo de mim. Aos 18 anos, eu tinha arraigado em minha psique um instinto de sobrevivência. Assim, fiquei assustado, mas não disposto a me entregar.

Era parte leão, parte águia: a cabeça e as asas de penas brancas eram como as de uma águia, enquanto o corpo era como o de um leão, exceto pela cauda, que era de uma enorme serpente. Foram as garras felinas que estraçalharam minhas costas. Pensei ter ouvido trovões ribombando pelo céu.

Os olhos da águia eram humanos. Pareciam me ver com raiva, embora fossem esbranquiçados e não tivessem pupilas.

— *Venha!* — Ouvi o comando de Ruthana. Sua mão apertava a minha, puxando-me. As asas do grifo tocaram o chão e me pus a correr novamente. A voar, praticamente. Bati em retirada rumo à floresta, cada vez mais próxima, inclinando-me enquanto fugia, e, quando tropecei, Ruthana evitou que eu caísse de cara no chão. Sentia o sangue escorrer pelas costas e uma dor lancinante. Atrás de mim, pude ouvir novamente aquele terrível guincho e o bater obstinado das asas que lançavam o grifo em meio ao ar, nos perseguindo. Como poderia Gilly ter se transformado numa criatura temível como aquela? Refleti sobre a questão por um instante. O instinto de autopreservação falou mais alto e, outra vez, tentei correr com o corpo ereto. Foi em vão. Certamente teria perdido a batalha não fosse o apoio da mão e do braço de Ruthana.

Senti um novo golpe violento nas costas. Gritei, acossado. A dor era insuportável. Sentia que estava sendo estraçalhado. Virei-me mais uma vez, deixando escapar um urro de medo. O rosto de águia do grifo estava logo acima do meu, com seus olhos cor de leite a me estudar. Seu guincho macabro me envolveu. Naquele momento, eu soube que era meu fim.

Então, um milagre aconteceu. Para mim, pelo menos, parecia um milagre. Com um movimento repentino, o peso do leão saiu de minhas costas. Ouvi as asas batendo e me virei para ver.

Ali estava Ruthana, com uma varinha de aveleira na mão direita apontada na direção do grifo. (Era bem parecida com a que Magda usara para curar minha ferida.) De sua ponta saía uma chama azul.

— Rápido! — gritou; sua voz soava rouca. — *Entre na floresta!*

Coloquei-me de pé e corri quase sem enxergar na direção do bosque, tentando ignorar a dor insuportável nas costas. Atrás de mim, no alto, o grifo urrou — aparentemente, de raiva —, e pude ouvir o ruído de sua ascensão vigorosa enquanto continuava me perseguindo. Senti Ruthana se aproximar de mim. Estava ofegante. Nunca ouvira aquele som antes.

Finalmente, nos vimos em meio às árvores, e Ruthana parou de correr, arfando, sem fôlego; outro ruído que nunca ouvira, vindo dela.

— Ele não será capaz de passar pelas árvores — foi só o que conseguiu dizer.

Mas foi capaz. E assim o fez.

Ou pelo menos tentou, atravessando a folhagem com seu peso maciço, quebrando todos os galhos pelo caminho em seu ataque insano. Uma das asas foi arrancada e o grifo urrou de dor.

— Não compreendo — disse Ruthana, com a voz trêmula e infantil. — *Tem algo de errado.* — O tom de pavor em sua voz foi o que mais me deixou assustado em toda a investida. Tomado pelo terror, fiquei pregado no chão até a imensa criatura desabar a menos de meio metro de mim. Vi o sangue jorrar do local onde perdera uma das asas.

Virei-me para Ruthana. Ela olhava de boca aberta para o grifo caído, com uma expressão petrificada de incredulidade no rosto.

Voltei meu olhar para a criatura. O que vi então lançou uma nuvem escura sobre mim. Perdendo a consciência, tombei.

— Alexi! — ouvi Ruthana gritar, alarmada, antes de ser completamente envolto pela noite.

O que vi não era muito distante da ilustração no manuscrito sinistro de Magda que detalhava o processo de transmutação. Naquele caso, a estrutura óssea da asa de penas brancas gradualmente se transformou na de um braço quebrado e coberto de sangue. O corpo de leão lentamente tomou uma forma humana, completamente destruída. A cabeça de águia, um segundo após o outro, foi assumindo os contornos de uma cabeça humana, com os olhos ainda esbranquiçados e o rosto retesado, mostrando os dentes de ódio.

O que vi foi Magda, morta.

Capítulo Vinte e Sete

— De início, pensei que fosse Gilly — disse Ruthana —, mas, quando o grifo entrou na floresta, eu soube que não poderia ser ele. Gilly sabia que as árvores o deteriam. Já *ela* não.

— Ou talvez não se importasse — respondi. — Talvez... não, com certeza: ela me odiava de tal maneira que estava determinada a acabar comigo. E isso acabou com ela. Meu Deus, como ela devia me odiar.

— As bruxas são assim — disse Ruthana. — Agora você está livre dela — declarou, de modo casual. E assim foi. Magda estava fora da minha vida.

Encontrava-me (meio que) na casa de Garal. (Não me peçam para explicar; não conseguiria.) Estivera ali desde o ataque do grifo, carregado por Garal e — descobri depois, para minha surpresa — Gilly, que temia seu padrasto e obedecia a ele sem objeções. Ruthana queria ajudar, mas Garal a proibiu, de modo a não pôr em risco o bem-estar do bebê.

Assim, quando "retomei os sentidos" (como fazem tantos dos protagonistas de A. Black), me vi na morada de Garal e Eana, com as costas — também fiquei sabendo posteriormente — semiestraçalhadas. Deram-me algo para beber, aplacando imediatamente aquela dor severa. Depois, no período de algumas semanas, trabalharam em minhas costas. Suas magias de regeneração eram tão eficazes (outro termo elitista) quanto as de Magda — ou quem quer que fosse — ou o que fosse — a quem ela pedia ajuda. Em pouco tempo, eu estava curado. Com os cuidados a mim dispensados por Ruthana, Garal e Eana, a carne dilacerada foi restaurada. Jamais vi — ou pedi para ver — os danos causados pelo grifo. Preferia não fazê-lo. Sem dúvida, era algo de arrepiar.

Durante minha convalescença, quem apareceu se não o bom e velho Gilly? Não para me desejar melhoras, é claro, mas para expressar o quanto se divertira ao saber que eu, e até mesmo Ruthana, acreditáramos que o grifo nada mais fosse que ele próprio, transmutado.

— Acha que eu sou idiota? — perguntou.

— Não, não acho que seja idiota — respondi. — Acho que é um filho da puta perverso. — Sentia-me um tanto atrevido. E seguro, por estar na casa de Garal.

Minhas palavras apenas arrancaram um sorriso de seus malditos lábios cruéis.

— Fique bom logo — disse, dando-me tapinhas no ombro. — Para que eu possa matá-lo.

— *Boa sorte* — rebati. Na verdade, não estava mesmo muito mal-humorado (três!).

Estava com medo.

❦ ❦ ❦

Mais tarde, conversei com Ruthana sobre o assunto.

Não haveria uma forma de impedir que Gilly tentasse me assassinar? Não existiam leis preventivas no Reino Médio?

Ela apenas reiterou a única lei do Reino Médio. A vida era sacrossanta, intocável. Gilly poderia ser punido por uma tentativa de ameaça à vida, mas nada além disso. *Depois* da tentativa, sejamos claros.

— Punido de que forma? — perguntei. — E se ele me matar?

Ruthana sorriu ao ouvir minhas palavras. Um sorriso triste, naturalmente.

— Ele pode ser expulso — disse.

— Não executado? — quis saber.

— Não, não — respondeu. — Toda vida é preciosa.

— E quanto à *minha?* — insisti. — É menos preciosa?

— É preciosa para mim, Alexi — disse, com a voz baixa. — Se morrer, eu morro também. Como aconteceu com a mãe de Gilly quando seu pai foi morto.

— Ó *Ruthana* — mal consegui falar. Ela se deitou ao meu lado, cuidadosamente, e eu a abracei o mais forte que pude.

— Eu te amo, Alexi — sussurrou. — Você é a minha vida.

— Ó Deus. — Apertei-a até minhas costas doerem pelo esforço.

— *Cuidado* — murmurou. — Não vá se machucar.

— Pode deixar — prometi.

Deu-me um beijo afetuoso.

— Vou cuidar de você — disse ela. — Gilly jamais lhe fará mal.

— Mas ele vai tentar, não é mesmo? — perguntei.

Sua resposta foi simples — e de gelar o sangue.

— Sim, vai tentar — disse.

❦ ❦ ❦

Aquela era a verdade. Nua e crua. Se eu tinha alguma esperança — e de fato tinha — de que Gilly daria um tempo com sua vontade de acabar comigo, estava fadado a me decepcionar. (Cada vez mais isso está soando como um épico de A. Black. *Massacre à Meia-Noite no Reino Médio?* Não, longo demais. *A Matança de Gilly à Meia-Noite?* Não; esqueçam.)

Eu, no entanto, estava em perigo. Constante. Permitam-me fazer uma lista do que aquele calhorda (perdão) fez para me destruir. 1. De alguma forma (nunca descobri como — mais um mistério do mundo das fadas), ele conseguiu alterar os caminhos pelos quais Ruthana e eu normalmente passeávamos. De início, não causou mais que uma leve confusão em nossa rota, que era agradável, independentemente da direção. Acho que Ruthana sabia o que Gilly fizera. Havia um sorriso sutil de divertimento em seus lábios. Então, num momento específico de nossa caminhada — passados 15 ou 20 minutos, tomou meu braço abruptamente —, estava à minha direita — e me fez parar.

— *Espere* — disse ela. Observei, curioso, quando ela se inclinou para a frente, pressionando o pé sobre a terra. Cheguei a mencionar que o chão estava coberto de folhas? Havia uma pilha delas diante de Ruthana. — Ah, sim — disse ela, como se tivesse entendido o que estava se passando. Bateu forte com o pé e as folhas caíram, revelando um enorme buraco. — É um velho poço — explicou. — Não o usamos mais.

Respirei fundo.

— O bom e velho Gilly — disse eu. Pensei então que, se Ruthana não tivesse pressentido que havia ali uma armadilha, ela também teria caído no poço. Gilly claramente sabia disso. Era sua irmã e estava carregando um filho. Se morresse, uma regra fundamental das fadas teria sido violada.

Mais tarde, naquele mesmo dia, Ruthana e Garal puniram Gilly por ter infringido a lei do Reino Médio. Minha presença não foi permitida durante a reprimenda, mas, segundo o relato de Ruthana, foi uma bronca e tanto. Duvido, porém, que o castigo tenha surtido algum outro efeito além de deixar meu caro cunhado (acho que era assim que deveria ser considerado) ainda mais furioso, mas pelo menos me deu uma semana de descanso até...

2. Ruthana e eu estávamos sentados numa clareira acolhedora quando a figura alta de um homem surgiu da floresta, bem diante de nós. Estava completamente nu, e seu corpo brilhava com uma luz amarelo-esverdeada.

— Meu Deus, o que é isso? — perguntei. Ruthana não se abalou.

— Ignore-o — disse ela. Então, o homem incandescente olhou intensamente (incandescente, intensamente; nada mau) em minha direção, ergueu o punho cerrado, de maneira ameaçadora, e desapareceu.

— Em nome de Deus, o que *foi* isso? — perguntei, com mais veemência.

— Gilly, naturalmente — respondeu ela —, tentando assustá-lo.

Bufei.

— Bem, conseguiu o que queria — disse. Ruthana achou engraçado. Sorriu. (O que não me deixou muito contente.)

— Ele fará pior — alertou-me.

3. E assim o fez. Derrubou uma árvore atrás de mim. Quase acertou Ruthana, que — ágil como sempre — me empurrou para fora do alcance daquele tronco que despencava com rapidez. Obviamente, eu sabia (ou pelo menos suspeitava) que Gilly não pretendia incluir a irmã em seus planos homicidas. Fiquei ao mesmo tempo satisfeito e insatisfeito com aquilo. Satisfeito por seus planos nefastos não visarem qualquer mal a Ruthana. Insatisfeito porque ela poderia, inadvertidamente, acabar se machucando ou morrendo ao tentar me proteger.

Para piorar, sentia-me exasperado diante da invulnerabilidade de Gilly. Talvez fosse uma atitude remanescente de meu tempo como ser humano, mas ainda me parecia (não, *mais* do que parecia) que Gilly deveria ser colocado no xadrez para sempre ou que eu pudesse carregar uma pistola para me proteger de seu próximo ataque. Naquele instante, a ideia de disparar uma bala no cérebro torpe de meu cunhado não era nada má. Porque, ou parcialmente em virtude do fato de que...

4. Gilly tentou roubar minha sombra. Como é possível não sei dizer. Mas conseguiu, por alguns minutos, antes que Ruthana revertesse seu feito. E, deixem-me dizer, o desaparecimento da sombra é uma experiência desalentadora. Tentem imaginar. Provavelmente não seriam capazes. Acreditem em mim. É algo que deixa a pessoa fisicamente mal, nauseada. É totalmente contra as leis da natureza. E pode até ser fatal caso se prolongue. O que, graças a Deus, não aconteceu com a minha sombra. Só Deus sabe onde Gilly a escondeu. Ruthana a recuperou, entretanto. Salvando-me do que, segundo ela, seria uma morte terrível. Uma vez mais, consegui escapar de Gilly. Como quando...

5. Gilly apareceu de repente, apontando uma varinha para mim. Da ponta, saía uma chama azul. Que foi bloqueada e revertida pela varinha de Ruthana. Desde o ataque do grifo, passou a carregá-la consigo o tempo todo. (Em que lugar, mais uma vez, não faço ideia.)

6. Ah, para que continuar? A não ser para lhes contar sobre o ataque que quase funcionou.

Ruthana e eu estávamos sentados próximo a um lago raso, balançando os pés na água. Sua barriga estava ainda maior. Talvez aquilo reduzisse, de certa forma, sua perspicácia (bela palavra, essa; acho que significa clareza de pensamento). Cronistas esportivos teriam observado que ela não estava "em sua melhor fase". Estava ali, sentada, sorrindo consigo mesma; fazia aquilo frequentemente durante o final da gravidez. Movia os pés de forma lenta e indolente na água. Eu mesmo sentia como se estivesse sonhando. Logo nosso filho nasceria. Não sentia qualquer falta de minha existência humana. Estava ao lado de meu precioso anjo.

Tudo estava bem.

Eu deveria saber que não era assim. Pensei que fossem nossos pés que faziam a água se mover. Estava enganado. Deveria ter avisado Ruthana antes. Não o fiz. Contemplei as ondulações na água como se estivesse hipnotizado. Havia algo surgindo sob a superfície. Um peixe? Uma planta que se destacara do fundo? Uma ilusão de ótica?

Uma *mão*! Emergindo da superfície do lago! Verde, escamosa, com unhas longas, agarrando meu tornozelo! Fiquei tão chocado que não consegui emitir nenhum som; minha voz estava paralisada pelo terror.

Depois, veio algo ainda pior. Uma *coisa* enorme e redonda surgiu: o corpo ao qual a mão pertencia. Também era coberto de escamas, porém roxo. Tinha uma boca gigantesca e olhos imensos a me fitar, com aparente contentamento.

Meu choramingo, por si só, provavelmente seria o bastante para alertar Ruthana. Antes mesmo de eu emitir qualquer som, entretanto, ela se deu conta do que estava acontecendo e, movendo-se com a velocidade inacreditável que eu a vira empregar tantas vezes, estendeu sua mão direita e agarrou a da criatura, fazendo com que soltasse minha perna.

Para meu horror, vi a mão verde segurar seu pulso e começar a puxá-la. O rosto de Ruthana estava tomado de pavor.

— Alexi! — gritou. Sem equilíbrio pelo peso da barriga, começou a desabar na direção do lago. Lembro de ter gritado: "*Não!*", e a agarrado pelos braços. Os enormes olhos da criatura se abriram ainda mais. Assim como a boca assombrosa. Vi seus dentes, verde-amarelados, prontos para morder o braço de Ruthana. Puxei-a com toda a minha força.

— Gilly, *não!* — gritei. — *É sua irmã!*

Até hoje, não sei ao certo se tive algo a ver com a interrupção repentina da investida. Tudo o que sei é que, num instante, a mão pavorosa libertou Ruthana e seu repugnante corpo roxo desapareceu em meio à água agitada — que, abruptamente, voltou a ficar plácida.

❦ ❦ ❦

Minha reunião com Garal, Ruthana e Gilly foi uma experiência sinistra. Garal nos convocara imediatamente após saber do ataque no lago. Não sei explicar por que permitiu minha presença. Pouco importava que minha aprovação fosse sancionada no Reino Médio. Ainda assim, eu era um "intruso", um ser humano que ganhara acesso limitado ao reino. Jamais seria considerado um cidadão completamente capacitado. (Deveria ficar impressionado com essa trinca, mas as lembranças do encontro e sua natureza obscura me impedem de apreciar essa combinação de palavras.) Presumo que minha relação com Ruthana tenha feito a diferença. Claro que fez.

— Muito bem. O que tem a dizer? — Foi a questão inicial. Levantada, obviamente, por Garal.

— *Dizer?* — retrucou Gilly, enfezado.

Garal aguardou, sem mudar a expressão em seu rosto. Um gole em seco na garganta traiu Gilly. Garal claramente o tinha sob controle. Não era apenas seu "pai", como também o líder do clã.

— O que *quer* que eu diga? — perguntou, finalmente. Tentou fazer com que soasse como uma intimação, mas não obteve êxito.

Garal foi direto ao ponto.

— *Que tentou matar sua irmã* — respondeu.

Eu conhecia o significado de "empalidecer". Nunca vira isso acontecer de verdade, entretanto. Ao ouvir a declaração de Garal, o rosto de Gilly perdeu rapidamente toda a sua coloração. Estava apavorado. Logo *ele*. O valentão que me aterrorizara desde que cheguei ao Reino Médio. O pequeno bárbaro de cabelos negros cujo único objetivo era acabar comigo. *Ele*. Deleitei-me com aquele momento.

— Não era minha intenção — foi tudo o que conseguiu responder.

— *Ainda assim, tentou fazer com que ela terminasse no bucho do monstro escamado* — afirmou Garal. Acusando-o.

Condenando-o.

— Mas pai, ele é um Ser Humano! — (Ainda como se dissesse as palavras com letras maiúsculas.) Gilly tentou contra-argumentar. — Eles mataram meu verdadeiro pai. Fizeram minha mãe morrer! O que devo fazer? Simplesmente esquecer? Perdoar Alexi porque agora está do nosso tamanho? Ainda é um Ser Humano. *Não posso perdoá-lo!*

A voz de Garal era fria. Senti uma gratidão tremenda por sua raiva não ser dirigida a mim.

— *Estou falando de sua irmã* — disse ele. — Forcei a mim mesmo para não dar atenção a suas investidas contra Alexi, pois sabia que Ruthana o protegeria. Mas o ataque à sua irmã é imperdoável! — Nunca o vira levantar a voz. Era um som assustador.

— Não era minha intenção! — berrou Gilly. Não era um som assustador. Tinha a voz trêmula. Algo que também jamais ouvira, especialmente vindo de Gilly.

— *Não é essa a questão!* — disse Garal. — Você fez *o que fez*. Agora basta. Vai ao Morro das Pedras.

"Empalidecer" foi o que eu disse antes? Juro por Deus que todo o sangue se esvaiu do rosto de Gilly; sua pele estava branca como cera.

— Não — choramingou. — *Não.*

— *Agora* — disse Garal. — Neste instante.

Seguiu-se outro som que eu jamais ouvira, nem mesmo imaginara. O choro de Gilly. Soluçava. Era uma visão lamentável. Cheguei a sentir pena dele. *Logo dele!*

Garal o conduziu. E, então, os dois desapareceram, daquele inexplicável modo como faziam as fadas. Permaneci em silêncio, refletindo. Ruthana também chorava. Sutilmente. Tristemente. Coloquei o braço sobre seus ombros. Será que foi imaginação minha? Ou teria se contorcido, como se resistisse à minha tentativa de confortá-la? Senti-me emocionalmente à deriva.

Não ajudou muito quando Garal retornou, aparecendo ao meu lado daquela maneira abrupta das fadas — zip! Desse jeito.

Colocou a mão sobre meu joelho — e, repentinamente, uma lembrança desagradável me beliscou a mente: o movimento fez com que eu me recordasse do capitão, embora, só Deus sabe, ele nunca tivesse colocado sua mão sobre mim. Simplesmente havia algo naquela atitude que me fez lembrar da Hora do Sermão.

E era exatamente do que se tratava.

— Alexi — disse Garal —, sabe que esse não é um acontecimento comum. *Jamais* ocorreu algo do gênero em minha família.

— Sinto muito — foi tudo o que consegui dizer. Minha voz interior, naturalmente, começou a esbravejar: *O que espera de mim? Arrependimento? O canalha vem tentando me matar, uma vez após a outra! Se não tivesse cometido um erro e atacado Ruthana, será que o teria castigado?! Provavelmente, não. Talvez o fizesse depois que ele conseguisse acabar comigo! De que adiantaria, então?*

Nenhuma daquelas palavras foi dita. Permaneci sentado, num silêncio punitivo, enquanto Garal continuava sua admoestação. *Tratava-se* de uma reprovação, disso não tenho dúvida. Eu ainda era um intruso. Fiz (com toda a inocência, caramba!) com que uma regra fosse quebrada e deveria ter cuidado para que não voltasse a acontecer. Continuei olhando para Ruthana, enquanto seu pai (ou padrasto; ah, quem sabe ao certo?) falava. Esperando por um sinal de compaixão. Ou, pelo menos, compreensão — por mim, o que não pude ver. Ela concordou com cada uma das determinações de Garal. Meu afastamento do Reino Médio estava em pauta outra vez. Amplificado. Eu seria lembrado dele posteriormente. De um modo diferente, porém ainda mais radical.

Pelo menos, no entanto, estava livre de Gilly.

Por algum tempo.

Capítulo Vinte e Oito

Arthur Black (ou pelo menos o cerne de seu mal-intencionado feto) irrompeu no mundo naquele período. Sem os ataques quase diários de seu querido cunhado, teve todo o tempo de que precisava para plantar a semente de sua lúgubre existência.

Alexander White escreveu um romance. MEIA-NOITE. Um começo inocente para a locomotiva MEIA-NOITE, que logo tomaria de assalto o público leitor. Digo "inocente" porque, de início, foi assim. Minha intenção era escrever uma história de amor, de resgate moral. Obviamente, com o meu passado — e a lembrança dos incidentes alarmantes durante minha vida com Ruthana —, haveria certo número de passagens pavorosas nas páginas. (Aqui vou eu outra vez: *passagens pavorosas nas páginas*; a gênese de Arthur Black.)

Aqueles foram os elementos solitários com os quais o editor (o livro foi publicado, anos depois, analisado pelos críticos e vendeu muito bem), mais tarde — ainda mais tarde (melhor que fosse nunca) —, deu uma vida antinatural ao autor conhecido como Arthur Black (*nascido em Londres, filho de um distinto coronel militar, veterano da Grande Guerra, condecorado três vezes, bacharel com mestrado da Universidade de Oxford, onde se formou em Literatura e Filosofia*).

Que diabos, eu nem cheguei a concluir o ensino médio!

❦ ❦ ❦

Devo dizer que minha nova família foi bastante agradável em relação ao meu livro — exceto por Gilly, tenho certeza, embora não saiba ao certo se tenha ficado sabendo de sua existência.

Era um belo trabalho. Como disse, tratava-se de uma história de amor. Inspirada (não é preciso dizer, disse ele) por Ruthana.

Era (é) sobre um rapaz (eu, é claro) que viajava pelas matas do Canadá. Minha ideia era fazê-lo viajar pelas matas do norte da Inglaterra, mas decidi mudar a localização, temendo ofender meus irmãos. É assim que os chamo; é como me sinto de verdade em relação a eles.

De qualquer forma, meu jovem protagonista se mandou para as florestas canadenses para matar um alce. Ruthana não curtiu muito que sua motivação fosse a caça, mas as páginas seguintes abrandaram o fato.

Certa tarde, o rapaz (chamado Roger) é atacado por um grande lobo. Ele atira contra o animal e, ao se aproximar do corpo, descobre, para sua surpresa, estar diante do cadáver ensanguentado de um velho. (Percebam os traços iniciais do estilo macabro de A. Black.) O jovem fica completamente perplexo. Assim como quando é cercado por um grupo enfurecido de Gente da Floresta (como os chamei). Estão espumando de raiva pelo que ele fez. Entre eles, encontra-se uma adorável donzela chamada Aleesha. O velho era seu avô.

Para resumir a história (capacidade que não possuo), Aleesha salva a vida de Roger explicando à Gente da Floresta (como os chamei — mas já disse isso, não é verdade?) que seu avô vinha demonstrando sinais lamentáveis de declínio mental e mudava de forma sem qualquer discernimento. Roger é então exonerado de culpa — de maneira relutante por alguns, em especial pelo irmão de Aleesha (adivinhem de onde tirei a ideia) — e, com certas restrições, aceito pela Gente da Floresta — que era de estatura normal, não mais baixa — o que divertiu consideravelmente as fadas.

O tempo foi passando. Não entrarei em todos os detalhes de minha obra-prima (estou brincando); digo apenas que Roger e Aleesha se apaixonam e ele passa, cada vez mais, a abraçar o modo de vida da Gente da Floresta, assimilando suas inúmeras habilidades. (As fadas adoraram essa parte; em muitas ocasiões, pediram-me para que a lesse em voz alta. Por algum período, tornei-me bastante popular. Tinha [então] 19 anos e fiquei completamente deleitado.)

Vou manter em segredo o progresso e a conclusão do romance. Se foi um final feliz ou triste, isso é algo que não contarei. (*Era* uma espécie de aceno a A. Black, então deixo a cargo de sua imaginação.)

❦ ❦ ❦

Jamais esquecerei a tarde em que Ruthana me conduziu pela mão à floresta. Naquele tempo, levávamos uma vida idílica, sob todos os aspectos, então não dei muita importância ao local aonde ela me levava. Simplesmente desfrutei o passeio. A primavera se revelava vindoura. Soa poético? Eu estava num clima de poesia. Em pouco tempo, comemoraria meu primeiro ano em Gatford. Antes disso, eu me tornaria pai de um lindo bebê, cuja mãe era Ruthana.

Tentem, então, imaginar minha surpresa quando ela me levou de volta à trilha. Por alguns longos minutos (certamente pareceram longos para mim), pensei que ela estivesse me colocando para fora do bosque, fora de sua vida. Será que minha presença a incomodava tanto? Não seria difícil compreender. Eu perturbara sua existência de diversas maneiras. Ainda era, apesar de minha diminuta estatura, um ser humano — ou, como dizia Gilly, um Ser Humano. Ela carregava um bebê colocado dentro de seu corpo por uma raça que não conhecia. Minha proximidade gerou uma situação em que o ódio vingativo de Gilly em relação aos humanos ganhou proporções tão exageradas que o fizeram errar a mão e colocar em risco a vida da própria irmã; um descuido definitivo (não vou dizer coisa alguma!) no Reino Médio. Por causa disso, foi aprisionado no Morro das Pedras. Eu tinha causado danos demais.

Quanto mais eu pensava naquilo, mais ficava convencido de que Ruthana estava me expulsando da Terra das Fadas; talvez por ordem de Garal.

— Está me colocando para fora, não é isso? — disse.

— O quê? — Ela não ouvira. Repeti a pergunta, mais como uma constatação desesperada.

— Colocando-o para fora? — disse ela. Parecia confusa.

Proferi minha lista de preocupações.

— *Ó Alexi!* — murmurou, ficando imóvel.

— Não é verdade? — perguntei, também parando. — Não arruinei sua vida?

— *Alexi. Meu amor. Arruinar minha vida?* Você fez dela um *paraíso!*

— Então... por que...? — comecei.

— *Colocá-lo para fora?* — disse, com dor e incredulidade na voz. — Nunca faria isso.

— Então por que... a *trilha?* — perguntei.

Soltei minha mão enquanto discorria sobre minhas dúvidas. Ruthana a segurou novamente. Com força.

— Venha — disse ela.

Fomos à trilha. Ao chegarmos ali, ela parou e apontou. Olhei. Era a casa de Magda.

Em chamas.

❦ ❦ ❦

Por algum tempo — não sei dizer ao certo quanto —, fiquei sem palavras. Depois, finalmente, consegui falar. Não com coerência.

— Como? — foi tudo o que minha mente foi capaz de pensar.

— Não sabemos — disse Ruthana. — Achamos que foi o povo de Gatford.

— Por quê? — Palavras mal-ajambradas, produzidas por meu cérebro perturbado. O enorme alívio de saber que Ruthana não estava se livrando de mim, ampliado pela visão inquietante da casa de Magda ardendo em chamas, criou um vácuo de palavras na minha cabeça. — *Por quê?* — perguntei outra vez, sufocando sua resposta. Que foi:

— Porque era uma bruxa.

— Eu sei, mas... ela está, Ruthana? Está morta, não é mesmo? — Senti-me indiferente fazendo tal pergunta.

Mais indiferente ainda foi sua resposta.

— Parte dela está.

— *Parte?* — Não conseguia reconhecer minha própria voz. Soava vazia, roufenha.

— Seu segundo corpo ainda está vivo — disse.

Novamente, aquela voz me soou estranha.

— *Segundo corpo?*

— Garal não lhe contou? — perguntou ela.

— *Não* — respondi. Depois: — *Não me lembro.*

Explicou-me, então (acho que Garal mencionara algo parecido), que temos diversos corpos e um deles é físico.

— Aquele foi o corpo que viu na floresta — disse ela. — O corpo que assumiu a forma de um grifo. O corpo que foi morto.

— Mas então... seu... segundo corpo? — Estava completamente desnorteado.

— É o seu corpo *astral*? Seu corpo espiritual? Garal não mencionou isso? Esse corpo ainda está vivo. Deve haver uma segunda morte.

— Uma segunda morte — murmurei. Estava entre a cruz e a confusão.

Ruthana assentiu com a cabeça.

— Assim, o restante dela poderá seguir adiante. — Sua expressão ganhou um tom sombrio. — Detestaria ver para onde. Provocou tanto mal.

— E tanto *bem* — vi-me protestar. — Estive com ela por meses. Curou minha ferida. Foi muito bondosa comigo.

— Arrepende-se de tê-la deixado? — perguntou Ruthana. Falava sério.

— Não a deixei. Foi ela quem me botou para fora de casa.

— E depois tentou matá-lo, Alexi.

Dei um suspiro. Sentia algo podre dentro de mim.

— Sei disso — disse. — Meu lar é aqui com você.

— Ó *Alexi* — disse ela. Estava de volta em meus braços. Seus lábios macios beijavam os meus. — Eu te *amo* — sussurrou. Não pense nem por um minuto que arruinou minha vida. *Nunca* pense isso.

— Não pensarei — prometi. — Só a ideia foi o suficiente para me deixar mal.

Deu-me um beijo carinhoso.

— Não precisa mais pensar nisso — disse ela.

Permanecemos um momento em silêncio, olhando para as labaredas na casa de Magda.

— Acho que não dá para apagar o fogo — pensei, em voz alta.

— Não — respondeu. — Não podemos fazer coisa alguma. E o povo de Gatford não o apagará. Achamos que foram eles que começaram tudo, de qualquer jeito.

Fiquei calado. Perguntei-me, porém, por que as fadas nada podiam fazer. Mas não perguntei. Ruthana leu minha mente.

— Ela tentou nos prejudicar de todas as maneiras possíveis — disse-me. — Não estamos tristes por ver sua casa queimar.

Percebi, naquele instante, que não estávamos sozinhos. Em meio às árvores, vi uma tropa de reinomedianos observando, imóveis. Alguns deles — os mais jovens — sorriam ou até mesmo gargalhavam diante das chamas. A maioria, no entanto, observava o fogo num silêncio solene. Não havia como saber que tipo horrível de hostilidade existia entre eles e Magda. A lembrança dos eventos horrendos que testemunhei me dava uma ideia; mas conhecer os detalhes? Impossível. Para dizer a verdade, acabei esquecendo o fogo quando me virei para olhar as diferentes fadas.

Jamais as vira em tamanha quantidade. Formavam uma visão fascinante. De todas as idades, todos os aspectos, baixas em estatura, obviamente, vestidas com trajes de diversas cores. Todas eram — será que ouso usar tal palavra? — *fofas*. Bem, era verdade. Habitantes do Reino Médio. Extremamente misteriosos. Velozes. Puros, ainda que capazes de travessuras inquietantes. Amantes — e protetores — da natureza. Uma raça (praticamente) desconhecida, de pessoas lendárias; pessoinhas. Eu custava a acreditar que agora era um deles. Obviamente, não era.

Tive de deixar de lado minha inspeção indelicada. De certo modo, consegui voltar minhas atenções à casa em chamas. Era como um holocausto. (Uma definição original do crime tenebroso do qual, futuramente, seríamos testemunhas.)

— Não há um jeito de... Magda... em seu estado atual... conseguir apagá-lo? — perguntei.

— Não. — respondeu Ruthana. — Ela não faz mais parte deste mundo. Quero dizer, não desta... como é a palavra que meu pai usa? Diminuição?

— Dimensão? — sugeri.

— Sim — concordou. — Magda ainda está na casa, mas em outra... demenição.

Não a corrigi. Tudo o que me veio à mente foi uma imagem de Magda, dentro da casa, incapaz de fazer qualquer coisa a não ser assistir a seus pertences de toda uma vida serem consumidos pelo fogo. Os móveis, os livros, a cama, pelo amor de Deus! O quadro de Edward! Mesmo em outra dimensão, deveria ser uma experiência dolorosa ver, sem poder fazer coisa alguma, todos aqueles bens inestimáveis incendiados.

Talvez vocês estejam se perguntando por que aceitei, tão facilmente, a ideia de que, mesmo após a morte de seu corpo físico, Magda continuasse a existir. Ouça, pessoal. Depois de tudo o que vi em 1918, teria caído em qualquer papo. Homenzinhos verdes vindos de Marte? Qual o problema? Foguetes viajando rumo a... — o quê? — à Lua? E por que não? Jesus Cristo, eu vivia com *fadas* havia seis meses! Vivera com uma *bruxa* por três! Do que deveria duvidar?

❦ ❦ ❦

A casa de Magda Variel foi queimada até o chão. Bem, quase. Sobraram uns resquícios, negros, carbonizados. Algum sinal da Brigada de Incêndio de Gatford? Uma ova. Detestei pensar que Joe talvez estivesse se deleitando com o terrível fim da casa da bruxa. Mas provavelmente o fez. Não havia me alertado sobre suas bruxarias? Não havia me ensinado a lidar com ela? Não, na verdade estava falando das fadas; também era obcecado por elas.

Bem, levara-me pão e leite e consertara o teto do Chalé do Desconforto — temos de dar crédito ao homem. E era um sujeito de seu tempo — que Deus abençoe seu esqueleto supersticioso. Ó, Cristo. Estou me tornando mais tolerante em meus anos minguantes. Ou seria fraqueza de espírito? De qualquer forma, as superstições de Joe se mostraram reais. Magda *era* uma bruxa. O bosque *estava* infestado de fadas. Deveria escrever-lhe uma carta. *Caro Joe, você estava certo pra caralho.* (Taí, usei um palavrão. E não estou me desculpando por ele.)

Tenho ciência do fato de que estou torrando páginas para adiar o que está se tornando aquela palavra terrível (pior, acho, que o "palavrão").

O Fim.

Mas ainda não chegamos lá, como podem ver. Quase, mas ainda não completamente.

Capítulo Vinte e Nove

O nascimento de Garana aconteceu no dia 28 de fevereiro de 1919. O parto foi indolor e harmonioso. Como sempre era na Terra das Fadas. Assim me disseram. E por que não seria? Havia algo ali com o que se preocupar? Claro que não. Exceto por seres humanos com armas.

Tentarei agora (provavelmente sem sucesso) descrever o festejo em homenagem à chegada de Garana à Terra das Pessoinhas. Acho que eu estava um pouco ressentido por minha filha não se chamar Alexana ou algo assim. Suponho que, apesar de todo o apego emocional que sentia pelo Reino Médio, ainda era, fundamentalmente, um ser humano, e a escolha do nome de minha filha refletia aquilo, ainda que de maneira sutil. Na verdade, fiquei incomodado com a situação, mas tive de entender. Ruthana percebeu meu desalento e tentou me confortar. Garana era minha filha de sangue, disse ela. Nada poderia mudar aquilo.

Sim — o festejo. *Lembro* bem que meu casamento com Ruthana não contou com a presença de meus irmãos da Terra das Fadas. Por ser um matrimônio poliglota, entre uma fada e um ser humano — ou um mortal, como nos chamam às vezes. Mas as fadas também não eram mortais? Não tinham uma forma corpórea semelhante à dos seres humanos? Acho que não. Seriam também parcialmente (nunca soube o quanto) incorpóreas? Astrais? Ruthana parecia ter massa o bastante quando nos amávamos. Ah, vai saber! Fugi do tema outra vez. Arthur Black deveria me colocar num retiro para escritores tergiversantes.

Bem, de qualquer jeito, devo, da melhor maneira possível, descrever a celebração feita no dia do nascimento. Prometi que o faria e, por Deus, o farei. Vez ou outra posso perder o foco, mas depois consigo voltar ao assunto. Eventualmente.

Como sabem, as fadas adoram dançar. Não, não sabem. Jamais lhes contei. Bem, elas adoram. De verdade. Dançam tanto quanto podem. E que desculpa melhor para fazê-lo que o nascimento de uma cidadã do Reino Médio?

E quanto à música? Violinos. Flautas de bambu. Flautas célticas. Uma melodia deliciosa após a outra. Sabiam que muitas das chamadas canções folclóricas são derivadas da música das fadas? Por exemplo, "The Londonderry Air". É uma delas. Claro, há certa melancolia ali. Mas não havia nada além de energia e jovialidade na música que dançaram aquele dia. Todas seguindo a batida pulsante e hipnotizante de minúsculos tambores, a cadência rítmica de pés sendo batidos suavemente no chão. As fadas saltavam e rodopiavam, vestidas em trajes de cores vívidas, enfeitados de flores e com joias brilhantes de diversos tons. Vozes cantavam, jubilosas, e o som de alegres gargalhadas ribombavam no ar. Era um povo feliz. Não importava seu tamanho. Estavam abastados de alegria. Assim como eu, que assistia a tudo de lado, fascinado pela visão e pelos sons de seu deleite. Desde então, jamais voltei a ver tamanha exultação.

Aquilo fez com que o silêncio repentino ganhasse um peso opressivo em meus ouvidos. Tive de balançar a cabeça para livrá-la do contentamento pelo clamor musical no qual vinha me regozijando. Olhei ao redor, com curiosidade e surpresa. Todos haviam interrompido seus animados passos de dança. Começaram a se aproximar dos limites da imensa clareira onde estávamos. *Por quê?*, pensei. O que poderia ter feito com que parassem, daquela maneira abrupta, sua estimada dança? Foi então que vi. A figura de um homem emergia da floresta.

Gilly.

Pensei (esperei) que o grupo de fadas o atacaria, demonstrando uma desaprovação enfurecida por seu comportamento imperdoável.

Estava fadado a me decepcionar.

Foi recebido com abraços exultados e saudações abundantes. Estavam contentes em vê-lo ali. Tinha, presumo eu, cumprido sua pena no Morro das Pedras e agora recebia as boas-vindas, voltando a ser um membro integral do clã.

Garal estava a meu lado. Queria que fosse Ruthana, mas ela ainda descansava.

— Ele cumpriu seu tempo no Morro das Pedras — disse-me Garal.

— E agora? — perguntei. Trêmulo, creio eu.

— Vai se comportar daqui para a frente — respondeu Garal. Não para me confortar, me pareceu. Mais para me situar.

— Espero que sim — rebati.

— Vou trazê-lo aqui — anunciou Garal.

Antes que pudesse protestar, *Não faça isso!*, já tinha partido. Observei-o se misturar ao grupo. Respeitosamente, abriram caminho para seu líder, que prosseguiu até encontrar Gilly — que tinha um sorriso estampado no rosto pela recepção calorosa que recebera dos amigos.

Ao ver Garal, fechou o sorriso e seu rosto assumiu uma expressão de satisfação e respeito. Garal lhe deu um abraço acolhedor, e Gilly sorriu. Conversaram um pouco, e Gilly acenava com a cabeça às palavras do pai, que também assentia, olhando para o filho com alguma confiança. Tomou Gilly pelo braço e começou a afastá-lo da aglomeração. Senti meu nervosismo aumentar. Gilly destinara a mim muita raiva injustificável. Eu tinha (compreensivelmente, em minha opinião) pavor de sua presença. O que faria agora? Especialmente depois de passar — quanto tempo? — seis meses no Morro das Pedras. Eu podia apenas imaginar quão dura fora aquela experiência.

Mas agora — era inacreditável! — sorria para mim. Teria me perdoado? Ou se regenerado? Por mais incrível que possa parecer, ao se aproximar, abriu ainda mais o sorriso. Estendeu a mão direita para me cumprimentar. Senti uma tremenda onda de alívio. *Tinha* me perdoado! Ou, pelo menos, passara a me aceitar.

— Estou de volta, Alexi — disse ele. Seu tom era amigável. O aperto de mão, firme.

E forte.

— Já era hora — continuou ele.

— *Gilly* — advertiu-o Garal.

Tarde demais. A mão esquerda de Gilly escapou do bolso de sua camisa. Segurava algo.

— Gilly! — gritou seu pai.

No mesmo instante ele arremessou o pó cinzento em meu rosto. Em meus olhos. Que dor!

Eu estava cego.

Capítulo Trinta

Deixem-me contar o que li sobre a cegueira.

Os olhos humanos — estou falando dos meus, não sei se os das fadas são diferentes — ficam alojados em cavidades conhecidas como órbitas. As pálpebras os protegem de detritos e de luz excessiva. Obviamente, não funciona contra pó cinzento venenoso — mas vou chegar lá. A parte branca do olho é chamada de *esclera* e seu tecido abriga a *córnea*. Atrás da córnea fica a *pupila*. Ao redor dela se encontra a *íris*, parte colorida do olho. Atrás dela temos o *cristalino*, que controla o foco da visão. Já a *retina* cobre a parede anterior do globo ocular.

Ainda estão me seguindo? Estou quase acabando.

No centro da retina fica a *mácula*, responsável pela visão central e pelos detalhes. Para terminar, existe o *nervo óptico*, que conecta o olho ao cérebro. Por que estou lhes dizendo isso? Não sei bem ao certo. Ainda estou tentando entender o que Gilly fez comigo. Algo que danificou minha visão. Disso estou certo.

Não vou falar sobre os problemas de visão mais comuns. Tenho certeza de que os conhecem tão bem quanto eu: miopia, hipermetropia, astigmatismo, presbiopia. (Essa última ainda é um mistério para mim.) Nenhum deles se aplica ao meu caso. Nem outros motivos causados pelo avançar da idade. Pelo amor de Deus, eu tinha só 19 anos! Minha acuidade visual era como a de um lince. Até, é claro...

Um trauma ocular? Agora estamos chegando mais perto. Corpos estranhos? Sim, com certeza eu classificaria aquele maldito pó cinzento como um corpo estranho. *Vários* corpos estranhos. Os sintomas? Dores repentinas nos olhos. Diminuição repentina da visão. Diria que sim. Tinha os olhos vermelhos? Provavelmente. Não saberia lhes dizer. Tudo de que me lembro dos olhos do grifo (de Magda) era sua coloração, branca como leite. Acho que era assim que estavam os meus. Aqueles corpos estranhos obviamente danificaram a córnea e o cristalino, talvez até mais.

Sentia queimaduras químicas? Sem dúvida. Contato direto? Mas é claro. Os globos oculares estavam secos. A *conjuntiva* (membrana que cobre o olho), a córnea e, no meu caso, talvez até mais foram seriamente afetadas. Alguma degeneração macular? Obviamente. Eu estava cego. Entenderam? *Cego.*

❦ ❦ ❦

Eis o que sei sobre a cegueira. Lembrem-se, eu a vivi.

Qual foi minha primeira reação? Como citei antes. *Dor.* Deus do céu, quanta dor! Dava para ver por que Magda urrara. Eu urrara. Em busca de alívio. Que não me foi agraciado. Eu não conseguia parar de gritar. Meus olhos estavam pegando fogo. Tentem imaginar a sensação de deixarem o dedo sobre uma chama acesa. Digo deixá-lo mesmo. E *deixá-lo* ainda mais tempo. Até estarem certos de que o dedo entrará em combustão. Como se, na central de dor do seu cérebro, começasse a soar o alarme de EMERGÊNCIA!! Acrescentem a isso as queimaduras no rosto e na garganta. E um inchaço que ardia bastante — digo, ardia *de verdade*! Eu estava convencido de que não podia respirar. Uma sensação de que, cada vez que *conseguisse* respirar, um bafo de dragão escaparia por entre meus lábios.

Tinha mais. Uma onda de alucinação ocupava minha mente. O rosto de Gilly se aproximava e se afastava de meu campo de visão, gargalhando com um deleite insano. Tudo estava em branco e preto. Como num filme barato de cinema mudo. Ruthana corria ao meu encontro, depois na direção contrária. Garal tentava enfiar minha cabeça nas águas ferventes de uma lagoa. Magda balançava uma varinha flamejante diante de meu rosto, com uma expressão maníaca. Suas roupas estavam em chamas. Despiu-se. Seus mamilos disparavam fogo contra mim. Uma risada descontrolada. De Magda. De todos. Fadas dançavam, queimavam, gargalhavam. O grifo a me atacar, com a cabeça de Magda em seu lugar, rindo de mim. Uma coruja ardendo em chamas apareceu diante de meu rosto, soltando um guincho ensurdecedor. Nada disso acontecia em sequência, imaginem só. Era um mistura de loucas imagens e sons. Tudo era duplicado (triplicado, quadruplicado) pela insuportável ardência nos olhos. E a *cegueira*.

Eis o que sei sobre a cegueira.

1. É assustadora pra caramba. Especialmente quando se tem 19 anos e não imagina que um dia poderia perder a visão.

2. Espaço e tempo perdem todo o significado.

3. Chamá-la de escuridão é impreciso. A escuridão *total* seria uma bênção. Ainda se podem ver (pelo menos eu podia) lampejos ocasionais de luz e algumas nuvens cinza. (Um presságio, entretanto, de uma cegueira mais aguda.)

4. Não é apenas assustadora, mas também humilhante e frustrante. É vacilante entre dois extremos. Uma frustração visual completa, seguida por uma sensação de horror total e vazio.

5. Dores de cabeça. (Ao menos no meu caso.) Náusea. Insônia. Meu Deus, como gostaria de trucidar Gilly!

6. Alguns (muito poucos) pontos positivos. Sua audição fica muito mais aguçada. Sem a distração da visão, é possível sentir todo o ambiente ao seu redor. Não que isso fizesse a menor diferença para mim. Pffffff! É o que tenho a dizer. Pffffff!

7. A pior coisa de todas. No início, eu tentava me confortar relembrando o passado. Não que tivesse muito para recordar após 19 anos. Mas certamente houve alguns momentos de destaque por volta do último ano.

O problema foi que as memórias visuais — e mesmo as auditivas — começaram a desaparecer depois de um tempo. Até meus sonhos começaram a passar por uma lenta — e enlouquecedora — deterioração. Acredito que era uma consequência de minha visão ter sido praticamente (ou de fato) destruída. Então, o que não conseguia enxergar enquanto estava acordado também não podia ver enquanto dormia. Coitadinho de mim. Um garoto de 19 anos não pode ser considerado uma fonte inesgotável de filosofia. Mas o sentimento predominante era de raiva. E o de tristeza, é claro. Ruthana deu tudo de si para amenizar meu descontentamento. Tudo mesmo. Aquilo ajudou. De certa forma.

Onde estava Gilly? De volta ao Morro das Pedras. Fizera algo desprezível. Recebera uma sentença longa, foi o que me disseram. Queria ouvir que fora condenado à forca de um carrasco, ao machado de um algoz. Não tive tanta sorte assim. Tais punições eram vetadas na Terra das Fadas. Que pena. Eu mesmo cuidaria de tudo. Enforcando-o, decapitando-o ou ambos. Outra vez, não tive tal sorte. Tentei não transmitir aqueles pensamentos sombrios para Ruthana. Provavelmente sabia como me sentia, de qualquer jeito. Afinal, ela *era* telepata. Da mesma forma como eu o era, algo que lentamente fui percebendo.

Também me dei conta, sem fazer qualquer alvoroço, de que Ruthana ampliara minhas — como posso colocar, sem parecer um babaca? — habilidades criativas. Sentia um desapontamento imenso. Estava cheio de ideias. Queria colocá-las no papel. Escrever uma infinidade de romances — algo impossível sem poder enxergar. O que poderia fazer? Ditar para Ruthana? Fora de questão. Minha frustração, inflamada pela onda de criatividade, aumentou exponencialmente minha tristeza. Ruthana garantiu que eu *voltaria* a escrever, sem dúvida alguma. Claro, disse eu, acenando minha cabeça cega. Sem acreditar numa só palavra. Mas acho que ela já sabia.

O desaparecimento — visual e mental — de minhas lembranças. Desisti de tentar evocar qualquer vestígio de recordação de minha infância — o capitão, minha mãe, Veronica. Aquilo tudo logo se esvaíra. O máximo que conseguia fazer, de início, era "ver" minhas aventuras nas trincheiras, meu encontro com — e posterior desespero pela "morte" de — Harry. Minha jornada rumo a Gatford. No começo de minha luta contra o esquecimento, podia até visualizar (muito bem) os chalés que vira, chegando mesmo a sorrir diante da memória do chamado Chalé do Conforto.

Eu deveria ter ignorado meus primeiros dias ali. Joe. Seus avisos. Minha primeira incursão na floresta. Quando cheguei a Magda, as lembranças já estavam mais pálidas. Tive de ranger os dentes e o cérebro para recapturar aqueles momentos: a primeira vez em que entrei em sua casa singular. Dei outra risadinha relembrando sua cama notável — e as acrobacias notáveis que fizemos sobre ela. Recordei quando Magda curou minha ferida. Os bons tempos. Seguidos por outros, mais sombrios. (Estava quase contente por "vê-los" desaparecer.) As discussões. O dia em que ela me expulsou de casa. Nossa reconciliação. Novamente bons (e luxuriosos) momentos. Paz. A um custo, naturalmente.

E, então, meu encontro com Ruthana. Será que ela — durante minha cegueira — sabia do que eu conseguia lembrar? Deveria saber, pois os detalhes visuais repentinamente se tornaram vívidos. Como se estivesse literalmente os projetando em minha cabeça. Era provável — e maravilhoso — que estivesse.

Pois as imagens seguintes estavam novamente borradas. A descoberta (o termo de um covarde para "roubo") do horrendo manuscrito de Magda. Todos os momentos seguintes se mesclaram num só. Apenas a cena final permanecia clara. O ataque de Magda contra mim. Minha reação com o pó cinzento. Como teria Ruthana previsto que eu precisaria dele? Minha fuga da fúria cega de Magda. O retorno ao Reino Médio — e para Ruthana.

Daquele ponto em diante, minha memória estava intocada. (Ruthana *devia* ser responsável por aquilo.) Minha diminuição de tamanho. A dor agora parecia insignificante. Os dias felizes com Ruthana. A tarde que passei com Garal e seus ensinamentos sobre a verdadeira Realidade. Não que tal conhecimento fosse muito útil quando tinha os olhos completamente fora de ação.

Mas estariam mesmo? Esse foi o estágio final de minha cegueira.

Durou meses. Teve de durar. Uma semana após a outra de quê? Não saberia lhes dizer. Não tinha a menor ideia na época, assim como não tenho agora.

Falemos dos processos de cura empregados pelas fadas.

Foi uma atitude bondosa da parte delas. Não seria mais conveniente — certamente, mais fácil — ter deixado aquele ser humano cego e totalmente acabado preso no hábitat delas? Com certeza. Mas *eram* bons. Generosos. Atenciosos. E restauraram minha visão.

É mais fácil dizer que explicar. *Como* teriam conseguido?

É claro, o pó parecia ser elaborado por eles próprios. Soube daquilo durante minha recuperação. Assim, conheciam bem os elementos que o compunham. Ou *compõem* — estou presumindo que o pó ainda seja produzido, embora não saiba dizer por quê. Parece pouco provável que as fadas sejam um povo que utilize tal material tóxico Havia, pelo menos em minha mente e, supostamente, na de Ruthana, um motivo válido para usá-lo contra Magda. Se não o tivesse usado, hoje estaria sem minha cabeça. Que era bastante importante para mim. Lembrem-se, eu tinha 19 anos. Minha cabeça ainda servia para alguma coisa.

De qualquer forma, voltemos aos ingredientes do pó. Hera. Digitalis. Trombeta. Ilex. Amanitas (cogumelos). Imploro para que não tentem reproduzir essa receita em casa. As medidas são fundamentais. Vocês nunca acertariam. Graças a Deus.

O que fizeram as fadas para me curar?

Alguns procedimentos enquanto eu estava acordado — ou melhor, consciente.

Colocaram uma espécie de loção ardente sobre meus olhos. A ardência não era tão forte quanto a que senti quando Gilly jogou o maldito pó em meu rosto. Por diversos dias, não consegui apagar da memória a esclera, as pupilas e as íris esbranquiçadas do grifo (de Magda). Como se tivessem sido marinadas numa massa liquefeita. Pouco a pouco, aquela imagem foi desaparecendo. Felizmente, sem a visão, eu não conseguia enxergar meu reflexo. Não em espelhos, pelo menos; poderia vê-lo numa lagoa ou algo assim. Sabia como era, entretanto. E era relembrado toda vez que eles (Garal, suponho, e talvez Ruthana; não acredito que existissem médicos no Reino Médio, mas não apostaria nisso) trabalhavam em minha ferida.

De qualquer forma... a loção ajudou. Um pouco. Muito pouco. Vez ou outra, conseguia enxergar momentaneamente uma luz cinza (sempre cinza) sobre os olhos. Não que pudesse ver qualquer coisa. Não, não. O bom e velho Gilly fizera um serviço e tanto ali. Aquele minúsculo canalha.

O que mais? Massagens. Nas têmporas e na testa. Sabia que era Ruthana quem as fazia. Seu toque era inconfundível. Suave, carinhoso. Acompanhado, é claro, por sua voz doce. Que me dizia para não perder as esperanças. Que eu recuperaria minha visão. Prometeu-me. Às vezes eu adormecia enquanto seus dedos me massageavam. O que não descobri até mais tarde era que, vez ou outra, sua mãe a substituía quando Ruthana se sentia cansada — ou tinha de amamentar nossa filha. Naquelas ocasiões, podia acordar e nem perceber que era Eana quem estava me massageando. Seu toque também era suave e carinhoso. Só quando falei e ela me respondeu foi que percebi de quem se tratava. Se deixei escapar qualquer sinal de alarme pela ausência de Ruthana, sua mãe logo fez tudo para me tranquilizar.

Massagens, então. E um tipo de bálsamo (também ardente) aplicado diretamente sobre meus globos oculares. E, frequentemente, panos úmidos e frios sobre os olhos por — estimo eu — uma hora por sessão. Na maior parte do tempo, Ruthana me fazia companhia. Estive perto — quase — de gostar daquela situação. Tudo era tão calmo e tranquilo. Durante aquele período, Ruthana cantava para mim com sua voz doce e angelical. Tentei algumas vezes transcrever suas melodias, mas era um esforço em vão. As notas, por si sós, não contêm nem uma parcela da magia evocada por sua voz. Desisti de fazê-lo na hora.

O que mais? Banhavam-me os olhos. As massagens, o bálsamo — ou bálsamos; talvez usassem mais de um tipo. Os panos úmidos e frios. O canto. Na minha opinião, ele também teve papel (importante) no processo de regeneração.

Algo mais? Sim, estou esquecendo as bebidas. Ou poções, como acho que as chamavam. Eram saborosas; e terríveis. Havia uma variedade incrível. Passei a conhecer a diferença entre elas. Algumas eram doces e tinham gosto de fruta, lembrando sucos de laranja ou maçã, ou ainda leite cremoso. Mas outras... argh! Era como beber líquido de bateria! *Tinham* de fazer algum bem, disse a mim mesmo. Algo com um sabor tão horrendo tinha de ter propriedades curativas. Se não, para que serviriam? Garal sorriu quando lhe disse isso. Sua risada, naquela ocasião, não me deu qualquer conforto ou deleite. Mas continuei a beber o líquido torpe, mais preocupado com a recuperação da visão do que com o bem-estar de minhas papilas gustativas.

Aquilo foi o que aconteceu enquanto eu estava consciente. Posso apenas imaginar (insanamente, admito) o que faziam quando eu estava dormindo ou — muito possivelmente — drogado. Eu sabia, por estimativa, que havia lapsos de tempo dos quais nada lembrava. Por isso, presumi que, durante esses lapsos, eu ficava, como diziam eles, "apagado". Provavelmente todas aquelas bebidas me deixavam inconsciente.

O que fizeram comigo quando estava "apagado" é algo que não sei dizer.

Posso imaginar, entretanto.

Removeram meus olhos.

Não me peçam provas dos motivos que me levam a dizer isso. Tenho apenas vagas lembranças para atestar tal declaração.

Vocês provavelmente já viram (espero que *não* tenham, é uma visão repugnante) fotografias de globos oculares arrancados (acidental ou deliberadamente) de suas órbitas — ou, se preferirem, cavidades —, pendurados pelo nervo óptico sobre as bochechas. É algo que já *foi* feito, embora eu não saiba dizer a frequência que tenha ocorrido para fins medicinais. Tenho certeza de que aconteceu milhares de vezes na guerra, globos oculares cortados por lâminas, completamente estraçalhados. Certo. A boa e velha humanidade.

Bem (supondo que isso realmente tenha acontecido), tenho certeza de que minha fada curandeira (provavelmente Garal, pois duvido que Ruthana tivesse estômago para fazê-lo) foi extremamente cuidadosa ao retirar meus olhos de suas órbitas. Como, não consigo imaginar. (Prefiro não imaginar.) Para quê? Também não sei dizer, mas minha suposição é um pouco mais coerente.

Para lavá-los. Mergulhá-los em algum remédio terapêutico. Se, conforme eu entendera, meus olhos ficaram obstruídos pelo veneno, lavá-los teria um efeito apenas limitado. Seria necessária uma imersão ou "esfregada" mais direta e penetrante.

Tampouco sei dizer por quanto tempo meus olhos ficaram fora da cabeça. Recordo-me de um sonho no qual meus globos oculares rolavam de suas cavidades e eram agarrados por um bicho-papão sorridente. Talvez tenha ocorrido quando Garal — ou outra pessoa — os mergulhou em qualquer que fosse o unguento regenerativo usado aquele dia. Talvez não. Foi um sonho assustador, entretanto. Jesus Cristo, toda aquela experiência tinha sido assustadora; acreditem em mim! *Não entrem na maldita floresta!* Não, não foi o que quis dizer. Se vocês (homens) tiverem a sorte de encontrar uma Ruthana, vão se sentir abençoados para sempre. Só de olhar para ela...

E foi o que fiz, pelo menos três quartos de ano depois do ataque de Gilly. *Bang!* Simples assim. Uma sombra surgiu repentinamente diante de meus olhos. O amável rosto de Ruthana, na frente do meu.

— Estou conseguindo *enxergar!* — gritei. Talvez tenha sido o momento de maior êxtase de toda a minha vida.

— Oh, meu *amor!* — disse ela, com a voz abafada. Não reagi. Abracei-a com força, passando a mão em seus cabelos dourados e cheirosos. Achei que seu choro fosse de alegria e gratidão.

Estava enganado.

Quando me afastei para contemplar mais uma vez seu rosto delicado, vi, pela primeira vez, sua expressão de angústia e as bochechas cobertas de lágrimas, que não paravam de rolar.

Entendi errado.

— Pareço assim tão mal? — perguntei, convencido de que a resposta seria sim.

— Ó Alexi, *não, não* — disse ela, com as palavras tomadas de desespero. Jogou os braços ao meu redor e me beijou com paixão. Seus lábios estavam molhados de lágrimas.

Depois, afastou-se rapidamente, com um olhar de pavor no rosto.

— *Ó meu amor* — murmurou.

— O quê? — perguntei. Seu medo encontrara abrigo também em meu coração. — *O que foi?*

Ela mal conseguia falar. Quase engasgou com as palavras.

Que foram:

— *Você terá de ir embora*

Capítulo Trinta e Um

Fiquei paralisado. E ela se foi. *Zum!* Simples assim, como faziam as fadas. Só mais tarde fui entender por que partira daquela forma. Não conseguiria suportar o que estava para acontecer. Desapareceu num instante, Garal surgiu diante de mim no outro. Antes, aquela incrível capacidade de sumir e aparecer numa fração de segundo teria me deixado de cabelo em pé. Agora, apenas me perguntava por que faziam aquilo.

— Tenho de ir embora? — disse.

Garal acenou com a cabeça.

— Sim.

— *Por quê?* — perguntei, quase exigindo uma resposta. — O que foi que eu fiz?

Abriu um sorriso melancólico.

— Nada — disse ele.

— Então *por quê?* — intimei-o.

— Pelo que voce e — respondeu.

— Um *ser humano?* — disse eu, cheio de raiva. — É por causa de Gilly, não é?

— Em parte, sim — revelou.

Eu não conseguia entender.

— Não podem simplesmente deixá-lo no Morro das Pedras? — perguntei, sem paciência. Sabia que não podiam, mas tinha de perguntar.

— Não é possível — disse Garal. Por Deus, como seu tom de voz era paciente. Eu sabia que estava encrencado.

— *Por que não?* — perguntei outra vez, intimando-o. — Acabaria com o estilo de vida de vocês? Ou é melhor deixar que continue tentando me matar?

— Não — disse, com a voz calma. — Também não é esse o caso.

— *Por que não?* — perguntei. Sabia que estava sendo crítico. Mas não queria perder Ruthana. — Garal — continuei, protestando —, por que permitiu que eu vivesse aqui então? Sabia desde o início que Gilly me detestava.

Ficou em silêncio.

— *E então?* — disse eu, com a voz estridente.

— Não deveríamos tê-lo feito — respondeu. — Foi um erro.

— *Um erro?* — rebati, agora com a voz esganiçada. Sabia que estava perdendo a batalha. — *Por quê?!*

— Você não foi feito para viver entre nós — disse ele.

Sua voz e aquelas palavras me fizeram tremer.

— Então por que admitiu minha presença? — Minha voz também estava trêmula. *Admitir?*, pensei. Que tipo de palavra era aquela? Soava estúpida.

— Por causa da minha filha — respondeu.

— *Ruthana?* — perguntei. Sentindo-me imediatamente um imbecil. Ele sabia o nome dela. Era sua filha, pelamordedeus! Não tinha acabado de falar?

Não respondeu à minha gafe. Tudo o que disse foi:

— Sim. — Com a voz baixa. Ainda paciente. Acho que teria preferido se ele perdesse o controle. Mas já devia conhecê-lo. Garal não era assim. Era a síntese da contenção.

— *Você permitiu que eu ficasse aqui só por causa dela?* — perguntei, agora completamente irritado.

— Mas é claro — respondeu. — Ela é nossa princesa.

Devo ter soado como um idiota.

— É uma *princesa?* — perguntei.

— Não no sentido de realeza — explicou. — Sei que, para você, é uma princesa. Assim como, para Ruthana, você é um príncipe. O amor que ela sente por você não conhece limites. É tão intenso que cedemos às suas súplicas e o aceitamos. Mas cometemos um erro.

Parecia tão triste que deixei minha raiva defensiva de lado.

— Por que foi um erro, Garal? — perguntei. Agora até mesmo *eu* parecia calmo.

Ele hesitou. E então disse:

— Já olhou para si mesmo desde que recuperou a visão?

— Como é? — perguntei. Era uma bobagem para se dizer, mas eu ficara tão perplexo com seu comentário que não consegui pensar em algo melhor.

Não desperdiçou palavras.

— Você está *crescendo* — disse. — O encolhimento fora apenas temporário. Logo terá novamente a altura de um ser humano. Não sabíamos que isso aconteceria.

— Não podem... me encolher outra vez? — perguntei. Era uma dúvida sincera. Eu queria saber.

— Não ousaríamos tentar — disse ele. Seria perigoso demais. Não lembra quanto foi doloroso?

— Sim, lembro *muito bem* — respondi. De fato, *percebi* um aumento no tamanho das mãos e dos pés, uma sensação de que meu corpo pulsava. Mas estava disposto a passar por toda aquela experiência outra vez. Não suportava a ideia de perder Ruthana. Disse isso a ele.

Que simplesmente balançou a cabeça.

— Garal, eu *quero* tentar! — gritei. — Não me faça perder Ruthana!

— Alex — começou. Ouvi-lo dizer meu nome humano me deixou arrepiado. — Você não está entendendo. Foi tudo um erro. Jamais deveria ter se tornado um de nós.

Seu tom era tão firme e decidido que me deixou sem reação. Exceto por uma, bem fraca:

— Por quê?

— Porque não é o seu mundo — disse ele. — Nenhum mortal conseguiria viver aqui por muito tempo. Ficaria infeliz.

— *Não* — protestei. — *Não ficaria.* Tenho sido muito feliz aqui.

— Não duraria — afirmou Garal. — Acha que foi o primeiro humano a aparecer por aqui e desejar ficar?

Devo dizer que aquilo me deixou surpreso. Não tinha a menor ideia.

— E eles... decidiram encolher? — Era uma notícia um tanto inquietante para mim.

— Alguns, sim — respondeu. — Outros morreram ao tentar. *Lembre* o quanto é doloroso.

— *E nenhum deles permaneceu?* — perguntei. Minha parte humana já estava vindo à tona.

— Não conseguiram — disse Garal. — Aqueles que sobreviveram ao encolhimento não conseguiram suportar a perda de seu espírito. Se permanecessem, seu espírito perderia a força e morreria.

— *Ó céus* — foi tudo o que me veio à mente. Sabia que ele estava dizendo a verdade. E era devastadora.

Então, perguntei:

— Vou perder tudo ao partir?

Balançou a cabeça. Abriu um sorriso bondoso.

— Não — respondeu. — Tudo o que lhe é caro sempre permanecerá dentro de você.

❦ ❦ ❦

Minha despedida de Ruthana foi estranha — e ambivalente.

O mais perturbador foi ver sua tristeza. No extremo oposto, meu ressentimento crescente por ser expulso da Terra das Fadas. *Por quê?* A questão continuava a me atormentar. Não poderia ser por causa de Gilly. Eles sabiam de seu ódio por mim quando me encolheram. Por que o fizeram, então, se sua hostilidade não era um problema? Ainda assim, diminuíram minha estatura. Será que Ruthana não poderia me ensinar seus encantos de modo que pudesse me defender dos ataques de Gilly? E, já que estamos no assunto, depois de tantos ataques malsucedidos (omiti o pó cinzento das estatísticas), será que ele não acabaria desistindo? Tentado me conhecer melhor? Descoberto que eu não era assim uma pessoa tão ruim e se tornado meu amigo? Essa última possibilidade era a mais improvável — mas eu buscava desesperadamente por uma solução. Estava disposto a considerar qualquer coisa.

E quanto ao resto? Sobre meu espírito perder a força e morrer? Quanto mais pensava na possibilidade, mais aquilo me soava forçado. Deveria aceitar que era aquele o motivo principal para deixar o Reino Médio? Eu simplesmente não podia acreditar. Uma análise contínua da ideia parecia, cada vez mais, revelar que se tratava de algo sem cabimento, inaceitável.

O que me restava então?

Meu amor angelical completamente em frangalhos. Ela claramente acreditava no que Garal me dissera. Em cada palavra. *Cada palavra*. Como eu poderia contestá-las, quanto mais obstruí-las? Era uma convicção sua. Talvez fosse até mesmo verdade. Eu não tinha os argumentos para subjugá-la. Apenas a deixaria mais assustada se tentasse. Não podia acreditar. Não queria. Mas ela acreditou. Aquele era o cerne da questão. Fazia parte de sua cultura. Ponto final. Amém. Selah. Caramba!

Então, tudo o que pude fazer foi abraçá-la e beijar seus cabelos, suas bochechas, seus lábios. Ela não conseguia suprimir o choro. "Pranto" era uma palavra mais adequada. Estava angustiada e lamentosa. Soluçava. Dos olhos jorravam infinitas lágrimas, banhando constantemente as faces, independentemente de quantas vezes eu as sequei com meu lenço, que, com o tempo, ficou encharcado. Tive de torcê-lo mais de uma vez. Pobre Ruthana. Estava inconsolável. Tomada pela dor.

Finalmente, não consegui me segurar.

— Está *certa* disso? — perguntei.

Aquilo só provocou uma nova corrente de lágrimas, outro gemido desesperado.

— Acho que está — disse eu.

Por algum motivo, minhas palavras fizeram com que ela abrisse um sorriso. Misturado à sua expressão de tormento, era como uma careta.

— Sim, Alex — disse ela.

Como consegue se dirigir a mim por meu nome mundano tão facilmente?, perguntei a mim mesmo. Achei melhor deixar para lá.

Mas não consegui. Não completamente.

— Sempre soube disso? — perguntei. *Disso?*, pensei. Que parte disso?

Ela parecia saber. Esqueci que era telepata.

— Sim — respondeu.

— E ainda assim... — hesitei. Estava entrando num discurso de exceção.

Não deveria, mas fiz. Que Deus me perdoe. Ela estava tão desolada. Merecia algo melhor.

Mas eu dei isso a ela? Não. Por quê? Eu mesmo me encontrava desolado. Estava perto de perder o amor da minha vida. Estão entendendo, pessoal? Dezenove anos. Eu não era muito esperto. Estava magoado. Reagindo como um menino, o que, de fato, era.

— Sabia disso quando... me encolheram? — perguntei.

Ruthana respirou fundo.

— Não quis acreditar.

Não quis acreditar, é mesmo? O advogado de língua afiada em minha mente a contestou. Senti que tinha razão e culpa, tudo ao mesmo tempo. Especialmente quando Ruthana caiu no choro outra vez e me apertou com mais força.

Eu compreendo. Queria dizer aquelas palavras. Para confortá-la. Mas meu cérebro adolescente (não tinha nem 20 anos ainda!) se rebelou. *Não é justo!* Queria dizer aquilo. Pelo menos tive controle e comiseração o suficiente. Nada falei.

— Não é Gilly, então — falei; para acalmá-la, pensava eu.

Foi duro para Ruthana conseguir falar. Notei o quanto seus olhos estavam vermelhos e inchados. Coitadinha.

— Não — disse ela. — Eu poderia mantê-lo sob controle.

Ainda tinha aquela autoconfiança no que dizia respeito ao irmão. Não levei sua resposta em consideração. *E quanto ao bicho-papão?*, poderia ter perguntado. *E o pó cinzento arremessado em meus olhos?* Mas eu nada disse. De que adiantaria, afinal?

Percebi que estava perdendo o foco. Estava prestes a deixar para trás a única mulher (Era *mesmo* uma mulher? Ou uma garota? Ou um ser astral?) que já amara. Ou (hoje sei) que viria a amar. Abracei-a com mais força e comecei a chorar; confesso que estava com medo.

— Eu te *amo*, Ruthana. Te *adoro*.

— Ó Alexi! — gritou. Que Deus a abençoe por ter me chamado pelo nome que recebi em sua terra. — Eu te amo tanto! *Morrerei quando se for!*

— *Não diga isso* — supliquei. — *Quero me lembrar de você planando em meio às árvores. Invisível. Encantada. Banhando seu corpo delicado na cachoeira, sem ser vista, sorrindo no bosque e fazendo as folhas se agitarem. Dançando nas clareiras, uma visão inocente e lúdica.* Não tire isso de mim! (De onde *saíram* aquelas palavras?)

— Ó Alexi, nunca, nunca! Eu te *prometo!* — Demos um último beijo apaixonado. Depois declamou para mim uma derradeira bênção, criada por alguém a quem chamava de Dama de Branco. Jamais a esqueci.

O que não funcionou antes terá sucesso agora.
Aqueles que o incomodam mudarão ou desaparecerão de sua vida.
As portas da oportunidade se abrirão inesperadamente.
Tudo em que acredita irá prosperar.
Sua mente será livre.
Novas ideias surgirão.
Será bom e generoso para com os outros.
Será verdadeiro em tudo o que fizer.

Com um sorriso no rosto e controle sobre as lágrimas, Ruthana colocou a mão no bolso e retirou algo, que colocou na palma da minha mão.

Tratava-se da maior esmeralda que já tinha visto. Talvez não tão grande quanto a pepita de ouro de Harold, mas ainda assim *grande*. Jamais a mostrei a um especialista, quanto mais pensar em vendê-la. Vocês sabem por quê.

— Vou carregá-la para sempre — disse eu. — Já tive pó cinzento o bastante em minha vida.

Ela sorriu e depois ficou séria.

— Quero que a tenha para sempre. Para se recordar de mim.

— É o que farei — prometi. Promessa que mantive.

Eu já vestia os trajes humanos que Eana alterara para que me servissem. Apesar do crescimento, ainda faltava um tanto para chegar à altura de 1,90 metro — embora estivesse certo de que chegaria lá. Meus ossos e minha carne ainda estavam sob o penoso processo (ó céus, uma combinação) de reestruturação. Logo estaria de volta ao mundo. Para o qual, naquele instante, eu pouco me importava em retornar.

De qualquer forma, Ruthana me acompanhou pela floresta (ainda tomada de folhas verdes de verão), segurando minha mão. Era estranho, mas eu parecia então pertencer ainda mais àquela sua raça diferente: toda mutável, toda poderosa, completamente misteriosa. Olhei-a de relance. Preferi olhar para a frente e, acreditem ou não, embora ainda fosse minha bela Ruthana, algo em sua expressão estava diferente daquela à qual estava habituado. Agora era mais como uma criatura exótica e distante, que dissera — parecia um milagre — que me amava.

Olhei para o bosque. Senti um terrível remorso por ter me despedido (acredito que ela estivesse ciente de minha presença) de minha filha. Por toda a vida, fiquei imaginando como seria sua aparência à medida que os anos avançavam. Ainda que gradualmente, não fui capaz. Pareceria com Ruthana? Se tivesse sorte. Meus genes certamente a prejudicariam, pobrezinha. Sim, eu era bonito, mas no fim das contas era também um ser humano. O que poderia esperar a cria de uma fada?

❦ ❦ ❦

Quando chegamos à trilha, vi que estávamos em sentido oposto ao que restara da casa de Magda. Os habitantes de Gatford — pro diabo com eles — jamais pensaram em repará-la. Hoje (por volta de 1982) me pergunto se um dia o fizeram.

Talvez não pudessem. Talvez tenham tentado e depois foram dissuadidos da ideia.

— Não vá até lá, se é que pensa em fazê-lo — disse Ruthana. — *Ela ainda está lá.*

Aquilo me provocou calafrios. Usei aquela cena imaginária em um de meus romances. *A BRUXA DA MEIA-NOITE*, se bem me lembro.

Ruthana me beijou docemente.

— Lembre-se de mim — sussurrou.

— Meu bom Deus, acha que não me lembrarei? — perguntei. Com a presunção adolescente de sempre.

Ela sorriu, compreensiva. Ainda tinha aquela habilidade, reconheci.

— Não, é claro que não — disse. — Sei que se lembrará.

— *Sempre me lembrarei* — jurei. — Oh, céus. Vou sentir sua falta, Ruthana!

Ela me beijou novamente, dessa vez com mais paixão. Depois, sorriu. Vi lágrimas brotarem em seus olhos.

— Agora vou desaparecer — anunciou.

E foi o que fez. Num segundo estava ali, no instante seguinte não estava mais. Minha Ruthana. Desaparecendo em algum lugar da floresta.

Não no meu coração.

Capítulo Trinta e Dois

Suspeito que este será o último capítulo deste livro. Dizer isso é algo que me dói. Por quê? Porque passei inúmeras agradáveis horas contando a vocês minha história. Detesto vê-la terminar. No entanto...

Continuemos.

Retornei à América seis meses depois do meu vigésimo aniversário, o qual comemorei botando as tripas pra fora no Atlântico Norte. Foi o que fiz por uma semana — cruzar os mares, sofrendo com os maremotos intermináveis. Eu os chamava assim. Provavelmente eram apenas ondas grandes. Tenho uma tendência a exagerar — será que não perceberam? Mas não quanto à história. Juro por Deus que é verdade. Acreditem ou não.

Diria que havia retornado aos Estados Unidos, mas, como sabemos, é difícil afirmar que são unidos de fato. Massachusetts e Texas? Claro. Praticamente gêmeos. Virgínia Ocidental e Califórnia? Colados como argamassa. Vocês entenderam.

Por algum motivo insano, fui ao Brooklyn ver a velha casa. Não que tivesse a intenção de tocar a campainha. A ideia de ser confrontado por *ele* não me passava pela cabeça. De qualquer jeito, não achava que ele estivesse lá. Deveria ter imaginado quando vi, estacionado junto ao meio-fio, um automóvel que provavelmente era guiado por uma pessoa sensível. Não a limusine funérea, como um ataúde, que *ele* geralmente dirigia. Sentado completamente rígido, com aquele olhar de "Saiam da frente, sou o capitão Bradford White, da Marinha dos Estados Unidos" em seu rosto de ferro.

Não, *ele* não estava ali. Graças a Deus. E, se por acaso abrisse a porta, me visse e, sem hesitar, começasse a zombar de meus fracassos? Teria de matá-lo ou, pelo menos, de tirar proveito de meus poderes de fada recém-descobertos (e ainda não utilizados) para acabar com sua raça. Estou brincando. Jamais detive tanto poder assim. Seria legal, entretanto.

Não podia ficar ali no Brooklyn. A possibilidade remota de que o meu caminho cruzasse com o do capitão foi o bastante para que me mandasse na direção do metrô. Peguei um trem rumo ao Lower Manhattan, onde aluguei um apartamento pequeno (tradução: barato). Comprei papel e uma máquina de escrever portátil, entrei em contato com um editor e lhe perguntei se gostaria de ver meu romance. Para resumir (pelo menos essa vez), ele respondeu que sim, e o livro acabou sendo publicado. MEIA-NOITE alcançou um bom volume de vendas e ele me perguntou se eu poderia colocar um pouco mais de ênfase nos trechos "de terror" no romance seguinte. Aquilo me parecia factível. Depois de perder Ruthana e vomitar por todo o oceano Atlântico, eu não estava muito no clima para escrever uma história de amor.

Assim, escrevi ESCURIDÃO À MEIA-NOITE. O editor gostou da repetição de "meia-noite", então sugeri uma série de romances góticos utilizando a palavra. Ele concordou e quis saber se me importava de assinar com o pseudônimo Arthur Black. Eu disse que não. No estado de espírito em que me encontrava, poderia ter me chamado de Daniel Death. (Cheguei a sugerir o nome, o que o fez cair na gargalhada.) Assim, Arthur Black ganhava o mundo. Feliz aniversário, sr. Black! Que tenha uma longa carreira! E ele teve. Escreveu 27 daquelas malditas atrocidades.

Algo de bom aconteceu enquanto eu ocupava meu muquifo. Tinha (quase) me acostumado a sofrer pesadelos sobre meus dias (e noites) nas trincheiras. Achava que aqueles tipos de sonhos ruins estariam ligados às monstruosidades que encarei na Terra das Fadas. Não foi o caso. Para falar a verdade, não tive nenhum pesadelo do tipo. Apenas lindos sonhos com Ruthana, nos quais passeávamos pela adorável floresta, de mãos dadas, conversando. Abraçando-nos. Fazendo amor com carinho. Eram sonhos magníficos. Cheguei à conclusão de que Ruthana era a responsável pela interrupção dos terríveis pesadelos com as trincheiras e o início dos sonhos bons. Por que não? Ela possuía poderes para tal. Sabia que possuía.

E, então, os sonhos pararam de vez.

❦ ❦ ❦

Era junho de 1921. Eu estava descendo a Sexta Avenida. Acabara de vender o terceiro romance da série MEIA-NOITE. Vinha adquirindo uma modesta reputação como escritor (não como autor, bem sabe Deus) de material "confiável". Havia um papo (que não me incomodava, absolutamente) sobre estender meu contrato para incluir cinco novos romances na série. Posteriormente, até me dei ao luxo de permitir que minha irritabilidade social básica aparecesse em *MONSTROS DA MEIA-NOITE*, sendo o tal monstro uma cria da explosão em Hiroshima. Tenho orgulho (*orgulho?* Dá um tempo) por ter sido um dos primeiros escritores a criar essas tramas atômicas. Como dizia meu professor Morlock: "Que tristeza termos liberado a energia interior do átomo apenas para matar." Mas agora estou doutrinando. Desculpem-me.

Onde eu estava? Descendo a Sexta Avenida. Meditando sobre Ruthana. Fazia aquilo o tempo todo. A perda me deixara tão amargo que tingira meu modo de abordar a vida. Honestamente, fiquei surpreso por a esmeralda não ter se transformado em pó. Não conseguia entender por quê. A possibilidade de guardar o símbolo de meus sentimentos por Ruthana me dava (um pouco de) conforto. Muitas vezes me pegava à noite contemplando-o, esperando de verdade que retomasse seu estado de pó, fazendo com que eu soubesse que havia perdido Ruthana para sempre.

Mas aquilo jamais aconteceu. Era um mistério para mim. Aceitei-o. Era tudo o que me restara. Aquela joia reluzente de um verde perfeito, imutável, belo, tranquilizador.

Quase passei direto pela vitrine — uma loja de antiguidades. Estivera ali diversas vezes. Foi então que *a* vi e me virei subitamente, contemplando essa... estatueta. Tinha vinte centímetros de altura. Cuidadosamente esculpida. Não conseguia desviar meu olhar. Teria ele (não, seria absurdo) posado para a obra? Impossível, pensei. E, ainda assim, era *ele*. Poderia jurar.

Garal.

Contemplei a estatueta com intensidade, sem ver o tempo passar. Aquele rosto magnífico, bondoso. Tomado de sabedoria e compreensão. Como teria o artista conseguido capturar tais características?

Eu precisava saber.

Entrando na loja, cumprimentei o vendedor — que, na verdade, era o proprietário. Não sei como se chamava.

— Aquela estatueta — comecei.

— Estatueta? — Sorriu para mim.

— Na vitrine — disse eu. *Aquela da fada*, quase acrescentei. Mas não o fiz. — O... velho.

— Ah, sim. Garal — disse o dono da loja.

Uma espécie de corrente elétrica me provocou espasmos.

— Garal — repeti, entorpecido.

— Sim — disse o homem. — Gostaria de dar uma olhada?

Pude apenas assentir com a cabeça. Não sei se ele conseguiu ver a expressão de surpresa que certamente estampava meu rosto. Se viu, nada disse. Foi até a vitrine, pegou a estatueta e a trouxe de volta. Quase gritei com ele por segurar Garal pela cabeça. Mantive o controle, entretanto. Acharia-me ainda mais esquisito do que provavelmente já estava achando.

Ele colocou a estatueta no balcão e fingi examiná-la, como um cliente em potencial. Cheguei até a me ouvir murmurar: "Humm", como se considerasse sua aquisição. Tentei ignorar os batimentos acelerados de meu coração. Eram quase como marteladas, para dizer a verdade.

Comecei a falar, mas uma série de perguntas distintas se misturaram na forma de ruídos nervosos. Fingi achar graça de meu discurso confuso, respirei fundo e comecei a questionar (tentando soar casual).

— Esse nome? De onde vem?

— Não faço ideia — disse o homem. — É assim que sempre se chamou.

— Não sabe de onde vem? — perguntei.

– Do homem que o vendeu para mim, acho — respondeu.

– Ele era... inglês?

— Acho que sim.

— Entendo. — Acenei com a cabeça. Tentei não deixar transparecer meu envolvimento. Teria o artista vivido com o clã? Teria partido, assim como eu? Teria esculpido uma estatueta de Garal? Eram muitas perguntas sem resposta. Certamente não as encontraria numa loja de antiguidades da Sexta Avenida.

Não consegui me prolongar no assunto. Paguei pela estatueta (250 dólares, uma boa parte do meu dinheiro — teria dado mil, se fosse o caso). Com o coração ainda acelerado, peguei um táxi de volta para o apartamento (outra despesa que nunca ousara me permitir). Queria chegar logo em casa. Tinha algo que precisava fazer.

❦ ❦ ❦

Havia uma frigideira de ferro fundido em minha cozinha. Nunca a toquei. Lembrava-me da terrível noite no Chalé do Conforto, quando — mal-informado — tentei me proteger de ser atacado por Ruthana. Agora, tive de tocá-la. Preenchi-a quase totalmente de água. Ver a estatueta de Garal me deu a ideia — ou inspiração — de entrar em contato com Ruthana por clarividência.

Levei a frigideira, parcialmente cheia, até a sala e a coloquei num retalho de sombras. Depois, deitado de bruços ao seu lado, concentrei-me na água parada. Tinha funcionado imediatamente quando entrei em contato com Haral. Se era verdade que Ruthana me concedera alguma forma de capacidade psíquica, o mesmo não deveria acontecer agora?

Foi o que aconteceu. De imediato. Nuvens começaram a percorrer a superfície da água. Vermelhas. Um escarlate flamejante. Depois, algo que parecia névoa. Ou fumaça. E o som de um grito distante. Por que Ruthana estava gritando?

De repente, uma imagem fantasmagórica lançou-se contra mim. Berrando de raiva. Uma raiva insana e assassina. Como Ruthana poderia...?

Logo soube que não era ela.

A expressão louca e retorcida do rosto de Magda tomou a superfície da água. Mostrava os dentes, despejando um urro de ódio de sua boca. Meu Deus, como aquela mulher me detestava!

Gritando de medo, virei a frigideira. A água se espalhou pelo chão de madeira e o grito cessou.

— Deveria ter usado a cabeça — repeti para mim mesmo, com a voz fraca. Até hoje, sinto pavor ao me lembrar daqueles momentos horrendos. E culpa também. O quanto magoei Magda, jamais consegui descobrir. Embora tenha tentado.

❦ ❦ ❦

Foi só na tarde do dia seguinte que fiz o que deveria ter feito em primeiro lugar.

Cerrei todas as cortinas, deixando o ambiente relativamente escuro. Pensei em acender a vela que comprara numa loja esotérica, mas achei melhor não o fazer. Ou eu tinha mesmo os poderes necessários ou toda aquela empreitada estaria destinada ao fracasso. Não sucumbiria, porém, à magia *wicce* no estilo de Magda.

A estatueta de Garal estava no meio do chão. Sentei diante dela, de pernas cruzadas.

— Garal — disse eu. Sem entoar qualquer cântico. Não havia ali nenhum tipo de artimanha oculta. Falei com ele diretamente, como se literalmente existisse naquela estatueta. Garal. Meu mentor. Meu mestre. Meu caro amigo. — Por favor, apareça — pedi. — Preciso conversar com você.

Silêncio. Exceto, é claro, pelo estrondo ocasional dos trens que passavam pelo elevado.

— Por favor, apareça, Garal — disse eu. Tinha certeza absoluta de que o faria.

Não sei se a estatueta repentinamente aumentou de tamanho (eu a perdi de vista), mas, o que quer que tenha acontecido, ali estava Garal, de maneira tão abrupta como surgira na floresta no norte da Inglaterra.

— Sim, Alex, — disse ele. Casualmente, como se sua aparição fosse algo rotineiro.

As batidas de meu coração desaceleraram. Estava novamente na presença de meu mestre. Seu sorriso me enchera de calma. Ainda assim, eu precisava saber.

— Ruthana — disse eu. — Ela está bem?

Sua expressão foi tomada pelo desânimo.

— Ruthana nos deixou em abril — respondeu.

Não consegui falar. Tudo ao meu redor ficou ainda mais escuro. Nos *deixou*? Reuni forças para perguntar. Tinha de ter certeza.

— Ela *morreu*? — indaguei. Aquela era minha voz? Certamente, não. Estava tão fina, tão fraca, tão trêmula. — *Faleceu?*

— Sim, Alex — disse ele.

E nada mais. Apenas fitou-me, em silêncio. Abril, pensei, foi quando meus adoráveis sonhos foram interrompidos. Tinha sido *ela*, então.

— Por quê? — perguntei.

— Seu coração se despedaçou — respondeu Garal.

— *Não* — solucei. — Ela me disse...

— Que ficaria bem? — perguntou.

— *Sim*. — Tentei não chorar, mas senti as lágrimas descerem pelo rosto.

— Ela queria que você não se preocupasse ao partir — disse Garal. — Ela o amava demais.

— *E eu a amava* — respondi, com a voz quase inaudível.

— Sei disso — disse ele. — Era um amor perfeito. — E se calou, observando com compaixão enquanto eu me acabava de chorar.

— E quanto à minha filha?

— Ela está bem — garantiu.

Enrijeci o corpo, fruto da raiva que tomava meu cérebro, ainda imaturo.

— Suponho que Gilly esteja contente por ter feito com que eu perdesse Ruthana — disse.

— Gilly também se foi — contou-me Garal.

— *Ótimo* — respondi. — Espero que tenha sido obra de um caçador.

— E foi — disse Garal. — Gilly assumiu a forma de um lobo e passou dos limites ao perseguir o caçador.

— *Ótimo* — repeti. Pelo menos, tive aquela simples satisfação (combinação inadequada). Que nada fez para aliviar minha dor pela morte de Ruthana, mas pelo menos ajudou.

Em seguida, Garal desapareceu. Deu um sorriso. Uma bênção. E se foi.

Eu podia entender completamente como um coração se despedaçava. Por dias, senti que o meu estava perto de rachar. Sentia os pedaços se partirem. Pedi aos céus que o processo fosse até o fim. De modo que pudesse — possivelmente — voltar a ver Ruthana. Eu *queria* que meu coração se despedaçasse. De verdade.

❦ ❦ ❦

Mas isso não aconteceu. Maldita a força desse órgão. Permaneceu intacto.

Esta é a minha história. Espero que tenham gostado. Ou acreditado nela, pelo menos. Ela *aconteceu*. Tudo o que contei. Exatamente como descrevi. Por favor, acreditem em mim quando digo que *aconteceu de verdade*.

Mais alguns detalhes. Em 1936, mudei-me para Los Angeles. Àquela altura, cinco outros livros da série MEIA-NOITE tinham sido publicados e eu vendera o direito de um deles para o cinema. Estabeleci-me num apartamento em frente à praia, escrevi dois novos livros da série e comecei a beber. Depois de um ano daquela tolice, participei de um encontro dos Alcoólicos Anônimos, o que me ajudou.

Nunca me casei. Para quê? Ruthana foi meu único amor.

Algo mais? Sim. Um detalhe revelador. Ainda tenho a esmeralda. Guardo-a num cofre. Ninguém sabe nada sobre ela.

Notavelmente, continua inalterada pela ação do tempo. Ainda mantém seu brilho sobrenatural. Acho que para sempre. Significa, para mim, que Ruthana ainda me ama. E espera por mim.

Em algum lugar.

Nota Editorial

O autor conhecido como Arthur Black (nascido Alexander White) morreu durante o sono em 20 de maio de 1985. Os versos seguintes foram encontrados em seus pertences:

NAQUELE TEMPO MÁGICO
NAQUELE LUGAR MÁGICO
ENCONTREI O ÚNICO AMOR VERDADEIRO
DE TODA A MINHA VIDA
MINHA PRINCESA-FADA
RUTHANA

Bibliografia

Andrews, Ted. *Enchantment of the Faerie Realm*. (Encantamento do reino das fadas). St. Paul: Llewellyn Publications, 1993.

Cavendish, Richard, ed. *Man, Myth & Magic*. (Homem, mito & magia), Volumes 1, 2, 14, 23. Nova York: Marshal Cavendish, 1970.

Dick, Stewart. *The Cottage Homes of England* (Chalés da Inglaterra). Londres: Crescent, 1909.

Ettinger, Albert M., e A. Churchill. *A Doughboy with the Fighting Sixty-ninth: A Remembrance of World War I* (Um recruta no 69º de infantaria: Memórias da Primeira Guerra Mundial). Shippensburg, Pennsylvania: White Mane Publishing Company, 1992.

Finley, Guy. *The Intimate Enemy* (O inimigo íntimo). St. Paul: Llewellyn Publications, 1997.

Greeves, Lydia. *The Perfect English Country Cottage* (O perfeito chalé de campo inglês). Nova York: Thames and Hudson, 1995.

MacManus, D. A. *The Middle Kingdom* (O Reino Médio). Londres: Max Parrish, 1959.

McCoy, Edain. *A Witch's Guide to Faerie Folk* (O guia de uma bruxa para o folclore das fadas). St. Paul: Llewellyn Publications, 1994.

Matheson, Richard. *The Path: Metaphysics for the '90s* (O Caminho: Metafísica para os anos 1990). Santa Barbara: Capra Press, 1993.

Mynne, Hugh. *The Faerie Way* (Como fazem as fadas). St. Paul: Llewellyn Publications, 1996.

National Geographic. Nova York: National Geographic Society, janeiro de 2008.

Randolph, Keith. *The Truth About Psychic Self-Defense* (A verdade sobre autodefesa psíquica). St. Paul: Llewellyn Publications, 1995.

Schur, Norman W. *British English, A to Zed* (Inglês britânico de A a Z). Nova York: Facts on File, HarperCollins, 1987, 1991.

Slesin, Suzanne, e Stafford, Cliff. *English Style* (O estilo inglês). Nova York: Clarkson N. Potter, 1984.

Stepanich, Kisma K. *Faery Wicca: Theory & Magick, A Book of Shadows and Light* (Wicca das fadas: Teoria & magia, um livro de luz e sombras). St. Paul: Llewellyn Publications, 1994.

This Fabulous Century: Sixty Years of American Life (Este século fabuloso: sessenta anos de vida americana). Nova York: Time-Life Books, 1969.

Tyson, Donald. *Soul Flight: Astral Projection & the Magical Universe* (O voo da alma: projeção astral & o universo mágico). Woodbury, Minnesota: Llewellyn Worldwide, 2007.

Waters, Collin. *Sexual Hauntings Through the Ages* (Assombrações sexuais através dos tempos). Nova York: Dorset Press, 1994.

Winter, J. M. *The Experience of World War I* (A experiência da Primeira Guerra Mundial). Nova York: Oxford University Press, 1989.

Impresso no Brasil pelo
Sistema Cameron da Divisão Gráfica da
DISTRIBUIDORA RECORD DE SERVIÇOS DE IMPRENSA S.A.
Rua Argentina 171 – Rio de Janeiro, RJ – 20921-380 – Tel.: 2585-2000